Lisa Glauche · Matthias Löwe

TOD AN DER SPARRENBURG

AF198547

PENDRAGON

Bröker schätzt gutes Essen und sein ruhiges Leben am Fuße der Sparrenburg. Dank einer Erbschaft ist er von allen finanziellen Sorgen befreit – so kann er weiterleben, bis er 68 ist. Das hat er ausgerechnet, und älter will er eigentlich auch gar nicht werden. Doch dann wird er jäh aus seinem Trott gerissen. Sein Nachbar wird tot aufgefunden, mit dem Kopf in einem Teller Tomatensuppe. Seine Neugierde ist geweckt. Wurde der Bankier Wilfried Schwackmeier ermordet?

Die Polizei ermittelt nur mit halber Kraft und der ansonsten eher gemütliche Bröker dreht richtig auf. Unterstützung erhält er bei seinen Recherchen von einer attraktiven Journalistin und dem jungen Computer-Hacker Gregor, der sich mit seiner kleptomanisch veranlagten Freundin rumschlagen muss. Schon bald sind sie dem Täter auf der Spur ...

Lisa Glauche wurde 1980 in Oldenburg (Niedersachsen) geboren. Sie studierte Neuere Deutsche Literaturwissenschaft und arbeitet jetzt als Projektassistentin in Berlin.

Matthias Löwe geboren 1964 in Löhne (Westfalen), studierte Mathematik und Physik. Seit 2003 ist er Professor für Mathematik in Münster.

Ein Fall für Bröker – bisher lieferbar:
Fall 1 »Tod an der Sparrenburg«   (2011)
Fall 2 »Campusmord in Bielefeld«   (2012)
Fall 3 »Endstation Siegfriedplatz« (2014)
Fall 4 »Almfieber«   (2017)
Fall 5 »Leinewebermord«   (2019)
Fall 6 »Spinnereimord«   (2021)

Lisa Glauche · Matthias Löwe

Tod an der Sparrenburg

Kapitel 1
Tod in der Tomatensuppe

Ein Mensch kann sich daran gewöhnen, am Morgen allerlei Seltsames in seiner Zeitung zu finden, ohne dass ihn dies aus seiner gewohnten Ruhe brächte. Er kann von einer Schuhverkäuferin lesen, die tagtäglich ihrer Arbeit nachgeht, um sich nach einem durchwachsenen Wetterbericht im Radio mit ihren beiden Kindern vom Balkon zu stürzen. Er kann im gleichen Blatt fünf Tage später von einem 28-Jährigen erfahren, der in seiner Wohnung fünfzehn Hunden Asyl gewährt, dann aber, als ihm der sechzehnte Hund gebracht wird, Amok läuft und dabei drei Menschen schwer verletzt. Oder er kann sich in einem populärwissenschaftlichen Artikel bestätigen lassen, dass Versuchspersonen bereit sind, anderen Menschen Stromstöße von mehr als 220 Volt zu versetzen, wenn man ihnen einredet, diese lernten dadurch schneller. Ein Mensch kann sich daran gewöhnen, all das allmorgendlich zu lesen, und trotzdem schmeckt das Salamibrötchen und der Orangensaft zum Frühstück kein bisschen schlechter. Man fühlt sich ein wenig nachdenklich, sinniert, wie die Welt beschaffen und zu erklären sei, und schenkt sich Kaffee nach.

Bröker wollte sich nicht gewöhnen. Er liebte es aber zu frühstücken. Jeden Morgen um halb elf, direkt nach dem Aufstehen. Er genoss sein Brötchen mit altem Gouda, am besten solchen, der ganz krümelig war, wenn man ihm vom Laib schnitt, und sein weiteres Brötchen mit Lachs und vor allem mochte er seine Rühreier mit Schinken. Und er liebte es, dazu Miles Davis' Version von *Porgy and Bess* zu hören oder, wenn er melancholisch war, Louis Armstrong oder Stan Getz. Was blieb ihm also anderes übrig, als die großen überregionalen Tageszeitungen abzubestellen. Doch das war bei einem so ausgedehnten Frühstück, wie Bröker es mochte, nicht lange gut gegangen. Die Zeit war ihm lang geworden, die Mahlzeit ein wenig freudloser und Bröker hatte sich dabei ertappt, wie er begann, seine Lieblingssalami hastig in sich hineinzustopfen.

So hatte er schließlich einen Kompromiss gefunden und die beiden Bielefelder Lokalblätter, die *Neue Westfälische* und das *Westfalen-Blatt* abonniert. Natürlich berichteten auch diese über die Amokläufe dieser Welt. Doch ihr Budget gab nicht viel mehr her, als die üblichen Agenturmeldungen zu drucken, die man schnell überblättern konnte, und so blieben die einzigen wirklichen Hiobsbotschaften die Berichte über die Abstiege des heimischen Fußballclubs, der Arminia, aus der ersten Liga, die zwar seltener als Weihnachten, aber häufiger als die Schaltjahre waren. Dafür konnte man über die neuen Blitzgeräte am Ostwestfalendamm lesen, die Bröker als Nicht-Autofahrer beifällig nickend zur Kenntnis nahm, über archäologische Funde an der Sparrenburg, die das Gerücht von einem Fluchttunnel, der einst von der Burg bis zum Bunker Ulmenwall geführt haben sollte, neu belebten, oder von Bielefelds stadtbekanntem Flitzer, der sich, inzwischen mehr als 60-jährig, dieses Mal auf dem Zehnmeterturm des Wiesenbades entkleidet hatte, von dort jedoch entkommen war, bevor die Bademeister ihn hatten einfangen können.

Solche Nachrichten versetzten Bröker in die richtige Stimmung für ein ausgedehntes Frühstück, das er, sobald die Jahreszeit es zuließ, auch gerne im Freien zu sich nahm. Freilich, der Garten des gelben Stadthauses, das an einer Kreuzung am Sparrenberg lag, hatte seit dem Tod seiner Mutter vor ein paar Monaten seine wiedergewonnene Freiheit weidlich genutzt: Es waren nicht nur mehr Pflanzen als zuvor vorhanden, sondern vor allem auch solche, die niemand gepflanzt hatte, schon gar nicht Bröker. Zudem schienen sie besonders gut in den schmalen Fugen zwischen den Platten der Gehwege oder unter der Pergola zu gedeihen. Auch hatte das Gras trotz Brökers Bemühungen, es zumindest alle drei Wochen zu mähen, um weiterhin zu seinem angestammten Frühstücksplatz vordringen zu können, eine stattliche Höhe erreicht.

Bröker nahm all dies mit einer Mischung aus Interesse und Bedauern wahr. Auch wusste er, dass er selbst an den veränderten Zuständen, die seine Mutter nicht ganz zu Unrecht nicht nur im Garten als Auswüchse bezeichnet hätte, nicht unschuldig war. Es hatte keine vier Wochen gedauert, da hatte er sich sowohl mit der Haushälterin als auch mit dem Gärtner so überworfen, dass beide von sich aus gekündigt hatten. Während die Haushälterin die lästige Angewohnheit hatte, schon morgens um neun an Brökers Zimmertür zu klopfen (die der Mutter gab es ja nun nicht mehr), um nachzusehen, ob der Herr des Hauses bereit war, dem Tageslicht mit männlichem Mut entgegenzutreten, fand er den Gärtner, der tagelang Unkraut zupfen konnte, während Bröker in der Sonne saß, einfach nur beunruhigend und ein wenig spießig. Er brauchte kein Hauspersonal, hatte er für sich beschlossen, und sich so gar nicht erst nach neuem umgesehen.

Uli, Brökers rot gestreifter Kater, schien die üppige Vegetation auch besser zu gefallen. Er rollte sich meist während Brökers Frühstück hinter einem Strauch oder einem besonders prächtig sprießenden Grasbüschel zusammen und wartete, ob die Laune seines Herrchens so gut werden würde, dass für ihn ein Streifen Lachs abfiel. Uli war nach der ehemaligen Bielefelder Torwartlegende Uli Stein benannt. Doch Ulis Körper war nicht ganz so athletisch wie der seines Namensvetters zu guten Zeiten. Ja, wenn man ehrlich war, musste man Uli als fettleibig bezeichnen. Das taten auch alle, die Uli sahen, nur Bröker hielt sich eingedenk dessen, was ihm der Spiegel über seinen eigenen Körper wahrsagte, vornehm zurück. Diese Zurückhaltung war eher ungewöhnlich für Bröker: Obwohl er selbst bei einer mittleren Körpergröße zwei Zentner Lebendgewicht mit sich herumtrug, manchmal auch ein wenig mehr, kommentierte er gern und ausgiebig, wenn ihm selbst jemand ein wenig unförmig vorkam.

An diesem Morgen im Frühsommer aber wartete Uli vergebens. Wie immer saß Bröker – bereits mittelstark schwitzend – in den Strahlen der schon sehr kräftigen Vormittagssonne und las beim Frühstück in seiner Morgenzeitung. Die Arminia hatte am gestrigen Abend ihr Freundschaftsspiel bei den drittklassigen Stuttgarter Kickers verloren und Bröker verfolgte kopfschüttelnd den Spielbericht und die Einzelkritiken. Zwei Elfmeter und eine rote Karte hatten die Arminen gegen sich bekommen, das konnte doch nicht wahr sein! Er gestikulierte so heftig, dass Uli erschrocken aus seinem Versteck hervorgesprungen wäre, hätte ihn nicht seine eigene Körpermasse davon abgehalten. So sehr er sich auch an die Verhaltensweisen seines Herrchens angepasst hatte, an dessen Reaktionen auf Spielergebnisse der Arminia würde er sich nie gewöhnen können.

Während Uli noch seinen Fluchtinstinkt niederrang, hatte sich Bröker schon wieder in die Zeitung vertieft. Die Meldung auf der nächsten Seite nahm seine Aufmerksamkeit so sehr in Anspruch, dass er nicht nur die Niederlage der Arminia, sondern auch sein Salamibrötchen für einen Moment vergaß:

„Tod in der Tomatensuppe" verkündete eine für die *Neue Westfälische* ungewohnt fette Schlagzeile. Der folgende Text, immerhin eine der wichtigsten Lokalnachrichten nach der Niederlage der Arminia, berichtete, dass der Bielefelder Bankier Wilfried Schwackmeier vorgestern Abend 67-jährig in seiner Villa am Bielefelder Sparrenberg gestorben war. Seine Putzfrau hatte ihn am gestrigen Mittwochmorgen tot aufgefunden, als sie wie üblich um neun Uhr gekommen war, um das Haus zu reinigen. Dabei hatte Schwackmeier dem Zeitungsbericht zufolge an einem feierlich gedeckten Tisch gesessen. Ein Glas Sancerre – dass es sich um diesen Tropfen handelte, war an der daneben stehenden Flasche erkennbar – hatte er anscheinend im Todeskampf umgeworfen, es hatte sich über das Tischtuch ergossen. Doch alles Aufbäumen hatte Schwackmeier nichts genützt – man fand ihn mit dem Gesicht in einem Teller Tomatensuppe liegend tot auf. Die von der Putzfrau herbeigerufene Polizei und Doktor Geringhoff, der Hausarzt des Toten, gingen von einem tödlichen Herzinfarkt aus. Dann folgte ein Absatz, der Schwackmeiers Wirken als Direktor einer Bielefelder Privatbank sowie in zahlreichen Organisationen der Bielefelder Oberschicht würdigte. Bröker schlug die Zeitung zu und widmete sich der Lektüre des *Westfalen-Blatts*. Hier war der Tod Schwackmeiers gar auf Seite eins der Lokalnachrichten gelandet, auch wenn den Redakteuren nur der vergleichsweise seriöse Titel „Tod eines Bankers" eingefallen war. Auf das pikante Detail, dass man Schwackmeier mit dem Gesicht in einer Tomatensuppe gefunden hatte, mochte man aber auch hier nicht verzichten.

Ich hab ja geahnt, dass dieses vegetarische Zeug nicht gesund ist, dachte Bröker. Hoffentlich war sie wenigstens anständig gewürzt.

Als sich auch das *Westfalen-Blatt* in einem Lobgesang auf Schwackmeiers Verdienste erging, der in der Zeile „Bielefeld hat einen seiner bedeutendsten Mitbürger verloren" gipfelte, beschloss Bröker, die Zeitungslektüre für den heutigen Tag zu beenden.

„Uli, komm einmal her!", rief er seinen Kater und machte lockende Geräusche. Der Kater mauzte, aber bewegte sich keinen Zentimeter. Genießerisch blinzelte er in die Sonne, als wolle er sein Herrchen auffordern, doch selbst herzukommen.

„Uli, Schwackmeier ist tot!", sagte Bröker. Dann noch einmal, wie zu sich selbst: „Schwackmeier."

Natürlich kannte Bröker Schwackmeier. Nicht nur, dass dessen Villa sich kaum zweihundert Meter Luftlinie von seinem eigenen Haus entfernt befand, nein, vor vielen Jahren, Bröker war damals gerade einmal 15 Jahre alt gewesen, hatten er und Schwackmeier auch im selben Schachverein gespielt. Bröker, das potenzielle Jungtalent, Schwackmeier, knapp mehr als 40 Jahre alt, auf der Höhe seiner schachlichen Kraft, schon damals mehrfacher Vereinsmeister. So sehr sich Bröker auch gemüht hatte, er war Schwackmeier nicht gewachsen gewesen. Wahrscheinlich, weil ihn das gar nicht so gestört hatte, ihm fehlte der nötige Biss, den hatte er auch damals schon vor allem beim Essen gehabt.

Automatisch musste er an Palshöfer denken. Nicht einmal er, der damals Assessor gewesen war und heute den Rang eines Oberamtsrichters bekleidete, hatte ihn in entscheidenden Spielen schlagen können. Palshöfer war der ewige Zweite, obwohl er ehrgeizig war und unablässig an seiner Spielstärke arbeitete, auch um den Ansprüchen seines Vaters gerecht zu werden, der in den 50er und 60er Jahren verschiedene Titel im Schach errungen hatte.

Auch wenn Bröker schon längst nicht mehr im Verein spielte – wie so vieles war ihm irgendwann auch dabei der Ehrgeiz seiner Mutter gleichgültig geworden –, war die

Freundschaft zu dem stets etwas eigenbrötlerischen Palshöfer bestehen geblieben. Ja, er war der Einzige, mit dem Bröker gelegentlich sogar noch eine Partie spielte, auch wenn er ihm aufgrund mangelnder Übung schon längst kein ebenbürtiger Gegner mehr war. Schwackmeier hingegen hatte er aus den Augen verloren, hatte hier und da mal von ihm gehört, am häufigsten wohl von Palshöfer, aber auch von seinen geschäftlichen Erfolgen oder seiner gesellschaftlichen Tätigkeit hatte er gelegentlich in der Zeitung gelesen.

Palshöfer und Schwackmeier aber waren auch über die nächsten 25 Jahre erbitterte Gegner im Schach geblieben und so verbissen Palshöfer auch trainierte: Nie hatte er seinen ewigen Opponenten überflügeln können, stets hatte dieser die Vereinsmeistertitel und Stadtmeisterschaften errungen, immer war er vor ihm gelandet, zuletzt, wenn sich Bröker richtig erinnerte, bei der Bielefelder Stadtmeisterschaft vor zwei Wochen.

Was wohl Palshöfer zu Schwackmeiers Tod sagt?!, fragte sich Bröker. Vermutlich wäre es sinnvoller, Palshöfer dies selbst zu fragen.

Kapitel 2
Verdauungsspaziergang

Bröker gab im Allgemeinen nicht viel auf die Wahrheit von Sprichwörtern, auf die einzelner dafür umso mehr. „In der Ruhe liegt die Kraft" war eines, an das er sich häufig und gern erinnerte. Aber besonders mochte er „Nach dem Essen sollst du ruh'n oder tausend Schritte tun", wobei sich Bröker zugegebenermaßen meist nur an den ersten Teil dieses vorgeschlagenen Rezeptes hielt.

Doch heute war es anders. Bröker verspürte beim Abräumen des Frühstücks eine seltsame Unruhe, die sich auch danach so hartnäckig hielt, dass er nicht wie gewöhnlich wieder in seinem Gartenstuhl Platz nahm, um ausführlich zu überlegen, wie er den weiteren Tag angehen würde, sondern sich einen leichteren Pullover um die Hüfte band, in ein paar Sandalen schlüpfte und zum Eingangstor ging.

„Uli, ich gehe ein wenig spazieren!", rief er seinem Kater zu, der ihn unbeeindruckt ansah. „Na, wie es aussieht, wirst du eher nicht mitkommen", sah Bröker etwas neidisch ein und ließ hinter sich das Tor zufallen.

Ohne es im Sinn zu haben, lenkte Bröker seine Schritte in Richtung der Schwackmeier'schen Villa, die im Vergleich zu Brökers Haus deutlich herrschaftlicher aussah und auch besser in Stand gehalten war. Ihre Giebel überragten die sie umgebenden Birken und glänzten weiß in der Sonne. Bröker verspürte eine Unruhe, die sicher durch die Meldung über Schwackmeiers Tod ausgelöst worden war.

Als er vor der Villa stand, linste er durch den schmiedeeisernen Zaun auf das Anwesen. Hinter den Fenstern regte sich nichts, das Haus schien nach Schwackmeiers Tod unbewohnt. Soweit sich Bröker erinnern konnte, hatte der Banker vor gut zehn Jahren seine Frau zugunsten einer deutlich jüngeren verlassen und war im Gegenzug wenig später von seiner neuen Geliebten für einen noch älteren, noch reicheren Altindustriellen aus Essen, dessen Familie durch die Montanindustrie zu Geld gekommen war, verlassen worden. Seitdem hatte es keine Meldungen über eine neue Liaison Schwackmeiers gegeben.

Während Bröker neugierige Blicke auf das Grundstück warf, bemerkte er, dass auch er nicht unbeobachtet blieb. Aus einem Fenster im oberen Stockwerk des Nachbarhauses lugte die graue Dauerwelle einer mindestens 80-jährigen Frau. Als Bröker zurückschaute, zuckte der Kopf zurück. Bröker wendete demonstrativ den Blick ab und spürte sogleich, wie der Kopf der Alten sich langsam wieder aus dem Fenster schob.

Wie eine Schildkröte, dachte Bröker und wiederholte das Spiel. Doch nach dem dritten Mal wurde ihm langweilig. Trotz ihres fortgeschrittenen Alters schien der Alten noch mehr Zeit zur Verfügung zu stehen als ihm. Ein wenig bedauernd zuckte er mit den Schultern. Eigentlich hätte er gern erfahren, ob sie etwas Interessantes gesehen hatte, oder sich einfach nur mit ihr über Schwackmeier unterhalten, als Nachbarin bekam sie doch bestimmt vieles mit. Und sicher hatte sie eine Meinung über ihn. Da Bröker allerdings befürchtete, dass ihre Meinung die Spielchen vorab nicht wert war, verzichtete er lieber darauf, sie zu hören.

Palshöfer kam ihm wieder in den Sinn, er wohnte nicht weit von hier. Aber der war wie jeden Tag bis abends am Gericht. Bröker konnte sich nur schwer daran gewöhnen, dass ein Großteil seiner Freunde bis in den Nachmittag hinein beschäftigt war. Es war ihm tatsächlich ein paar Mal passiert, dass er vor verschlossener Tür gestanden und sich gewundert, ja beinahe gesorgt hatte, was seinen Freunden geschehen war. Bis ihm wieder einfiel, dass sie vermutlich einfach nur ihrer täglichen Arbeit nachgingen. Das war seine Sache nicht und Bröker war froh, dass ihm nach dem Tod seiner Mutter der Rest des Familienbesitzes, den irgendein Vorvorfahre mithilfe einer Textilfabrik erworben hatte, geblieben war. Bei seinem jetzigen Lebenswandel, so hatte Bröker errechnet, würde das kleine Wertpapierdepot zusammen mit dem Stadthaus so lange ausreichen, dass er bis zu seinem 68. Lebensjahr nicht arbeiten müsste. Und da er es für unwahrscheinlich hielt, dass er in einem so späten Alter noch mit dem Arbeiten beginnen würde, hatte Bröker irgendwann beschlossen, eben einfach nicht älter als 68 zu werden. Was bedeutete, dass ihm gegenwärtig noch etwas weniger als 30 Jahre blieben, denn Bröker wurde in diesem Jahr 41. Vorausgesetzt seine Mutter hatte ihn mit seinem Geburtsdatum nicht bemogelt, denn manchmal kam er sich eher wie ein alt gebliebener Sechziger vor als wie jemand, der die Midlife-Crisis noch vor sich hatte.

Da Palshöfer arbeitete, Bröker seine Unruhe aber nicht loswurde, beschloss er, nicht ohne über diesen Entschluss zu staunen, seinen Spaziergang noch etwas fortzusetzen. „Cogitans ambulo", murmelte er in Erinnerung an seinen Lateinlehrer, war sich aber der Formen nicht mehr so sicher. Nun, es war ja kein Römer in der Nähe.

Zunächst leise, dann vernehmlicher keuchend, machte er sich an den Anstieg zur Sparrenburg. Schon nach kurzer Zeit floss ihm der Schweiß über den Nacken und ließ das T-Shirt an seinem Oberkörper kleben.

Bestimmt kein Anblick, den man gerne sieht, dachte Bröker und fluchte leise angesichts dessen, dass sich bestimmt wieder ein Touristenbus auf die Sparrenburg verirrt hatte. Endlich war die ehemalige Zugbrücke erreicht. Bröker überquerte sie und ließ sich auf einen der großen Steine vor dem Innenhof der Burg fallen.

„Ach wär' ich doch als kleines Kind gestorben!", schimpfte er immer noch schwer atmend vor sich hin und schmiss den Pullover neben sich ins verdorrte Gras.

„Und an was?", fragte eine Stimme.

„An Brechdurchfall!", antwortete Bröker und schaute sich um, von woher die Stimme kam. Durch das Tor zum Innenhof der Burg trat ein etwa 16-jähriger Junge, der einen Greifstock in der Hand hielt, mit dem man Papierschnipsel

14

und anderen Müll aufsammeln konnte. Bröker hätte ihn aufgrund seiner kleinen Statur jünger geschätzt, wäre da nicht sein waches Gesicht mit den fast schwarz wirkenden Knopfaugen gewesen, die ihn nun eingehend musterten.

„Ich kaufe grundsätzlich nichts, wenn ich im Freien sterbe!", sagte Bröker. „Du kannst also weiterziehen."

„Oh, du wollen nicht superschicke Sonnenbrille kaufen, ist auch gaaanz billig!", duzte der Junge ihn zurück und rollte die Augen. „Hey, beruhig dich mal: Ich hab dich schnaufen hören. Wenn mein Roller solche Töne von sich gibt, muss dringend mal der Vergaser gereinigt werden." Dann schaute er ernster: „Bist du sicher, dass alles in Ordnung ist? Kann ich was für dich tun?"

„Kennst du Diogenes?" Bröker blieb mürrisch.

„Den Verlag? Also Bücher habe ich hier oben noch keine gefunden. Ich kann höchstens mit der neuen LIDL-Lektüre dienen, die Prospekte lagen dort drüben zuhauf im Gebüsch."

„Oh Mann!" Diesmal war es Bröker, der aufstöhnte. „Solltest du nicht eigentlich in der Schule sein? Kein Wunder, dass du die griechischen Philosophen nicht kennst, wenn du schon am Vormittag hier oben rumhängst."

„Na ja, dein Musterknabe hat ja auch nur den ganzen Tag in der Tonne gehockt", gab der Junge zurück. „Und wenn ich sehe, wie heiß dir ist, weiß ich nicht wirklich, ob ich dir aus der Sonne gehen soll."

Bröker konnte es nicht unterdrücken, überrascht die Augenbrauen zu heben.

„Mal ganz abgesehen davon, dass den Griechen diese ganze intellektuelle Schiene nicht so viel gebracht zu haben scheint. Kann man ja jetzt an ihrer Finanzkrise sehen."

Bröker schaute endgültig verwundert – das war nicht seine Vorstellung von einem 16-Jährigen, noch dazu von einem, der rund um die Sparrenburg Müll aufsammelte.

„Außerdem ist heute keine Schule, beweglicher Ferientag. Und ich bin hier auch nicht zum Vergnügen. Ich leiste Sozialstunden ab."

„Sozialstunden, aha!", erwiderte Bröker interessiert. „Hast du deinen Roller frisiert oder einer Oma die Handtasche geklaut?"

„Weder noch! Ich hab mich beim Hacken erwischen lassen."

„Beim Hacken?" Bröker schaute ungläubig. „Bundesbank, CIA, NASA?"

„Haha, na klar, wenn ich mich bei der NASA eingehackt hätte, dürfte ich jetzt wohl eher Weltraum-Müll aufpicken. Nee, ich bin in die Datenbank der Bielefelder Uni eingebrochen, weil ich wissen wollte, wer Diogenes ist."

Bröker musste grinsen. Der Junge gefiel ihm. Nicht nur, dass er nicht auf den Kopf gefallen war – auch die Tatsache, dass er mit dem Gesetz in Konflikt geraten war, machte ihn Bröker sympathisch. Irgendwie, so dachte er, war er ihm nicht unähnlich gewesen, nur war das schon ziemlich viele Jahre her.

„Nein, was ich wirklich gemacht habe, ist eine längere Geschichte, das wird heute nichts mehr", fuhr der Junge fort. „Wenn ich jetzt nicht weiterarbeite, wird der Aufseher da drüben mir gleich was erzählen." Mit dem Kopf deutete er auf einen Mann am anderen Ende des Burghofes. „Und das brauche ich gerade nicht. Ich bin übrigens Gregor!", fügte er hinzu und streckte Bröker die Hand entgegen.

„Bröker!", erwiderte Bröker und ergriff sie. „Die Geschichte mit dem Hacken würde ich aber wirklich gern hören. Ich habe selbst mal ein paar Semester Informatik studiert. Gehackt habe ich aber nie, vielleicht zeigst du mir mal ein paar Kniffe. Ich wohne nicht weit von hier."

Er griff in seine Hosentasche und zog einen abgegriffenen

Block und einen soliden Kugelschreiber hervor, riss einen Zettel ab, notierte seine Adresse und reichte ihn Gregor, der ihn lässig in seiner Hosentasche verschwinden ließ.

„Echt, du hast Informatik studiert? Gab es das denn damals schon?"

„Nun ja, nachdem ich zuerst ein paar Semester Mathematik und Physik studiert und mich dann noch mit ein paar Semestern Philosophie von dem Stress erholt hatte, war auch die Bielefelder Uni so weit und hat Naturwissenschaftliche Informatik angeboten. Das habe ich aber auch nur drei Semester durchgehalten. Dann fand ich Soziologie doch interessanter."

„Donnerwetter, du musst ja einiges auf dem Kasten haben. Na, vielleicht schau ich wirklich mal bei deiner Tonne vorbei!" Dann begann Gregor wieder den Müll vom Boden aufzusammeln.

Bröker hob seinen Pullover auf, wischte sich mit ihm den Schweiß von Stirn und Nacken, stand auf und ging ein Stück weiter um die Burg herum, bis er seinen Blick über die Stadt wandern lassen konnte, die sich langsam in ihren Kokon aus Hitze verpuppte. Er stützte seine Arme auf der Mauer ab. Wieder ging ihm der morgendliche Bericht über Schwackmeiers Tod durch den Kopf. Was daran ließ ihn nur nicht los? Er rief sich noch einmal ins Gedächtnis, wie Schwackmeier dem Zeitungsbericht zufolge gefunden worden war. Er stellte sich den feierlich gedeckten Tisch vor, den Suppenlöffel neben der gefalteten Serviette, die verschiedenen Besteckreihen daneben. Automatisch schmückte er das Ganze mit einer weißen Tischdecke, einer Sauciere und einem silbernen Kerzenleuchter aus und empfand das selbst als albern. Auf dem Tisch hatte vielleicht ein Weinkühler mit einer Flasche Chardonnay gestanden, ach nein, die Zeitung hatte von einer Flasche Sancerre berichtet und ein Glas davon hatte sich über den Tisch ergossen. Und mitten in diesem Arrangement lag Schwackmeier vornüber mit dem Gesicht in der Tomatensuppe. Bröker musste zugeben, dass das Gesamtbild einer gewissen Komik nicht entbehrte. Auch farblich waren die roten Sprenkel auf dem weißen Tischtuch recht reizvoll, existierten jedoch aller Wahrscheinlichkeit nach ebenso wie der Leuchter nur in seiner Phantasie. Und sie brachten ihn auch nicht darauf, was Bröker an dieser Schilderung nicht gefiel. Oder war es nur die Tatsache, dass jemand gestorben war, den er kannte? Dass der Tod einen Treffer unmittelbar in seiner Nähe gelandet hatte?

Erneut wischte Bröker sich den Schweiß von der Stirn und schaute über die Stadt. Er machte den Turm der Altstädter Nicolaikirche aus, den der Marienkirche und das Hochhaus der Telekom am Kesselbrink. Und was war dieser hohe Mast dort am Horizont? Der musste sich fast in Schildesche befinden, dort, wo es dunstig wurde. Bröker zuckte mit den Achseln.

Nein, es war etwas anderes, was ihn beunruhigte, etwas anderes als der Tod von jemandem, den er kannte. Irgendetwas an dem Bild stimmte nicht.

Bröker schaute sich um, ob Gregor noch auf dem Gelände zu sehen war. Manchmal half es ja schon, jemandem zu erzählen, worüber man grübelte, und während man noch erzählte, begann man allmählich klarer zu sehen. Das hatte schon der gute, alte Kleist gewusst. Doch Gregor war weit und breit nicht mehr zu entdecken.

Verdammt, Bröker war sich jetzt ganz sicher: Irgendetwas an der Szenerie in Schwackmeiers Haus passte nicht. War es nicht beispielsweise merkwürdig, eine so reichhaltig gedeckte Tafel allein für sich aufzubauen? Von weiteren Gedecken aber hatten die Zeitungen nicht berichtet. Auch nicht von einer Köchin, die bei der Zubereitung der Speisen behilflich gewesen wäre. Nun, das konnte eine Nachlässigkeit in der Berichterstattung sein. War es aber wirklich denkbar, dass sich Schwackmeier ein mehrgängiges Menü selbst zubereitet hatte? Nicht sehr wahrscheinlich. Aber auch nicht völlig unmöglich. Schließlich kochte auch Bröker gelegentlich üppiger nur für sich selbst, nicht zuletzt war diese Leidenschaft ein Grund für die unüberbrückbaren Differenzen gewesen, die sich zwischen ihm und der Haushaltshilfe aufgetan hatten. Aber: Wo waren die anderen Gänge? Davon, dass vielleicht noch ein Hauptgang und eine Nachspeise in der Küche gewartet hatten, war keine Rede gewesen. Nun, das mochte eine weitere Nachlässigkeit in der Berichterstattung sein, Nachlässigkeiten in Berichterstattungen kamen ja nicht allzu selten vor. Aber was, wenn nicht? Wenn er, Bröker, gekocht hätte, hätte er den Hauptgang zumindest schon einmal vorbereitet, da hätte schon ein Sößchen geköchelt oder ein Fisch in der Pfanne geschmurgelt. So ein Mahl musste man doch in einem Guss genießen! Wenn Bröker eines nicht leiden konnte, dann, wenn man gutes Essen nicht mit der gebührenden Sorgfalt behandelte.

Ja, das konnte es sein, was ihn an dem Bild von Beginn an gestört hatte. Aber was bedeutete das? Da hatte sich also Schwackmeier allein lukullischen Genüssen hingegeben, sich dazu einen Sancerre kredenzt, das Ganze dann aber so arrangiert, dass nicht klar war, was er nach der Vorspeise zu essen gedachte. Seltsam, sicher. Aber war das ausreichend, um einen Verdacht zu hegen? Moment! Bröker versuchte seine Gedanken rückwärts zu spulen wie einen Film. Er hatte etwas gedacht, das seinen Verdacht verstärkte, nur was verflixt? Noch einmal stellte er sich Schwackmeiers Tafel vor. Die Suppe, das Besteck, den Sancerre. Der Wein! Das war es! Das hatte ihn den ganzen Vormittag über nicht zur Ruhe kommen lassen. Sicher, er hatte Schwackmeier seit mehr als einem Viertel Jahrhundert nicht mehr gesprochen und in dieser Zeit mochte sich so manches geändert haben. Aber damals, vor 25 Jahren im Schachclub, wäre ein Schwackmeier mit einem Weinglas in der Hand nicht vorstellbar gewesen. Immer wieder hatte er ungefragt (und später auch des Öfteren gefragt, wenn die Schachkameraden ihn wieder einmal zu einer seiner Tiraden provozieren wollten) über die gefährlichen Folgen des Alkohols doziert. Gerne hatte er dabei auch mit einem Schuss Selbstgerechtigkeit darauf hingewiesen, dass es ja Gründe dafür gab, dass er sie allesamt im Schach besiegte – war er eben der Einzige, der auch nach der Partie nie einen Tropfen Alkohol anrührte. Bröker war sich sicher: Ein Schwackmeier mit einer Flasche Wein im Kühler wäre damals undenkbar gewesen.

Noch dazu Sancerre, dachte Bröker, der guten Wein liebte. Damals hätte Schwackmeier eine Flasche Sancerre nicht von einem Tetra Pak Pennerglück unterscheiden können! Wenn sich Schwackmeier seit ihrem letzten Zusammentreffen nicht in einigen Punkten ganz entschieden geändert hatte, dann war etwas faul an der Geschichte.

Bröker richtete sich wieder auf. Vor Aufregung vergaß er diesmal ganz, sich den Schweiß von der Stirn zu wischen. Er empfand eine Mischung aus Erleichterung und Erregung. Leichter war ihm, weil ihm aufgegangen war, was ihn an der morgendlichen Meldung störte. Gleichzeitig war ein viel größeres Rätsel am Horizont aufgetaucht, dessen Dimensionen er noch nicht abzuschätzen wusste.

Kapitel 3
Bröker und die Obrigkeit

Bröker umrundete die Sparrenburg. Etwas musste unternommen werden! Der Tod Schwackmeiers war nicht mit rechten Dingen zugegangen und er hatte es bemerkt.

Man sollte die Polizei rufen, dachte er. Dann fiel ihm ein, dass er derjenige war, der die Polizei rufen sollte. Und er schickte sich an, einem, wie er fand, dicklichen Hector auf der Flucht vor einem unsichtbaren Achill nicht unähnlich, seine zweite Umrundung der alten Festung zu beginnen, denn Bröker wusste: Er konnte die Polizei nicht rufen! Nicht nur, weil er sowieso eine größere Energie als andere Menschen zu brauchen schien, um etwas anzugehen. Große Massen benötigten eben auch eine größere Kraft, um aus der Ruhe gebracht zu werden. Nein, im Umgang mit Behörden war er zudem seit jeher besonders zurückhaltend, ja geradezu scheu. Das begann schon bei seiner Steuererklärung, bei deren Abgabe er sich Jahr für Jahr wie ein Trickbetrüger vorkam, der mit klopfendem Herzen abwartete, ob seine Finessen entdeckt werden würden. Dabei hatte er außer ein paar Zinsen keinerlei Einkünfte. Hier aber lag der Fall viel komplizierter. Er stellte sich vor, wie er bei der Polizei anrief.

„Guten Tag, meine Name ist Bröker, ich kannte Schwackmeier aus dem Schachverein. Mit seinem Tod stimmt etwas nicht."

Und was würde er antworten, wenn sie dann fragten: „Und wie kommen Sie darauf?"

Etwa: „Vor 25 Jahren hat er keinen Alkohol getrunken, nun soll er Sancerre getrunken haben?" Er konnte das Gelächter der Polizei hören, als habe er tatsächlich schon dort angerufen. Nein, für eine solche Blamage lohnte sich die Mühe nicht. Mürrisch kickte er ein Steinchen vom Kopfsteinpflaster, der das Bielefelder Wahrzeichen umgab. „Au, verdammt!" Bröker hatte vergessen, dass er Sandalen trug. Doch dann kam ihm eine Idee.

Mütze, dachte Bröker. Genau, er musste Mütze Bescheid sagen!

Mütze hieß eigentlich Günther. Der Spitzname hatte sich über die Jahre von Günther über Gütze zu Mütze entwickelt, vor allem auch deshalb, weil Mütze früher Streifenpolizist gewesen war und zu seiner Uniform eben auch besagte Dienstmütze gehörte. Bröker verband mit Mütze lange schon weniger einen Vertreter der Ordnungsmacht als vielmehr jemanden, der ebenso regelmäßig wie er bei den Heimspielen der Arminia anzutreffen war. Für Mütze war dies allerdings Teil seines Jobs, er stand im Innenraum knapp 20 Meter von Brökers angestammtem Platz im Bielefelder Fanblock entfernt.

Die ersten Jahre hatten sich Bröker und Mütze nur gegenseitig wahrgenommen. Da hatte eben immer der gleiche leicht untersetzte Bulle mit einem Kassengestell aus dickem Horn gestanden und auch Bröker war nicht gerade eine unauffällige Erscheinung. Aber so leicht schloss Bröker nicht Freundschaft, schon gar nicht mit Uniformträgern. Irgendwie war es aber dann doch dazu gekommen, dass Mütze ihm einmal zugenickt hatte. Mütze behauptete zwar, es sei umgekehrt gewesen, Bröker habe *ihm* zugenickt, aber das schloss Bröker eher aus. Freundschaft hatten die beiden erst Jahre nach ihrem ersten Sichtkontakt geschlossen, als sie nach einem Heimspiel beide zufällig in der *Wunderbar* gestrandet waren und, da die Plätze in der *Wunderbar* bei Heimspielen der Arminia immer knapp waren, durch Zufall sogar am gleichen Tisch gesessen hatten.

Seitdem wusste Bröker, dass Mütze eigentlich aus Bochum stammte und bei den Heimspielen der Arminia nicht weniger litt als er. Allerdings aus anderen Gründen. Während die Arminia für Brökers Geschmack einfach eindeutig zu viele Heimniederlagen kassierte, war Mütze Bochum-Fan, fieberte eigentlich mit jeder Ruhrgebietsmannschaft eher mit als mit der Arminia aus Bielefeld und hätte lieber ganz andere Spiele gesehen als die, die er dienstlich zu betreuen hatte. Jedenfalls sagte er das. Später fand Bröker heraus, dass Mütze schon lange kein kleiner Streifenpolizist mehr war, sondern zu einem Ermittler der Bielefelder Kriminalpolizei aufgerückt war und sich eigentlich die sonntäglichen Almwachen hätte sparen können. Dass er trotzdem kam, deutete Bröker als Zeichen dafür, dass inzwischen doch ein wenig Arminenblut in Mützes Adern floss, was Mütze aber niemals zugeben würde. Ob es nun stimmte oder nicht, was Bröker sich da zusammengesponnen hatte: Einmal in jeder Saison kam jedenfalls auch der VfL Bochum in die *SchücoArena*, die Bröker weiterhin „Alm" nannte, zumindest, wenn der VfL und die Arminia in der gleichen Liga spielten. Und es waren gerade jene Tage, an denen sich Bröker und Mütze nach dem Spiel in einer Kneipe trafen – meist immer noch in der *Wunderbar*, weil sie so wunderbar auf dem Weg in die Innenstadt lag. Dort diskutierten sie noch einmal die wichtigsten Szenen des Spiels. Und manchmal trafen sie sich auch an Tagen, an denen das Schicksal für einen von beiden besonders ungerecht zu sein schien, um dem anderen ein wenig Trost zu spenden. So war über die Jahre so etwas wie eine Freundschaft zwischen Bröker und Mütze entstanden, auch wenn diese sehr auf den Fußball fokussiert war.

Dieser Freundschaft hatte sich Bröker nun gerade noch rechtzeitig erinnert, bevor er den Gedanken, die Polizei zu benachrichtigen, verwarf. Er zog sein Handy hervor, ein klobiges, altes Modell, das in den meisten Fällen, in denen Bröker es brauchte, entweder keinen Empfang oder kein

Guthaben mehr hatte. Diesmal aber hatte er Glück, der Empfang zeigte satte drei Striche und das Guthaben belief sich noch auf 1,53 Euro. Bröker wählte die Nummer der Auskunft und ließ sich mit dem Bielefelder Polizeipräsidium verbinden. Nach dem dritten Freizeichen meldete sich eine weibliche Stimme: „Polizeipräsidium Bielefeld, mein Name ist Andrea Meyer zu Schwabedissen, wie kann ich Ihnen helfen?"

Die Polizei hatte anscheinend in den vergangenen Jahren mächtig an ihrer Kundenfreundlichkeit gearbeitet, dachte Bröker. Vielleicht hatte er sich aber auch vertan und war versehentlich beim Mövenpick-Hotel gelandet.

„Ich spreche mit der Polizei?", fragte er deshalb sicherheitshalber noch einmal nach.

„Ganz genau!", bekam er zur Antwort. „Was kann ich für Sie tun?"

„Mein Name ist Bröker. Ich würde gerne mit Mütze sprechen!"

„Mit wem?"

Oh je. Bestimmt hielt ihn die Frau am anderen Ende der Leitung schon jetzt für einen dieser verwirrten Menschen, die selbst vor unsinnigen Anrufen bei der Polizei nicht zurückschreckten.

„Entschuldigen Sie bitte!", setzte er deshalb schnell nach. „Ich würde gerne mit Herrn Günther ...", wie hieß Mütze bloß noch mal mit Nachnamen ... ach ja – „Ich würde gerne mit Günther Schikowski sprechen!"

„Einen Moment bitte, ich stelle Sie durch!", sagte die Frauenstimme am anderen Ende der Leitung und Bröker atmete erleichtert auf. Hoffentlich war Mütze auch im Büro und nicht bei einem Einsatz! Doch da schnarrte es schon: „Schikowski!", aus dem Apparat.

„Mütze!", rief Bröker begeistert darüber, dass alles – so

empfand er es nun von einem Moment auf den anderen – ganz hervorragend geklappt hatte. „Hier ist Bröker!"

„Bröker! Was treibt dich denn in die geheiligten Leitungen dieser Anstalt?"

„Mütze, ich brauche deine Hilfe!"

„Meine Hilfe? Was ist geschehen? Hast du in einem Restaurant randaliert, weil sie dir schlechtes Essen serviert haben?"

„Nichts dergleichen. Ich habe einen Verdacht, eigentlich ist es mehr ein Gefühl und ich traue mich nicht so recht, damit den offiziellen Weg zu beschreiten. Meinst du, du könntest da etwas unternehmen?"

„Worum geht es denn?"

„Du hast doch sicher auch von Schwackmeiers Tod gehört."

„Ja, das war natürlich auf dem Revier heute Morgen das Thema."

„Ich habe es in der Zeitung gelesen. Und ich kann mir nicht helfen: Irgendetwas stimmt da nicht!"

„Hm, kannst du das vielleicht etwas präzisieren?"

„Klar. Ich finde es zum Beispiel seltsam, dass Schwackmeier ganz für sich alleine gekocht hat."

„Nun ja, das soll es geben!", wandte Mütze ein. „Ich brutzele mir auch gerne mal ein paar Bratkartoffeln."

„Bratkartoffeln, sicher", gab Bröker zurück. „Aber bei Schwackmeier handelte es sich anscheinend um ein mehrgängiges Menü."

„Nun ja, Schwackmeier und ich unterscheiden uns in so manchem. Hast du noch andere Verdachtsmomente?"

„Ja, warum hat er den zweiten Gang nicht vorbereitet? Die Zeitungen berichten, dass Schwackmeier mit dem Kopf in einem Teller Tomatensuppe lag. Aber davon, was er nach der Tomatensuppe geplant hatte, habe ich nichts gelesen."

„Ich weiß es auch nicht!", musste Mütze zugeben und Bröker stellte sich vor, wie er sich hinter selbiger kratzte.

„Aber das Beste kommt noch", spielte Bröker nun seinen Trumpf aus. „Laut der Zeitung stand eine Flasche Sancerre auf dem Tisch, doch als ich Schwackmeier noch genauer kannte, hat er keinen Tropfen Alkohol angerührt."

„Und wie lange ist das her, dass du ihn genauer gekannt hast?"

„Nun ja, so 25 Jahre ..."

„Bröker, hör mal, in 25 Jahren kann so einiges passieren!" Mütze schien die Sache ein wenig unangenehm zu werden. „Da kann auch ein entschiedener Abstinenzler zum Alkoholiker werden." Dann machte er eine kleine Pause. „Ich weiß nicht genau, ob es bei Schwackmeier etwas aufzuklären gibt und wie weit die Ermittlungen schon fortgeschritten sind. Im ersten Moment habe ich mich auch gewundert, wie schnell die Sache vom Tisch war. Schwackmeier war ja doch ein recht hohes Tier. Ich glaube aber, das ist es gerade: Wenn so jemand so plötzlich stirbt, erwartet man einfach, dass das nicht mit rechten Dingen zugehen kann. Bisher habe ich nur mitbekommen, dass die Kollegen, die mit den Ermittlungen betraut sind, wirklich zufrieden klingen sollen. Das Ganze soll recht eindeutig liegen. Ich weiß natürlich nichts Genaues, aber ich habe das Gefühl, du kannst ausnahmsweise dem, was in der Zeitung steht, Glauben schenken: Es war ein schlichter Herzinfarkt."

„Nun, zu Beginn habe ich daran auch gar nicht gezweifelt!", räumte Bröker ein, „aber bei all den Indizien bin ich nun doch stutzig geworden."

„O.K., hör zu, ich werde deine Beobachtungen an den leitenden Ermittler weitergeben. In Ordnung? Schaden können die Hinweise ja nicht."

„Ja, gut", brummte Bröker.

„Und sonst? Bist du am Sonntag beim Heimspiel gegen 1860?"

„Klar doch, die Spiele gegen 1860 sind doch Tradition. Denk mal an die Aufstiegsspiele 1977."

„Na, da war ich ja noch kein Bielefelder!"

„Ach, stimmt ja! Hast du Sonntag Dienst?"

„Ich bin auf jeden Fall da!"

„Na, dann sieht man sich!"

„Ja, man sieht sich!"

Bröker drückte die rote Taste und unterbrach das Gespräch. Er hätte nicht genau sagen können, was er erwartet hatte, aber ein wenig enttäuscht war er doch. Natürlich hatte er nicht gedacht, dass die Polizei sofort seinen Verdacht teilte, aber etwas mehr Begeisterung hatte er sich schon erhofft. Sinnierend schaute er auf das Telefon. Dann fiel ihm die Uhrzeit auf dem Display ins Auge. Halb eins! Er würde Palshöfer einfach in seiner Mittagspause aufsuchen, er konnte nicht mehr länger warten.

Kapitel 4
Beratschlagungen im *Ratscafé*

Bröker ließ das Handy in seine Hosentasche gleiten und überquerte die Brücke, diesmal um die Sparrenburg zu verlassen. Obwohl ihm auf dem ersten Teil des Weges hohe Bäume Schatten spendeten, ließ das Schwitzen kaum nach. Weshalb lagen eigentlich die sogenannten gefühlten Temperaturen immer woanders als die tatsächlichen Werte? Heute zum Beispiel hätte er schwören können, dass sich die prognostizierten 24 Grad wärmer anfühlten als 24 Grad sich anzufühlen hatten. Gemächlich folgte er den Serpentinen an den Fuß des Sparrenbergs. Palshöfer hatte schließlich anderthalb Stunden Mittagspause, da musste Bröker sich nicht beeilen.

Endlich war er an der Fußgängerampel, konnte die Detmolder Straße überqueren und kam am Landgericht an. Doch gerade als er es erreicht hatte, sah er Palshöfer, der fünfzig Meter weiter auf die Stadtbahnhaltestelle zueilte. Gleichzeitig näherte sich die Linie 1 Richtung Rathaus. Bröker wusste, um Palshöfer noch zu erwischen, hätte er sofort einen Sprint hinlegen müssen, der einen Startschuss wert war, wahrscheinlich hätte er sich sogar noch in Bruce-Willis-Manier auf die Bahn aufschwingen müssen. Aber nach all den Anstrengungen am Vormittag war Brökers Fleisch einfach nicht mehr willig. Es hatte sein Bestes gegeben, um den Geist auf Trab zu bringen, nun war der Geist an der Reihe, seinen Beitrag zu leisten.

Doch das einzige Ergebnis, zu dem dieser kam, war, dass Bröker überzeugter denn je war, kein Sprinter zu sein, und daran zweifelte, dass aus jemandem mit seinen körperlichen Voraussetzungen jemals ein Detektiv zu machen war.

„Du bist einfach zu träge", schimpfte er sich selbst, als er Palshöfers Hinterkopf in der Linie 1 davonfahren sah. „Rennpferd bist du nicht und Bürohengst möchtest du nicht sein."

Bröker ärgerte sich über sich selbst und begann daher wieder stärker zu schwitzen, was ihn nur noch mehr ärgerte. Das Einfachste würde sein, er riefe Palshöfer gerade an. Bröker zog wieder sein Handy hervor und wählte Palshöfers Nummer. „Keine Verbindung möglich", las er auf dem Display.

„Verdammte Scheiße!", fluchte Bröker und verzichtete darauf, sich von der Stimme auf Band mitteilen zu lassen, dass sein Guthaben aufgebraucht war.

„Sieh an, sieh an, da ist ja jemand wieder bestens gelaunt", tönte es hinter ihm. Bröker drehte sich um und erkannte

Ludwig Bödemann, einen gelackten, aber versierten und erfolgreichen Rechtsanwalt, den Bröker über Palshöfer flüchtig kannte. Wie immer, wenn Bröker ihn traf, trug er einen seiner grauen Satin-Anzüge (Bröker hoffte, dass er mehrere besaß), die trotz allem Schimmer muffig wirkten. Das Einzige, was Bröker mochte, war, dass Bödemann seine Haare etwas länger trug. Sie waren zwar stets gegelt und zu einem Zopf zusammengebunden, trotzdem hatte Bröker das Gefühl, dass sich in der Frisur ein letzter Rest von Menschlichkeit versteckt hielt. „Bödemann. Sie haben mir gerade noch gefehlt. Können wir heute ausnahmsweise das Geflachse, das uns über unsere gegenseitige Abneigung hinwegtäuschen soll, beiseitelassen und Sie sagen mir einfach, ob Sie wissen, wohin Palshöfer gerade unterwegs ist?"

Bödemann, der Brökers Antipathie zwar schon immer ein wenig, aber noch nie so deutlich wie heute gespürt hatte, war davon so überrascht, dass er Ruhe gab. „Soviel ich weiß, wollte Palshöfer ins *Ratscafé* fahren. Er wollte mich mitnehmen, um beruflich noch etwas zu besprechen, wir sind da ja selten einer Meinung, aber ich habe einen wichtigen ..."

„Später, Bödemann, später. Danke für die Information."

Und mit diesen Worten winkte Bröker ein gerade vorbeifahrendes Taxi heran, stieg ein und ließ Bödemann stehen.

Darauf, dass Palshöfer ins *Ratscafé* fuhr, hätte er auch selbst kommen können, dachte Bröker etwas missgelaunt, als er die Beifahrertür des Taxis zuschlug, aber der Gedanke an das Café, das sich seit einiger Zeit auch *Café Kunst* nannte, ließ jegliche negativen Gefühle im Nu verfliegen.

Es war dies seiner bescheidenen Meinung nach eines der wenigen Bielefelder Lokale, in dem man einen vernünftigen Kaffee bekommen konnte, er liebte den Einspänner oder die Spezialität des Hauses mit der liebevollen Bezeichnung „eine Schale Gold". Und dazu gab es Palatschinken oder Apfelstrudel. Ja, das war wirklich nach seinem Geschmack. Der fragende Blick des Taxifahrers riss Bröker aus seinen kulinarischen Träumereien. Er nannte sein Fahrziel, aber der Chauffeur schüttelte nur den Kopf.

„Wirklich ins *Ratscafé*?", vergewisserte er sich. „Sie wissen schon, dass das keinen Kilometer von hier ist und alle drei Minuten eine Bahn fährt?"

„Ja, sicher, ich habe es eilig."

Die Einwände des Taxifahrers ließen sich mithilfe eines 5-Euro-Scheines, den sich Bröker die Fahrt kosten ließ, schnell zerstreuen – er gab Gas.

Als Bröker am Rathaus ausstieg, sah er Palshöfer schon auf dem rechten Balkonteil des *Ratscafés* sitzen, vor ihm ein Papierstapel und ein kühles *Herforder*.

„Prost Mahlzeit!", rief er ihm zu, als er ebenfalls die Stufen zum *Café Kunst* erklommen hatte und dicht vor Palshöfer stand.

Sein Freund blickte von den Akten auf. „Du kommst wegen Schwackmeier", stellte er ohne die Spur einer Frage fest.

„Stimmt!", bestätigte Bröker. „Du hast es also auch schon gehört?" Dabei betrachtete er Palshöfer, dessen Kopf von den Sonnenblumen auf den Bildern auf der Wand hinter ihm umkränzt wurde. Irgendwie schien ihm dies nicht ganz zu seiner ernsten Art zu passen.

„Ich habe es vermutlich wie du in der Zeitung gelesen – aller Wahrscheinlichkeit nach nur etwas früher."

Aus dem Munde Brökers wäre diese Aussage ein Scherz gewesen, vielleicht die Aufforderung zu einem kleinen Wortduell an sein Gegenüber, aber Palshöfer betonte und meinte den Satz vor allem auch vollkommen ernst. Bröker hatte schon oft vermutet, dass ihre Freundschaft nur darauf beruhte, dass Bröker witzig fand, was Palshöfer mit vollem Ernst behauptete. Ja, es schien ihm manchmal, als sei Palshöfer sein

Fleisch gewordener Humor. Nun ja, viel Fleisch war ehrlich gesagt nicht dran an ihm: Palshöfer war dürr wie ein Asket, trug dazu eine passende Gandhi-Nickelbrille, bewegte sich aber stets so, als wolle er mit seiner linkischen Art Brökers Spott zuvorkommen.

„Gib nicht so an, du warst vermutlich kaum früher dran als ich!", gab Bröker unbeirrt zurück. Palshöfer zog die rechte Augenbraue hoch und schenkte Bröker seinen unverkennbaren Blick durch seine Brille, den nur ein Richter aufzusetzen vermag. Bröker sah Palshöfer dann immer sein kleines Gerichtshämmerchen aus der Hosentasche ziehen, um ihm damit ein- oder zweimal auf den Kopf zu klopfen. Und auch wenn Palshöfer und er inhaltlich oft der gleichen Meinung waren und Bröker ihn auch gelegentlich um Rat fragte, so war Palshöfer immer ein bisschen besser angepasst gewesen, hatte sich leichter arrangiert. So war er nun auch Richter und Bröker – ja, was war Bröker eigentlich?

Angesichts des imaginierten Hämmerchens in Palshöfers Hand setzte sich Bröker lieber artig. Nach einer kurzen Pause, in der er den Blick nach der Bedienung schweifen ließ, fuhr er fort: „Und was denkst du über die ganze Sache?"

„Natürlich bin ich entsetzt, wie alle vermutlich. Er war 67, zugegeben, ganz jung ist das nicht mehr, aber eigentlich war er vollkommen fit. Du weißt ja: Wegen meiner schlechten Konstitution bin ich gesundheitlich oft angeschlagen und eigentlich alle vier Wochen beim Arzt."

Bröker seufzte. Die Stubenhockerei in Kindertagen hatte Palshöfer definitiv nicht gut getan – er hatte stark ausgeprägte hypochondrische Züge, die einem den letzten Nerv rauben konnten.

„Schwackmeier hatte das nicht nötig", fuhr Palshöfer fort. „‚Ich kann diese Pfuscher nicht leiden', hat er immer gesagt. Na ja, sei's drum, feststeht, obwohl er im Verein mein ständiger Widersacher war, sind wir letztlich gut miteinander ausgekommen." Dann machte auch er eine Pause.

„Wenn man es genau nimmt, bin ich vermutlich noch etwas erstaunter als die meisten anderen", gab Palshöfer dann zu.

„Wieso das?"

„Nun, wenn die Zeitangaben in der Zeitung stimmen, dann habe ich Schwackmeier noch wenige Stunden vor seinem Tod gesehen."

„Was?"

„Ja, er hat mich am letzten Vereinsabend wieder einmal in der entscheidenden Partie um die Stadtmeisterschaft besiegt, das hast du sicher mitbekommen. Ich war so sauer, dass ich anschließend keine Lust mehr hatte, die Partie mit ihm zu analysieren. Allerdings macht das ja eigentlich Freude und man kann, entschuldige konnte, wirklich eine Menge von Schwackmeier lernen, gerade was das Positionsspiel betraf. Also haben wir uns vorgestern zum Analysieren bei ihm verabredet."

„Wann war das?"

„So gegen sechs. Ich bin direkt vom Gericht zu ihm nach Hause gefahren."

„Und wie lange habt ihr geschachert?"

„Ich glaube, ich bin so gegen acht wieder gegangen. Ich hatte Hunger und bei Schwackmeier gab es ja nie etwas. Aber warum fragst du das eigentlich alles?"

Bröker massierte sich das Kinn. Palshöfers letzte Bemerkung gab seinem Verdacht neue Nahrung.

„Eins noch", hakte er nach. „Hat Schwackmeier angedeutet, dass er am Abend noch etwas vorhatte? Dass er vielleicht Gäste eingeladen hatte?"

„Schwackmeier und Gäste!", Palshöfer lachte. „Weißt du, dass er selbst seinen 60. Geburtstag außerhalb in einem Restaurant gefeiert hat? Er mochte es nicht, zu Hause besucht zu werden. Ich war in all den Jahren keine fünf Mal bei ihm. Im Grunde lud er mich immer nur ein, wenn er mal wieder über mich triumphieren wollte – so wie vorgestern. Ich bin mir sicher, dass er mich eigentlich nur zu sich eingeladen hat, um mir den Wanderpokal der Stadtmeisterschaft zu zeigen, das Analysieren war nur ein Vorwand – das hat er ein paar Mal so gemacht."

„Oh Mann, Palshöfer, was lässt du dir alles gefallen!"

„Ich weiß nicht, wenn ich Schwackmeier doch einmal besiegt hätte – bestimmt hätte ich es genauso gemacht. Wahrscheinlich habe ich nur darauf gewartet, dass sich das Blatt einmal wendet."

Bröker schaute abwesend. Er konnte diese kruden Verhaltensweisen nicht nachvollziehen und außerdem spukten ihm immer noch die seltsamen Umstände von Schwackmeiers Tod im Kopf herum.

„Bröker, du weißt doch irgendetwas, sag endlich, was los ist!"

„Du hast gelesen, wie Schwackmeier gefunden wurde, oder nicht?"

„Ja, mit dem Kopf in einem Teller Tomatensuppe."

Bröker musste immer noch darüber lachen. „Ja, aber nicht nur das. Alles war festlich gedeckt, es scheint ein opulentes Mahl gezaubert worden zu sein und zur Krönung wurde ein Sancerre kredenzt!"

„Ja, das mit dem Essen scheint mir auch etwas ungewöhnlich, wie gesagt gab es bei Schwackmeier ja nie was. Aber den Sancerre, Bröker, den habe ich mitgebracht. Ich wollte das Analysieren genießen und, zugegeben, Schwackmeier wenigstens auch ein bisschen ärgern. Es störte ihn schon, wenn sich bloß Alkohol in seinem Haus befand. Du kanntest ja seine Manie, was dieses Thema angeht, von früher –

33

die hatte sich nicht geändert oder wenn doch, dann noch verschlimmert."

„Ja, aber wenn ich es richtig verstanden habe, lag das Glas umgekippt auf der gedeckten Tafel vor Schwackmeier!"

„Was? Nein, das kann nicht sein – Bröker, hör zu, wir saßen an dem kleinen Wohnzimmertisch, dort habe ich mir ein Glas eingeschenkt und das stand da auch noch, als ich wieder nach Hause ging. Ich bin mir sicher, dass Schwackmeier es nicht angerührt hätte – das wegzuräumen hätte er definitiv seiner Putzfrau überlassen."

Palshöfer war mit einem Mal ganz aufgeregt. „Bröker, wenn du mit dem Glas Recht hast – dann stimmt da doch was nicht!"

„Und ob da etwas nicht stimmt! Das sag ich ja die ganze Zeit."

„Und was willst du jetzt unternehmen?"

„Die Polizei will bisher die Ermittlungen nicht aufnehmen. Ich habe deshalb einem befreundeten Bullen, der immer bei den Heimspielen der Arminia Dienst schiebt und ganz in Ordnung ist, meine Bedenken erzählt. Er will sich mit dem Leiter der Ermittlungen in Verbindung setzen."

Palshöfer saß mit einem Mal ganz schlaff auf seinem Stuhl, das alles schien zu viel für ihn zu sein. „Gut, sag mir, wenn ich helfen kann."

„Das mache ich!"

„Ich muss so langsam wieder zurück ins Gericht."

„Ja, ich begleite dich noch ein Stück, schließlich haben wir noch nicht über das Schachspiel gesprochen."

Sie bezahlten, standen auf und schlenderten langsam wieder den Niederwall hinauf.

Palshöfer berichtete, dass er in der entscheidenden Partie um die diesjährige Stadtmeisterschaft Schwarz gehabt hatte und auf Schwackmeiers Damenbauernzug überraschend königsindisch eröffnet hatte. Damit hatte er Schwackmeier tatsächlich zunächst unter Druck setzen können, dann aber nicht genügend scharf fortgesetzt und schließlich war er im Endspiel seinen positionellen Schwächen erlegen. Bröker dämmerte, dass Palshöfer Schwackmeier vor Jahren in einer ähnlichen Partie aus noch ähnlicheren Gründen schon einmal unterlegen war, erwähnte dies aber lieber nicht.

Kurze Zeit später verabschiedeten sich die beiden Freunde vor dem Landgericht. Während Palshöfer in sein Büro zurückkehrte, überquerte Bröker wieder die Detmolder Straße und erklomm erneut den Sparrenberg. Er würde sich jetzt einen kühlen Weißwein gönnen. Er hatte den ganzen Vormittag von Sancerre gelesen, über Sancerre geredet, aber sich keinen bestellen können. Das *Ratscafé* setzte vor allem auf deutsche Weine und hätte bestenfalls einen *Chardonnay Bourgogne* gehabt. Nun war es Zeit, den Stoff in realiter wieder zu entdecken. Bröker merkte, wie sich ein Lächeln in ihm breit machte, und er beeilte sich, so gut er es noch konnte, nach Hause zu kommen.

Als er vor seinem Haus stand, stockte er. Vor dem Zaun stand eine blaue Vespa und auf den Stufen vor seiner Haustür saß, fast fiel ihm der Name nicht ein, Gregor.

Kapitel 5
Bei Mord Anruf

„Was machst du denn jetzt schon hier?" Bröker gab sich keine Mühe zu verbergen, dass er ein wenig konsterniert war.

„Na, wolltest du nicht Hacken lernen?" Gregor grinste. „Oder hast du nur gehofft, ich gehe für dich Holz hacken?"

„Nein, natürlich nicht", beeilte sich Bröker zu versichern

35

und ärgerte sich gleichzeitig über seinen devoten Unterton gegenüber einem Minderjährigen. „Ich hatte dich nur nicht so bald erwartet."

„Nun ja, du hast ja Recht, ich bin nicht nur hier, um mit dir vor dem PC zu sitzen. Nimmst du mich mit rein, dann erzähle ich es dir?"

Bröker unterdrückte die aufflackernden Phantasien, in denen Gregor ihn mit einem Messer bedrohte, sobald die Tür hinter ihnen ins Schloss fiel, um an Geld für seinen nächsten Schuss zu kommen. „Ja, komm rein!"

Er schloss die Haustür auf und wies Gregor den Weg ins Wohnzimmer, während er selbst in der Küche verschwand.

„Magst du was trinken?"

„Ja klar, hast du 'ne Cola?"

„Geh mir weg mit der Amibrause!" Bröker verzog das Gesicht.

„Na dann bring, was du hast!"

Kurz darauf hörte Gregor eine Kaffeemaschine röcheln. Währenddessen wunderte er sich über die Einrichtung. Sicher, Bröker war älter als er, eigentlich sogar schon steinalt, bestimmt mindestens 40. Aber die Möbel sahen so aus, als stammten sie aus den verschiedensten Zeitaltern der erdgeschichtlichen Urzeit. Die massive Schrankwand musste Brökers Urgroßvater einem Neandertaler abgeknöpft haben, während die orangefarbenen Cordsessel in einer Zeit modern gewesen waren, die Leute, die so alt waren wie Bröker, als die 70er und stets mit den Attributen „wild" oder „verrückt" bezeichneten. Das Verrückteste an dieser Zeit war gewiss die simultane Farbenblindheit dieser Generation gewesen.

Gregor kam nicht dazu, auch noch die Nippesfiguren in Augenschein zu nehmen, die die Regalböden der Schrankwand zierten, denn Bröker eilte mit einem Tablett herein, auf dem sich eine Kaffeekanne, ein Milchkännchen, eine

Zuckerdose und zwei Tassen aus weißem Porzellan befanden. Daneben standen noch ein Kristallkrug mit Apfelschorle und zwei Gläser.

„Ganz und gar stilecht!", lästerte Gregor. „Warst du mal Butler?"

„Das nicht. Aber in diesem Haus gab es tatsächlich ganze zwei Bedienstete! Bis vor kurzem hat hier vor allem meine Mutter das Sagen gehabt. Aus der Zeit stammt auch noch das Geschirr und ... alles andere. Ich war bislang zu faul, hier etwas zu verändern!"

„Brauchst dich nicht zu entschuldigen!"

Gregor ergriff ungefragt eine der beiden Kaffeetassen und bediente sich. „Nimmst du auch einen?"

„Danke, schenk ein! Milch oder Zucker?"

Gregor verneinte und beide schlürften an ihrem Kaffee. Bröker musterte sein Gegenüber dabei unverhohlen.

„Bist du von zu Hause abgehauen?", eröffnete er dann einer plötzlichen Eingebung folgend das Gespräch.

Gregor druckste. „Ja, irgendwie schon."

„Und warum, wenn man fragen darf?"

„Ich weiß nicht, ob du das verstehst."

„Wieso um Himmels willen sollte ich das nicht verstehen?"

„Nun ja, ich will dir ja nicht zu nahe treten. Aber du bist kaum jünger als meine Eltern, um nicht zu sagen: alt. Und alte Menschen verstehen so etwas erfahrungsgemäß schlechter."

„Na hör mal!" Bröker vermied es in der Regel, über sein Alter nachzudenken. Das machte ihn nur melancholisch. Umso mehr empörte ihn nun Gregors Einschätzung, obwohl er sich gleichzeitig entsann, selbst mit 15 einen 26-jährigen Vereinskameraden als scheintot bezeichnet zu haben. Damals mochte allerdings die erlittene Niederlage gegen eben diesen seinen Blick getrübt haben.

„Wenn du jetzt den Eingeschnappten spielst, erzähle ich dir wirklich nichts", spielte Gregor nun selbst die beleidigte Leberwurst.

„Na, nun schieß schon los!"

„Ich glaube, ich bin nicht der Einzige, der sich mit seinen Eltern nicht so gut versteht. Zumindest vielen meiner Freunde geht es ähnlich."

Bröker nickte. Auch er hatte im Teenageralter nur wenig mit seiner Mutter geredet. Sein Vater war damals schon tot gewesen.

„Und meine Eltern nerven ohne Ende, seit ich 13 bin", fuhr Gregor fort. „Seitdem kann ich ihnen nichts recht machen. Ich nehme das Leben nicht ernst genug, habe nicht die richtigen Vorstellungen davon, was ich werden will, und besonders tragisch ist, dass ich schon viel zu früh was mit Mädchen angefangen habe."

Bröker nickte wieder. Ihm kam auch diese Leier bekannt vor, sie schien sich dominant von Generation zu Generation zu vererben, mit einem kleinen Unterschied: Bei ihm hatte sich seine Mutter irgendwann beschwert, dass er noch nie ein Mädchen mit heimgebracht hatte. Er war in dieser Hinsicht eher schüchtern gewesen. Doch diese Abweichung ließ Bröker vorerst unter den Tisch fallen.

„Natürlich waren meine Eltern auch nicht begeistert, dass ich beim Hacken erwischt worden bin. Dabei war das eigentlich kein großes Ding. Ich habe mit zwei Freunden gewettet, wer als Erster an die Steuerdaten des Bürgermeisters kommt, und habe mich deshalb ins Finanzamt eingehackt. Ich habe sie auch herausbekommen, aber es war schon spät nachts, da wird man manchmal dämlich: Ich hab tatsächlich vergessen, den IP-Shredder einzustellen. Da konnten selbst die Deppen von der Finanzbehörde zurückverfolgen, wer da auf ihren Rechnern gewesen ist."

„Ach, und deshalb musst du die Sozialstunden ableisten?"

„Genau, darüber waren meine Eltern zunächst entsetzt und dann wieder ganz froh. Die Strafe steht nicht im Führungszeugnis und wird getilgt, wenn ich 24 bin. Außerdem dachten sie, ich mache dann endlich mal was Sinnvolles, Gemeinnütziges. Nun sammele ich eben Müll auf. Meine Eltern haben da keine sehr hohen Ansprüche."

„Und deswegen willst du von zu Hause weg?"

„Nein, nicht deshalb. Es ist mal wieder wegen eines Mädchens. Seit vier Wochen habe ich eine neue Freundin. Sie ist krank. Und das passt meinen Eltern nicht."

„Deine Eltern haben etwas gegen die Krankheit deiner Freundin? Wieso denn das?" Automatisch stellte sich Bröker eine Rollstuhlfahrerin vor, die Gregor in seiner Freizeit durch die Stadt schob.

„Nun ja, es ist keine ganz gewöhnliche Krankheit."

„Was hat sie denn?"

„Anna ist Kleptomanin. Sie war deshalb auch schon in Therapie, es ist also keine Alibi-Diagnose. Meine Eltern meinen aber, sie klaut einfach nur zum Spaß. Nun ja, und als sie letztes Mal mit bei mir war, hat sie so eine alberne Brosche meiner Mutter mitgehen lassen. Seitdem herrscht zu Hause Stunk."

Bröker, der sich das alles vorzustellen versuchte, konnte ein Lachen nur mühsam unterdrücken.

„Vielleicht hilft es wirklich, wenn du und deine Eltern für ein paar Tage Abstand voneinander gewinnt", schlug er vor. „Du könntest eine Weile hier wohnen. Wie du siehst, ist das Haus groß genug."

„Geil!", stimmte Gregor begeistert zu.

„Aber nur unter einer Bedingung!"

„Und die wäre?"

„Du sagst deinen Eltern Bescheid. Ich habe keine Lust darauf, dass die Bullen vor der Tür stehen und mich wegen Kindesentführung verhaften!"

„Geht klar!", Gregor zog schon sein Handy hervor und wählte. Wie auf Bestellung schellte auch Brökers Telefon in dem kleinen Flur vor dem Wohnzimmer. Bröker machte Gregor ein Zeichen, ging zu dem Apparat und nahm ab.

„Bröker?"

Am anderen Ende der Leitung meldete sich Mütze.

„Oh, die Polizei persönlich", lachte Bröker fröhlich in den Hörer.

„Ja genau", gab Mütze ein wenig humorlos zurück. Bröker ahnte, dass es um seine Laune nicht zum Besten stand.

„Hast du Neuigkeiten für mich?", hakte er nach.

„Nun ja." Die Situation schien Mütze noch unangenehmer als vorhin.

„Also raus damit!"

„Also gut. Ich habe gleich nach deinem Anruf heute Mittag in der Kantine mit Schewe gesprochen. Der leitet die Ermittlungen im Fall Schwackmeier. Ich habe ihm von deinen Bedenken berichtet. Aber er hat nur den Kopf geschüttelt. Du musst wissen, Schewe ist noch ganz neu, aus Köln abberufen. Wahrscheinlich gibt es da drüben zu viel Konkurrenz und er will hier Karriere machen, keine Ahnung, jedenfalls ist er noch ziemlich jung für seine Position. Er setzt besonders auf die modernen Ermittlungsverfahren, arbeitet viel mit Psychologen zusammen. Ich denke, er hält mich für einen ziemlichen Bauern, mit dem die Phantasie durchgegangen ist, weil eine lokale Persönlichkeit gestorben ist. Er sagt, der Fall liegt absolut eindeutig."

„Aber der Fall ist nicht eindeutig!", empörte sich Bröker.

„Ich weiß es nicht. Ich finde deine Einwände schon ein wenig dünn. Du hast Schwackmeier seit 25 Jahren nicht mehr gesehen."

„Sie sind nicht dünn. Ich habe inzwischen mit jemandem gesprochen, der ihn kurz zuvor noch gesehen hat, Palshöfer."

„Der Richter Palshöfer?"

„Genau der. Die beiden haben noch wenige Stunden vor seinem Tod eine Schachpartie analysiert. Palshöfer hat mir bestätigt, dass Schwackmeier weiterhin keinen Alkohol angerührt hat."

Mütze seufzte.

„Ich fürchte, ich kann wirklich nichts mehr für dich tun, Bröker. Wenn Schewe beschließt, die Ermittlungen abzuschließen, kann sie höchstens der Polizeipräsident wieder eröffnen."

„Aber das ist doch verrückt!" Bröker schrie nun fast.

„Tut mir leid!"

„Ja, mir auch!" Bröker legte grußlos auf. Mütze würde es verschmerzen können.

Als Bröker ins Wohnzimmer zurückkam, hatte auch Gregor gerade sein Telefonat beendet. Er strahlte.

„Sie waren erst sehr skeptisch", berichtete er über die Antwort seiner Eltern. „Wollten wissen, woher ich dich kenne, wer du bist und so. Ich habe gesagt, du bist ein Freund und hast ein Haus an der Sparrenburg. Das schien sie zu beruhigen. Schließlich haben sie eingesehen, dass es vielleicht besser ist, wenn ich eine Zeit lang hierbleibe. Ich soll nur jeden Tag anrufen."

„Na, endlich mal eine gute Nachricht", sagte Bröker und hoffte, dass Gregors Angaben stimmten.

„Ich hab ein Gästezimmer, da kannst du einziehen. Komm mit, ich zeige es dir."

„Dein Telefonat ist wohl nicht so gut gelaufen", erkundigte sich Gregor, während er mit Bröker eine knarrende Treppe hinaufstieg.

„Nicht wirklich!" Bröker berichtete Gregor von Schwackmeiers Tod, den dieser auch schon der Zeitung entnommen hatte, von seinem Verdacht, dass dabei nicht alles mit rechten Dingen zugegangen sei, und auch vom Kontakt zu Mütze und der passiven Haltung der Bielefelder Polizei. Je länger er zuhörte, desto aufgeregter wurde Gregor.

„Mensch, Bröker!", rief er schließlich. „Da hast du ja ein Verbrechen entdeckt. Weißt du was? Wir werden den Fall zusammen lösen!"

„Na, ob ich so ein guter Detektiv bin." Bröker wiegte zweifelnd den Kopf. „Aber ich würde diesem hochnäsigen Schewe doch gerne ein bisschen Dampf unterm Hintern machen!"

„Ja, man müsste die Presse informieren, das ist doch ein Skandal!"

„Da sagst du was! – Moment mal, du bringst mich da auf eine Idee ..."

„Was für eine Idee denn?"

„Ich kenne aus Studienzeiten noch eine Journalistin, Charly. Wir haben damals zusammen ein Studentenblättchen herausgegeben. Ich habe sie schon ewig nicht mehr gesehen, aber heute schreibt sie für die *Neue Westfälische*, unter den größeren Artikeln ist immer wieder mal einer von ihr. Für sie müsste das ein gefundenes Fressen sein!"

„Ja, ruf sie doch an!"

Bröker war schon wieder die Treppe hinab zum Telefon geeilt und blätterte in einer verschlissenen Kladde. Charly hatte schon damals in einer Wohnung im Johannistal gelebt, die sie von ihren früh verstorbenen Eltern geerbt hatte. Da sie die hohen Decken des Altbaus ebenso wie den Balkon geliebt hatte, der ihr Ausblick auf den Botanischen Garten schenkte, war sich Bröker sicher, dass sie – sollte sich ihr Leben nicht grundsätzlich geändert haben – immer noch dort wohnte.

„Ah, da ist die Nummer", verkündete er nach einiger Zeit und wollte schon wählen. Doch dann zögerte er. Könnte man eine Frau wie Charly einfach nach so vielen Jahren anrufen? Charly, diese Frau, die Männer umschwärmten wie Motten das Licht, obwohl sie immer wieder versuchte, dem entgegenzuwirken? Ihre langen, roten Haare hatte sie damals stets zu einem Zopf geflochten und ihr Kleidungsstil war fast ein bisschen männlich erschienen, ihr Lieblingsstück war über Jahre eine schwarze Weste gewesen. Bröker erinnerte sich nicht, weshalb gerade er immun gegen ihren Charme gewesen war. Charly jedenfalls hatte dies erleichtert zur Kenntnis genommen, fand sie so nicht nur einen Kumpanen zum Herausgeben einer recht eigenwilligen Studentenzeitschrift, sondern auch jemanden, dem sie an so manchem Abend ihr Herz ausschütten konnte. Denn, so skeptisch sie tatsächlich gegenüber den Annäherungsversuchen der Männer war, so wenig konnte sie ihnen widerstehen. Und daher verging so mancher Abend auf dem Balkon ihrer Wohnung, an dem sie beide an einem Artikel feilten und Charly zu später Stunde begann, über sich selbst zu fluchen.

„Warum", das wurde sie nicht müde zu wiederholen, „ist nur immer wieder einer darunter, der einem doch so gut gefällt, dass man dumm genug ist, für eine Weile wieder all diese Spielchen mitzumachen?"

Aber abgesehen von dieser kleinen Schwäche war Charly eigentlich jemand, der es einem leicht machte, sich in Ordnung zu fühlen, und als Journalistin hatte sie, so fand Bröker zumindest, Talent und stand noch dazu auf der richtigen Seite. Bröker schaute sinnierend auf das Telefon. Alles in allem konnte man es auch so sehen, dass, gab es überhaupt eine Frau, die Bröker sich trauen durfte anzurufen, dies Charly war.

Trotzdem war er sehr nervös, als er sich schließlich dazu

entschloss, tatsächlich ihre Nummer zu wählen, und es am anderen Ende der Leitung zu klingeln begann.

„Bei Lindhorst", meldete sich ausgelassen eine Männerstimme nach dem vierten Läuten.

„Entschuldigen Sie bitte, da habe ich mich wohl verwählt", stockte Bröker. Dann hörte er aus dem Hintergrund eine Frauenstimme und den Hörer rascheln. „Hier ist Charly, hallo?"

„Ach, du bist es ja doch!", gab Bröker erleichtert von sich.

„Ja, warum sollte ich es denn nicht sein? – Mit wem spreche ich da überhaupt?"

„Entschuldige, hier ist Bröker."

„Wer?", Charly klang verwirrt.

„Bröker, wir haben zusammen studiert und für den *Rotbarsch* geschrieben, erinnerst du dich?"

„Ach, B., du bist es! Natürlich erinnere ich mich!"

Charly hatte sich zu den Unizeiten immer einen Spaß daraus gemacht, Bröker *B.* zu nennen, weil dieser nie seinen Vornamen verraten wollte. Alles, was sie herausbekommen konnte, war, dass sein Vorname auch mit B. begann. Da sie ihn aber nicht wie alle anderen ‚Bröker' nennen wollte, da sie fand, dass dies nach einem alten Brötchenbrocken, den man in Milch stippte, klang, hatte sie eben das Kürzel „B." erfunden. Dabei hatte Charly gut Reden, hieß sie doch eigentlich selbst Charlotte, fand aber, dass dieser Name wiederum für sie eine zu edle Strenge besaß.

„Und ich dachte schon, ich habe mich verwählt, weil sich ein Mann meldete und ‚bei Lindhorst' sagte", lachte Bröker etwas verlegen geworden durch die Erinnerungen, die in ihm aufstiegen.

„Na, aber ich heiße doch Lindhorst."

Das war Bröker in diesem Moment auch wieder eingefallen und er schämte sich dafür, dass er in solchen Situationen so schnell durcheinander geriet. Und auch das mit dem Mann hätte Bröker erahnen können.

„Und warum rufst du an?"

„Es geht um Schwackmeiers Tod."

„Ach so. Ja, ich habe natürlich mitbekommen, dass der gestorben ist. Ich war sogar als eine der Ersten vor Ort, als die Presse Zutritt bekam. Woher kanntest du ihn denn?" Dann schien sie die Sprechmuschel zu verdecken und Bröker hörte ein dumpfes „Lass das!"

„Wir haben vor 25 Jahren für denselben Schachverein gespielt", gab Bröker sich unbeirrt. „Daher kannte ich ihn ein bisschen und glaube, dass bei seinem Tod irgendwas nicht mit rechten Dingen zugegangen ist."

„Was du nicht sagst, erzähl!" Mit einem Mal schien Charly ganz bei der Sache. Bröker berichtete in groben Zügen von seinen Mutmaßungen und davon, dass er mit Palshöfer gesprochen und dieser ihn in seinem Verdacht bestätigt hatte. Auch dass Schewe keinen Anlass sah, in dieser Richtung zu ermitteln, ließ er nicht aus, wobei er Mützes Rolle allerdings verschwieg. Nach einiger Zeit hörte er am anderen Ende die Begrüßungsmelodie eines Computers und kurz darauf Finger, die über die Tastatur jagten. Charly machte sich Aufzeichnungen.

„Interessant", murmelte sie dabei immer wieder. Als Bröker geendet hatte, gab es eine kurze Pause. Das Klicken eines Feuerzeugs verriet ihm, dass Charly sich eine Zigarette anzündete.

„B.", sagte sie dann, wobei ihr das Wort dank der Zigarette in ihrem Mund zu einem Nuscheln geriet, „wenn da was dran ist, das wäre echt ein Knüller!"

„Ja, aber wir werden nie herausfinden, ob ich Recht habe, wenn die Polizei den Fall weiterhin als abgeschlossen ansieht."

„Darum werde ich mich kümmern. Glaub mir, nach meiner Schlagzeile werden sie weiter ermitteln!"

„Dein Wort in Gottes Gehörgang."

„Lass mich nur machen. Du hörst von mir. Und wenn nicht, dann liest du auf jeden Fall von mir!"

Noch bevor Bröker antworten konnte, hatte Charly schon eingehängt. Nachdenklich legte auch Bröker den Hörer auf die Gabel seines moosgrünen Telefons.

„Und? – Hilft sie uns?" Gregor hatte vom oberen Treppenabsatz ungeduldig zugehört, aber aus dem halben Gespräch noch nicht die gewünschten Schlüsse ziehen können.

„Ich denke, sie wird in der *Neuen Westfälischen* darüber berichten. Danach werden wir weitersehen."

„Mensch, Bröker, wir werden noch berühmt!"

„Noch lieber würde ich heute Abend satt!", entgegnete Bröker, dem sein nagendes Hungergefühl aufgefallen war. „Ich werde uns was kochen. Und damit das gelingt, muss ich vorher ein wenig einkaufen. Wenn du auch aus dem Haus gehen willst: Ein Schlüssel hängt hier an dem Schlüsselbrett gleich über dem Telefon."

„O.K., danke, ich hole vielleicht nur noch ein paar Sachen von zu Hause. Das Zimmer ist übrigens in Ordnung."

„Na, da habe ich ja Glück gehabt."

Zufrieden mit seinem Entschluss, suchte Bröker nach einem Leinenbeutel. Am liebsten benutzte er den mit der lachenden Sonne und dem Aufdruck „Atomkraft? Nein danke". Doch der hatte seine besten Tage leider schon hinter sich und würde bei einem größeren Einkauf aller Wahrscheinlichkeit nach an die Grenzen seiner Belastbarkeit stoßen. Blieb ihm noch der mit der Aufschrift „Wein-Anton". Bröker lief zwar nicht gerne Werbung für etwas, aber Erinnerungen an manch schönen Weißweinabend in seinem Gartenstuhl beschwichtigten ihn.

Er griff nach seinem Telefon und bestellte sich ein Taxi zum Supermarkt. Das passte zwar nicht ganz zu seiner sonstigen Haltung, aber seit die Haushälterin nicht mehr für ihn einkaufen konnte, weil sie gekündigt hat, war Bröker noch nicht eingefallen, wie er weniger mondän besorgen konnte, was er benötigte – lag der nächste Supermarkt doch zwei Kilometer entfernt in Gadderbaum.

Kapitel 6
Und sie bewegt sich doch

Als Bröker am nächsten Tag erwachte, schien die Sonne schon ins Zimmer. Das wäre um diese Jahreszeit nicht weiter verwunderlich gewesen, hätte Brökers Schlafzimmerfenster nicht nach Süden geschaut, es war also schon beinahe Mittag. Sein Kopf fühlte sich ein wenig dumpf und sein Magen immer noch ein bisschen zu voll an. Langsam erinnerte er sich wieder an den gestrigen Abend. Er hatte für Gregor eine Paella gezaubert und dazu einen Rioja entkorkt.

Nachdem sie zusammen schon die Hälfte der riesigen Pfanne vertilgt und die erste Flasche Wein geleert hatten, hatte Bröker drei Dinge beschlossen. Erstens: Der klägliche Rest der Paella war es nicht wert, bis zum nächsten Tag aufbewahrt zu werden, musste also sofort verzehrt werden. Zweitens: Dies konnte nicht ohne die entsprechende Menge Wein geschehen, die zweite Flasche Rioja musste also geöffnet werden. Drittens: Gregor hatte für seine 16 Jahre eindeutig schon genug getrunken. Somit war es an Bröker gewesen, sich des Weins und großen Teilen des verbliebenen Reisgerichts zu erbarmen. Jedoch zwickte das, was ihm am Abend noch sehr vernünftig erschienen war, jetzt in seinem Magen und dröhnte in seinem Kopf.

„Ach, Uliii!", stöhnte Bröker in der gleichen Intonation, wie die Arminenfans 15 Jahre zuvor und weckte damit den Kater, der sich zu seinen Füßen zusammengerollt hatte und die wärmenden Strahlen der Sonne genoss. „Geht es dir auch so schlecht? Aber nein, du warst ja gestern abstinent. Ganz anders als Gregor und ich. Das ist eben der Unterschied zwischen Kater sein und Kater haben." Nach dieser tiefsinnigen Bemerkung stutzte Bröker. „Mensch Uli, wir haben ja Besuch! Und noch kein Frühstück vorbereitet! Bestimmt läuft der Junge schon seit Stunden hungrig durch die Wohnung!"

Mit diesem Satz schob Bröker sich aus dem Bett und wollte ins Bad. Dabei kam er an Gregors Zimmer vorbei und da die Tür halb offen stand, sah er, dass Gregor keineswegs hungrig durch die Wohnung tigerte, sondern noch tief und fest schlief. Und er schlief immer noch tief und fest, als Bröker geduscht, Brötchen geholt und das Frühstück vorbereitet hatte, heute mit einer doppelten Portion Rührei, die tatsächlich für zwei bestimmt war. Bröker holte die Zeitungen herein und legte sie auf den Frühstückstisch. Er war neugierig, aber die Sorge darüber, dass das Rührei langsam kalt wurde, hielt ihn davon ab, die Zeitungen gleich aufzuschlagen. Vielleicht war es doch an der Zeit, Gregor zu wecken. Andererseits kam ihm das eingedenk seiner Erfahrung mit der früheren Haushaltshilfe spießig vor. Aber was, wenn der Junge zur Schule musste?! Dieser Gedanke überzeugte ihn. Ungeachtet dessen, dass es schon auf Mittag zuging und es daher für so etwas wie Schule sowieso schon sehr spät war, klopfte Bröker an Gregors Zimmertür.

„Gregor, aufstehen!", weckte er den Jungen unsanft. Der drehte sich langsam der Zimmertür zu, öffnete ein Auge und betrachtete den Störenfried.

„Was ist denn los? Da fühlt man sich ja gleich wie zu Hause!"

„Musst du heute nicht zur Schule?"

Der Junge schien derlei Fragen zu kennen. Ohne nachzudenken, antwortete er: „Heute ist Elternsprechtag. Wir haben frei!", und drehte sich wieder um. Bröker zögerte. Er sollte Gregor lieber in Ruhe lassen. Doch dann gewann der Gedanke an das Rührei.

„Komm, das Frühstück ist auch schon fertig!"

„Bröker, es ist echt kein Wunder, dass du dich so isotrop ausdehnst. Du denkst ja echt an nichts anderes als ans Essen!"

Allerdings blieben Brökers Worte nicht ohne Wirkung. Gregor schälte sich aus der Decke und trottete Richtung Bad.

„Pass auf mit den Fremdwörtern so früh am Morgen! Man verstaucht sich leicht die Zunge", gab ihm Bröker noch hinterher, ehe Gregor die Tür schloss.

Kaum hatte Bröker den Kaffee aus der Küche in den Garten gebracht, fläzte sich Gregor schon in den noch freien Gartenstuhl.

„Das ging ja noch schneller als bei mir!"

„Ich bin ein Morgenmuffel! Also bitte keine tiefsinnigen Gespräche am Frühstückstisch, am besten überhaupt keine Gespräche." Dazu setzte Gregor eine Miene auf, die erkennen ließ, dass es ihm ernst war. Wortlos schob ihm Bröker die *Neue Westfälische* zu und schenkte ihm Kaffee ein. Nachdem er sich auch selbst bedient hatte, griff er zum *Westfalen-Blatt* und widmete sich sofort dem Sportteil. Dort wurden die Aussichten der Arminia für das anstehende Heimspiel gegen 1860 abgewogen. Auch wenn es in dieser Saison um nichts mehr ging, beide Vereine befanden sich kurz vor Saisonschluss im gesicherten Mittelfeld der zweiten Liga, so hatte Bröker gerade bei den Münchner Löwen immer noch das Gefühl, es sei noch eine alte Rechnung offen. Er dachte an die Relegationsspiele aus dem Jahr 1977. Es war einer seiner ersten Besuche auf der Bielefelder Alm gewesen und die Arminia hatte die Münchner Löwen mit 4:0 vom Platz gefegt. Umso tiefer war seine Enttäuschung gewesen, als die Arminia eine Woche später im Rückspiel im Olympiastadion ebenfalls eine 0:4 Niederlage bezog und auch das Entscheidungsspiel im Frankfurter Waldstadion 0:2 verlor. Beide Spiele hatte der junge Bröker fiebernd am Radio verfolgt. Beim sogenannten *Wunder vom 9. Mai* Jahre später war er sogar im Stadion gewesen. Bis zur 89. Minute hatte die abstiegsbedrohte Arminia gegen die ebenfalls gefährdeten Löwen 0:1 zurückgelegen und dann das Spiel durch zwei Tore in letzter Minute noch gedreht. Nein, so etwas konnte man einfach nicht vergessen, auch wenn Gregor sicher über ihn lachte, würde er ihm davon erzählen.

Den Jungen aber schien gerade anderes zu beschäftigen. Aufgeregt ruckelte er in seinem Stuhl hin und her.

„Was ist?", fragte Bröker ihn. „Hast du deinen Stuhl versehentlich auf einem Ameisenhaufen platziert oder bekommt dir der gute Bohnenkaffee nicht?" Er rechnete insgeheim mit einem Rüffel, weil er es gewagt hatte, seinen Besucher beim Frühstück anzusprechen. Der jedoch schien sich selbst nicht mehr an sein Schweigegelübde zu erinnern.

„Guck mal!", rief er und wedelte dabei mit einem Blatt seiner Zeitung wild durch die Luft.

„Auf die Weise verscheuchst du zwar prima die Fliegen und ich bin dir dankbar", nuschelte Bröker und schob sich einen weiteren Happen Lachs in den Mund, „aber lesen kann ich so nichts."

„Na, die bringen deine Geschichte!"

„Charly!" Dass sie so schnell etwas auf die Beine stellen würde, hatte Bröker nach dem gestrigen Telefonat nicht erwartet. Er riss Gregor die Zeitungsseite aus der Hand und las.

„Wurde Schwackmeier ermordet?", fragte die Titelseite des Lokalteils der *Neuen Westfälischen* in großen Lettern. Und darunter immer noch in Fettschrift: „Bielefelder Polizei bleibt tatenlos". Den anschließenden Artikel überflog Bröker nur, enthielt er doch im Wesentlichen die Informationen, die Bröker selbst Charly zugespielt hatte. Natürlich hatte sie in der kurzen Zeit keine neuen Beweise beibringen können, aber Bröker musste zugeben, dass ihr Stil dem Ganzen die nötige Schärfe verlieh. Bröker war sich sicher, nun würde die Polizei nicht länger untätig bleiben können. Genüsslich lehnte er sich in seinem Gartenstuhl zurück.

„Was ist?", äffte ihn Gregor nach. „Du siehst aus wie ein Eichhörnchen, das nach langer Suche seine Lieblingsnuss wiedergefunden hat."

„Du sagst doch, ich soll nicht immer ans Essen denken!", grinste Bröker zurück. „Aber ich denke, jetzt kommt endlich Bewegung in die Sache."

„Dann hast du jetzt gute Laune?"

„Ja natürlich habe ich gute Laune, was für eine Frage!"

„Och, nur so", Gregor schaute unschuldig. „Dann hast du auch bestimmt nichts dagegen, wenn Anna heute Nachmittag mal reinschaut."

„Wer ist Anna?"

„Das ist meine Freundin. Die, weshalb ich Zoff mit meinen Alten hatte. Du erinnerst dich?"

„Ach, die Kleptomanin!", entfuhr es Bröker.

„Ja, genau die." Gregor rollte mit den Augen.

„Und die will hierher kommen?"

„Richtig. Sie will mal sehen, wer mich da aufgenommen hat und ob du vertrauenswürdig bist."

„Ob *ich* vertrauenswürdig bin?"

Das Telefon, das die beiden im Inneren des Hauses läuten hörten, lenkte Bröker von seiner Empörung ab. Er musste seine Kilos schleunigst in Bewegung setzen, um es noch rechtzeitig zu erreichen. Nach dem sechsten Läuten nahm er ab.

„Bröker?", keuchte er in den Hörer.

„Hallo Bröker, hier ist Günther!", antwortete eine Stimme.

„Mütze! Sag das doch gleich!"

„Sag ich doch!" Doch Mütze schien nicht zu Scherzen aufgelegt. „Bröker, ich vermute mal, dass der Artikel in der *Neuen Westfälischen* auf dich zurückgeht?"

„Da vermutest du richtig. Ich habe mit einer alten Freundin telefoniert, weil ihr ja nichts unternehmen wolltet. Dass sie es so aufbauscht, konnte ich schließlich nicht ahnen." Bröker war froh, dass Mütze nicht sah, wie er bei diesem Satz feixte.

„Nun, zumindest hast du erreicht, was du wolltest. Schewe sieht sich nun gezwungen, den Fall genauer zu untersuchen."

„Fein fein! Man könnte fast den alten Galilei zitieren: Und ihr bewegt euch doch!"

„Na, warte mal ab, ob dir das gleich auch noch so gut gefällt. Schewe hat sich nämlich nach dem Artikel daran erinnert, dass ich ihm die gleichen Einwände doch gestern auch schon einmal vorgetragen habe. Und er wollte wissen, von wem ich sie hatte."

„Und was hast du gesagt?"

„Ich musste natürlich deinen Namen nennen!"

„Und nun?"

„Nun wirst du in Kürze meine Kollegen vor der Tür stehen haben."

„Ach du lieber Schreck!" Daran hatte Bröker überhaupt nicht gedacht, als er Charly anrief.

„Ich wollte nur, dass du vorgewarnt bist", verabschiedete sich Mütze und legte auf.

Brökers Laune hatte sich deutlich verfinstert. Anscheinend konnte man das seiner Miene ansehen, denn Gregor frotzelte: „Na, hat sich herausgestellt, dass die Nuss taub war?"

„Welche Nuss?", fragte Bröker fahrig. „Das war Mütze. Die Bullen kommen gleich her, um mich zu Schwackmeiers Tod zu befragen."

„Die Bullen?" Nun änderte sich auch Gregors Laune abrupt. „Na ja, ich wollte sowieso noch schnell in die Stadt, bevor ich Anna abhole", sagte er, eilte ins Haus und kam wenige Augenblicke später mit seinem Helm wieder heraus.

„Halt, du kannst doch auch gleich noch in die Stadt!", rief ihm Bröker hinterher.

„Nee, Bröker, bei allen anderen Gelegenheiten bleibe ich gerne. Aber weißt du, die Bullen und ich, das passt einfach nicht zusammen!"

Mit diesen Worten schlug Gregor mit einem Knall das Eingangstor hinter sich zu. Bröker hörte nur noch, wie der Roller angelassen wurde und Gregor davonfuhr.

Wie gern hätte Bröker es dem Jungen gleichgetan und sich davongemacht. Obwohl er sich ziemlich sicher war, nichts verbrochen zu haben, ja, eigentlich als Zeuge befragt werden sollte, war er schon wieder beunruhigt, am Ende selbst inhaftiert zu werden. Und wenn er sich so betrachtete, schien er sich selbst nicht unbedingt unverdächtig. Doch für Ausflüchte war es nun zu spät und wenn Bröker richtig hörte, fuhr gerade schon ein Wagen vor.

Kapitel 7
Der Besuch der jungen Damen

Kurz darauf schellte es schon an der Haustür. Als Bröker öffnete, standen ihm zwei junge Polizistinnen gegenüber. Tatsächlich war nur eine der beiden an ihrer Uniform als solche zu erkennen, was Bröker aber vermuten ließ, dass auch die andere Polizistin war, vermutlich eben nur die ranghöhere.

„Ja bitte?", fragte er wenig verbindlich, während er fortfuhr, die beiden zu mustern. Bei der Uniformträgerin musste er sich trotz seiner angeborenen Abneigung allen Behörden gegenüber ein Grinsen verkneifen. Bröker hatte nie zu den Männern gehört, die Frauen in Uniform besonders aufregend fanden, aber die Kluft der nordrhein-westfälischen Polizei hätte es auch einem begeisterten Uniformfetischisten schwer gemacht. War in diesem Fall die Trägerin schon von Natur aus eher kräftig, so besaß die Uniform das Talent, gerade dieses Detail besonders zu unterstreichen. Die blaue Hose bauschte sich kurz unterhalb der Hüfte auf, als müsse sie nicht nur ihrer Trägerin, sondern einer gesamten Einsatzausrüstung bestehend aus Handschellen, Dienstwaffe und einer Reiseschreibmaschine Marke „Erika" Platz bieten – Bröker fand diese Art innerer Gürteltasche für alle Fälle einen recht raffinierten Einfall.

„Herr Bröker?", unterbrach die nicht uniformierte Kollegin Brökers Phantasien.

„Der bin ich."

„Dürfen wir eintreten?"

„Ja natürlich." Erst jetzt wurde Bröker bewusst, dass er die beiden Polizistinnen auffällig lange nicht hereingebeten hatte, und schnell bemühte er sich, nun umso höflicher zu sein.

„Entschuldigen Sie bitte, ich war noch nicht ganz anwesend. Ich habe gerade einen Freund verabschiedet, der mit mir im Garten gefrühstückt hat. Vielleicht setzen wir uns einfach dort zusammen?"

„Ja, gerne", nickte die Uniformierte.

„Ich hole gerade noch zwei Tassen. Sie nehmen doch Kaffee?"

Wieder nickte die Uniformträgerin ihr „Ja, gerne", während ihre Kollegin ein wenig geziert „Für mich bitte nicht" zurückgab.

Als Bröker die noch fehlende Tasse herbeigeschafft und den Kaffee eingeschenkt hatte, stellten sich die beiden Besucherinnen vor. Bröker würdigte die Ausweise keines Blickes, schließlich waren die beiden von Mütze angekündigt worden und wie Betrügerinnen sahen sie wirklich nicht aus. Im nächsten Moment bereute er allerdings schon seine inszenierte Abgebrühtheit, denn genau in dem Augenblick, als die nicht Uniformierte die Namen nannte, begannen die Glocken der Neustädter Marienkirche zu läuten und Bröker bekam die Worte der Polizistin nicht mit. Allerdings musste er zugeben, dass er sich die Namen vermutlich auch sonst nicht gemerkt hätte, sein Namensgedächtnis war noch nie gut gewesen. Manchmal baute er sich eine Eselsbrücke, aber im günstigsten Falle merkte er sich dann diese, kam aber trotzdem nicht auf die Namen. So taufte er die beiden Beamtinnen insgeheim Derrick und Harry. Die nicht uniformierte, die Bröker für eine Kommissarin hielt, war Derrick, während die Uniformträgerin nun in seinen Gedanken den Namen Harry trug.

Derrick schien tatsächlich der Boss zu sein, denn sie stellte nun die Fragen mit deutlich erhobener Stimme, um gegen das Glockenläuten anzukommen. Währenddessen machte sich Harry ein paar Notizen in einem DIN-A6-Heft.

„Wir ermitteln im Falle Wilfried Schwackmeier", eröffnete sie Bröker Dinge, die dieser schon wusste.

„Sie haben gestern meinen Kollegen Schikowski über ein paar Ungereimtheiten in diesem Fall informiert und wir würden Sie bitten, diese noch einmal mit uns durchzusprechen."

Keine Nuance in ihrer Stimme verriet, ob Schewe, der vermutlich ihr Vorgesetzter war, über den Zeitungsartikel verärgert gewesen war, ja sie erwähnte noch nicht einmal, dass dieser Artikel die Nachforschungen erst ausgelöst hatte.

„Ja, selbstverständlich." Artig berichtete Bröker, was er bis zu dem Zeitpunkt selbst recherchiert hatte, angefangen bei seinen Zweifeln aufgrund der fehlenden Hauptspeise in der Küche und der angebrochenen Flasche Sancerre bis hin zu der Tatsache, dass Palshöfer diese Verdachtsmomente bestätigen konnte, weil er wusste, dass Schwackmeier auch in den letzten Jahren keinen Alkohol angerührt hatte. Auch dass Palshöfer am gleichen Abend, vermutlich sogar kurz vor Schwackmeiers Tod, bei diesem zu Besuch gewesen war, erzählte er den beiden Polizistinnen, wobei Derrick den Kopf schief legte, woraufhin Harry immer schneller zu schreiben begann.

„Palshöfer hat mir auch berichtet, dass er es war, der den Sancerre mitgebracht hat, allerdings für sich selbst. Ich bin überzeugt, dass Schwackmeier davon freiwillig nichts getrunken hat. So wie ich ihn kannte – der war trockener als trocken, der wäre sogar lieber vertrocknet, als ..." Bröker unterbrach sich eigenmächtig. „Na, ich denke, Sie haben verstanden, was ich deutlich machen wollte."

Derrick nickte. Dann legte sie die Stirn in Falten.

„Mal rein hypothetisch, Herr Bröker, halten Sie Palshöfer eines Mordes für fähig?"

Bröker lachte. „Palshöfer? Sie haben ihn noch nie gesehen, oder? Er ist doch selbst Richter, ein Mann des Gesetzes, und außerdem der ordentlichste und akkurateste Mensch, den ich kenne. Nein, ich glaube nicht, dass er fähig ist, jemanden zu ermorden. Und noch weniger ist er fähig, ein solches Durcheinander am Tatort zu hinterlassen."

Auch das schrieb sich Harry auf.

„Ist denn schon klar, dass Schwackmeier ermordet wurde, hatte ich also mit meinen Mutmaßungen Recht?"

„Nein, er wird derzeit obduziert. Aber für den Fall, dass etwas an Ihren Vermutungen dran ist, müssen wir schon jetzt alle Möglichkeiten in Betracht ziehen. Und wenn Sie Glück haben, müssen wir Sie dann nicht noch einmal behelligen." Derrick lächelte. So hätte sie sich Bröker ebenso gut als Zahnärztin vorstellen können. Er zuckte mit den Schultern.

„Ich stehe Ihnen jederzeit zur Verfügung", erging er sich in Gemeinplätzen. „Es ist ja auch nicht Ihre Schuld, dass Schwackmeier tot ist."

Dies schienen die beiden Polizistinnen so zu verstehen, wie es gemeint war: als ein Abschiedswort. Harry trank noch schnell ihren Kaffee aus, dann erhoben sich die beiden.

„Wir bedanken uns ganz herzlich für Ihre Mitarbeit", floskelte Derrick zurück, bevor das Ermittler-Duo durch das Tor entschwand und wieder in seinen Einsatzwagen stieg.

„Ja, einen recht schönen Tag noch", murmelte Bröker, als die beiden es schon längst nicht mehr hören konnten. Dann schloss er das Tor und atmete erleichtert auf.

Bröker hatte kaum das Frühstücksgeschirr abgeräumt, als es abermals schellte. Gregor stand vor der Tür und neben ihm ein etwa gleichaltriges Mädchen, das auf Bröker unscheinbar, ja sogar noch kindlich wirkte und ihn verlegen anlächelte.

„Das ist Anna", stellte Gregor sie vor. „Anna, das ist Bröker und das hier das Haus, wo ich für die nächsten Tage unterkomme."

Anna reichte Bröker die Hand. Wenn sie jetzt noch einen Knicks macht, platze ich, dachte Bröker. Stattdessen aber sagte er: „Nun kommt doch rein!"

„Sind die Bullen weg?", fragten die beiden wie aus einem Munde. Bröker wurde bewusst, dass er, obwohl er älter war als Gregor und Anna zusammen, als Einziger von ihnen noch nie ernsthaft mit der Polizei in Konflikt geraten war.

„Ja, ich habe sie weggeschickt!", erklärte er großspurig.

„Ein Glück!", zeigte sich Gregor erleichtert, während sie Richtung Wohnzimmer gingen. „Wenn mir eins heute noch gefehlt hätte, dann diese tannengrünen Evolutionsbremsen!"

„Die sind inzwischen blau!"

„Ach, das weiß ich doch, Bröker!", gab Gregor zurück. „Glaub mir, ich habe sie schon aus größerer Nähe gesehen als du. Aber apropos blau: Sag mal, willst du uns nichts zu trinken anbieten?"

„Oh sicher, nehmt schon mal Platz!" Bröker deutete auf die orangefarbenen Sessel. „Was mögt ihr denn? Es ist noch Kaffee da. Ich könnte Tee oder Espresso machen. Und ich habe natürlich auch jede Menge Säfte."

„Ich nehme einen Espresso!", orderte Gregor.

„Und ich eine Apfelschorle ... wenn das möglich ist!" Anna schlug bei ihrer Bestellung die Augen nieder.

„Ja, klar!", beeilte sich Bröker zu bestätigen und verschwand in Richtung Küche. Als er außer Hörweite schien, vernahm er ein Kichern des Mädchens.

„Der ist ja so süß!"

„Na, dann muss ich wohl aufpassen, dass du nicht mit ihm durchbrennst!"

„Ja natürlich! Ich habe mich sofort in ihn verliebt. Und in diese orangefarbenen Sessel! Hilf mir, Gregor, wenn ich sie länger anstarre, werde ich blind!"

Hatte Bröker die Unterhaltung anfänglich noch ganz lustig gefunden – schließlich war es, wenn überhaupt, Jahrzehnte her, dass ihn zuletzt ein Mädchen süß gefunden hatte –, so fand er nun, dass ihre Scherze ein bisschen zu weit gingen. Allerdings musste er zugeben, dass er sich noch nie Gedanken über die Farbe seiner Sessel gemacht hatte, und wenn er erst mit so was anfing ... Nein, er wollte die Unterhaltung der beiden auf keinen Fall weiter verfolgen. Entschlossen stellte er die Espressomaschine auf den Herd. Wenig später übertönte ihr Gurgeln die Laute seiner beiden Gäste. Dann stellte er noch schnell Geschirr, Zuckerdose und das Glas Apfelschorle auf ein Tablett.

Als Bröker ins Wohnzimmer zurückkehrte, verwandelte sich Anna wieder in das scheue Mädchen zurück, das Erwachsenen voller Ehrfurcht gegenüber trat. So bestritten Bröker und Gregor die Unterhaltung. Bröker, indem er vom Besuch der beiden Polizistinnen erzählte, wobei er sich, wenn er ehrlich war, ein bisschen heldenhafter darstellte, als er es gewesen war. Gregor, indem er die Szenerie kommentierte. Anna lächelte dazu und warf Bröker bewundernde Blicke zu, die er, hätte er nicht zufällig das vorhergehende Gespräch belauscht, wahrscheinlich ernst genommen hätte.

„Sag mal, Gregor, wolltest du mir nicht dein Zimmer zeigen?", warf Anna mit einem Mal ein.

„Ja klar, gerne! Bröker, wir können dich für einen Moment alleine lassen? – Du machst doch keine Dummheiten, oder?"

Bröker war so perplex, dass er nicht wusste, was er antworten sollte. Er wusste ja nicht, was die beiden Jugendlichen in Gregors Zimmer machen wollten. Oh, doch! Er wusste es viel zu gut! Musste er etwas sagen? Aber nein, Gregor war 16. Da war doch so ein Verhalten normal. Vermutete Bröker jedenfalls. Wahrscheinlich hatte sich Gregor genau in solchen Momenten von seinen Eltern bevormundet gefühlt. Und nun war Bröker kurz davor, sich genauso zu benehmen.

„Nein, nein, geht nur", stotterte er und beobachtete sich dabei, wie er immer noch darüber nachdachte, ob das die richtige Antwort war, als das Pärchen schon längst die Treppe zum Gästezimmer hinaufgeeilt war.

Bröker räumte das Geschirr wieder ab und dachte zum ersten Mal darüber nach, ob es nicht eine weisere Entscheidung gewesen wäre, die Haushaltshilfe doch zu behalten. Gregor war gerade einmal einen Tag bei ihm und schon schien es ihm, als würde er tagaus tagein nur den Tisch decken und wieder abräumen.

Als er in der Küche ankam, runzelte er die Stirn. Die Zuckerdose stand nicht auf dem Tablett, hatte er sie im Wohnzimmer stehen gelassen? Ein wenig ärgerlich auf sich lief er wieder zurück. Doch im Wohnzimmer war sie auch nicht, dann wohl doch in der Küche? Bröker kehrte in die Küche zurück und suchte diesmal gründlicher. Aber die Dose blieb verschwunden. Bröker kratzte sich verwundert am Kopf. Dann fiel es ihm wie Schuppen von den Augen. Natürlich! Anna war ja Kleptomanin! Und die Zuckerdose aus Silber! Das passte ja wie die Faust aufs Auge. Bei allem Verständnis für Annas Krankheit, so konnte sie doch nicht einfach die Zuckerdose mitgehen lassen – die Stimme seiner Mutter beteuerte dies nun vehement in seinem Kopf. Und dies mit einigem Recht, wie Bröker fand, schließlich hatte die Dose ja ihr gehört. Aber wie sollte er die beiden darauf ansprechen? Bröker wurde nervös, setzte sich in den Sessel, stand wieder auf – schließlich hielt er es nicht mehr aus, stürmte die Treppe hinauf und klopfte an die Tür des Gästezimmers. Ein „Herein" vergaß er abzuwarten. Wie er es eben vermutet, aber in der Hast schon wieder verdrängt hatte, lagen Gregor und Anna im Bett.

„Sag mal, Bröker, brennt's oder was?", raunzte Gregor. Bröker wollte loslegen, merkte aber, dass er diesen Moment suboptimal vorbereitet hatte. Was sollte er sagen? Er konnte ja schlecht Anna offen anklagen, die Zuckerdose entwendet zu haben. Aber andererseits hatte sie sie ja doch genommen.

„Hm, ich wollt nur fragen: Hat einer von euch die Zuckerdose gesehen, so eine silberne?", entfuhr es ihm schlapp.

„So eine silberne Zuckerdose?", Gregor lachte laut. „Bröker, du musst echt noch an deiner Verhörtechnik arbeiten!"

Ohne weiter auf Anna zu achten, die sich die Decke bis

zum Hals gezogen hatte, verließ Bröker das Gästezimmer wieder und tapste geschlagen die Treppe hinunter. Die Situation war ihm zu peinlich. Noch dazu war er von der Rennerei wieder ins Schwitzen geraten. Erschöpft sank er im Wohnzimmer angekommen wieder in einen der ihm nun unlieb gewordenen Sessel. Warum nur verfiel er immer wieder auf solch alberne Konstrukte? Kaum erzählte man ihm irgendeine Kleinigkeit, sah er überall Gespenster. Auch wenn Anna Kleptomanin war und sein Haus randvoll mit überflüssigen Kram, den es sich lohnte zu stehlen und dessen Fehlen niemand, Bröker schon gar nicht, bemerken würde, so hätte Gregor dies mit Sicherheit nicht zugelassen – und der war schließlich die ganze Zeit mit Anna im Wohnzimmer gewesen.

Doch nachdem Bröker sich eine ganze Weile mit diesen und ähnlichen Ermahnungen wieder beruhigt hatte, konnte er trotzdem nicht die Frage unterdrücken, ob Anna die Zuckerdose nicht doch genommen hatte. Bröker sank noch tiefer in den Sessel und begann vor sich hinzustarren. Irgendwann erschrak er, weil er ein Gesicht vor sich auftauchen sah, doch eine Sekunde später erkannte er, dass es sein eigenes war, das sich in den Fenstern der gegenüberliegenden Schrankwand spiegelte. Bröker kniff die Augen zusammen, um seinen elenden Zustand genauer betrachten zu können. Was er dann aber ausmachte, war nicht sein eigener Anblick: Hinter dem angestaubten Glas stand wie eh und je – die Zuckerdose. Anscheinend hatte er nur vorgehabt, sie mit auf das Tablett zu stellen.

„Bröker, dir gehört wirklich ordentlich auf den Kopf gehauen!", sagte er zu sich selbst und beschloss, dass es besser war, ein kleines Nickerchen zu halten. Vielleicht sah dann alles besser oder wenigstens ganz anders aus.

Doch schon am Abend vermisste Bröker wieder etwas. Als er vor dem Schlafengehen seine Zähne putzte, fiel sein Blick auf die Ablage vor dem Spiegel. Er hätte schwören können, dass sich dort stets die dritten Zähne seiner Mutter in einem alten Glas befunden hatten, aber nach der Szene am Nachmittag tat er dies lieber nicht. Das Glas war immer noch da, aber es war leer. Er beschloss, Gregor nicht darauf anzusprechen. Der Junge hatte sich im Nachhinein relativ nachsichtig gezeigt. Einem Tadel („Bröker, so was geht gar nicht") war eine Versöhnung bei einem Glas Chianti gefolgt, nachdem Gregor Anna wieder nach Hause gefahren hatte. Und das, obwohl Bröker sich mindestens so albern verhalten hatte wie Gregors Eltern. Der Junge schien zu ahnen, dass er sich aus verzeihlicheren Gründen so unpassend verhielt. So würde Bröker kein Wort über die dritten Zähne verlieren. Schließlich würde seine Mutter sie auch nicht mehr vermissen.

Kapitel 8
Eigentor

Im Vergleich zu den Vortagen verlief der Samstag so ruhig, dass Bröker sich schon fast wieder in seinem alten Trott wähnte. Gregor und Bröker frühstückten gemeinsam, danach seilte der Junge sich ab und Bröker verfolgte die Bundesligaberichterstattung über sein altes Transistorradio, das er seit Kindertagen besaß. Auch hier fand gerade der vorletzte Spieltag statt.

Schade, dass die Arminia derzeit zweitklassig ist!, dachte er ein ums andere Mal. Am nächsten Tag würde ja auch seine Mannschaft spielen, aber immer noch schmerzte ihn, dass diese eben nur in der zweiten Liga antrat, und an die

Sonntagstermine am Mittag mochte er sich auch nicht so recht gewöhnen. Nach der Liveschaltung nickte Bröker ein wenig ein und als Uli das Schnarchen hörte, sprang er auf Brökers Schoß und tat es ihm gleich. Gerade rechtzeitig zur Abendbrotzeit erwachten die beiden wieder und Bröker machte sich und dem Kater eine Fischsuppe und danach ging es ins Bett.

Am nächsten Morgen wachte er wieder mit dem Gedanken an die dritten Zähne seiner Mutter auf. Sie hatten ihn in einem wirren Traum durch das ganze Haus bis ins Wohnzimmer verfolgt. Erst dort hatten sie von ihm abgelassen und sich in den orangefarbenen Cordsesseln festgebissen.

Zerschlagen stemmte Bröker sich aus dem Bett. Das Glas im Badezimmer war immer noch leer. Unwillkürlich fiel ihm das heutige Spiel ein und er fragte sich, ob das Verschwinden der Zähne ein schlechtes Omen war. Vielleicht bedeutete dies, dass der Arminia im heutigen Heimspiel der nötige Biss fehlen würde?

Er schüttelte sich und schwappte sich Wasser ins Gesicht. „Bröker, manchmal ist dein Hang zu Wortspielen wirklich unerträglich!", sagte er laut zu seinem Spiegelbild und beobachtete sein schiefes Grinsen. An so etwas merkte er, dass er zu viel alleine war. Nur ein oder zwei solcher Kalauer unter Freunden und ihre Reaktionen hätten ihn von derartigen Einfällen kuriert. Bröker versuchte seine tristen Gedanken zu verdrängen, indem er sich rasierte. Dies kostete stets seine volle Konzentration, weshalb er auch gelegentlich und manchmal auch des Öfteren darauf verzichtete.

Aber diesmal konnte er nicht verhindern, dass er wieder an seine Mutter denken musste.

„Junge, du bist und bleibst ein Fußballnarr!", hatte sie oft gesagt und Bröker erinnerte sich noch der Zeiten, als diese

Tatsache für weniger Vergnügen gesorgt hatte. Mit den Jahren war der Ausruf einfach zu einer leeren Phrase geworden, die seine Mutter äußerte, wenn Bröker sich für ein Spiel fertig machte, und ihr Desinteresse verriet. Aber damals, in seiner Jugend, war Fußball für die Familie Bröker nicht standesgemäß gewesen und immer wieder war er von seinen Eltern gedrängt worden, doch wenigstens Tennis oder Schach zu spielen. Nun, eine Zeit lang hatte er sich ja zumindest für letzteres erwärmen können, natürlich neben dem Fußball, wobei er beides nur so lange spielte, bis er merkte, dass ihm einerseits die Lust fehlte, sich mehr als notwendig zu bewegen, andererseits aber auch der nötige Ehrgeiz, um stundenlang die Theorie der Schacheröffnungen zu büffeln.

Mit dem letzten Rasierschaum wischte Bröker auch diese unangenehmen Erinnerungen fort. Heute war Heimspiel, das letzte der Saison und auch noch gegen den alten Rivalen, die Münchner Löwen. Ob Gregor mitgehen wollte? Aber der Junge schlief ja noch und er hatte auch kein gesteigertes Interesse an Fußball erkennen lassen, obwohl Bröker dann und wann ein paar Bemerkungen zur Arminia hatte fallen lassen. Außerdem erinnerte sich Bröker genau, wie griesgrämig sein Gast am Freitag gewesen war, als er ihn zum Frühstück geweckt hatte. Und dann die Szene mit Anna. Nein, er würde den Jungen diesmal schlafen lassen. Allerdings würde der sich dann auch sein Frühstück alleine machen müssen, denn für Heimspieltage hatte Bröker schon vor zwanzig Jahren ein besonderes Ritual ersonnen: Er machte sich immer schon am späten Vormittag auf den Weg, um spätestens am Jahnplatz mit stiller Vorfreude die ersten Arminiafans mit Schal, Trikot und Fahne zu sehen, mischte sich unter sie, lief zusammen mit ihnen durch die Bahnhofstraße und dann in Richtung Stadion. An der *Wunderbar* machte er Halt und kehrte auf einen Kaffee und ein Rührei mit Schinken ein.

Um diese Zeit gab es dort noch Plätze. Allmählich tröpfelten dann auch weitere Fans ein, um sich vor dem Spiel schon ein erstes Pils zu genehmigen. Mit Neugier und wachsender Erregung belauschte Bröker stets die neuesten Informationen über Verletzungen, Formkrisen und die erwartete Aufstellung. Nach dem zweiten Kaffee brach er dann meist auf und reihte sich wieder in den Strom in schwarz, weiß und blau ein. Seit Jahren schon besaß er eine Dauerkarte für die Südtribüne, natürlich Stehplatz, denn die echten Fans standen, und durchlebte dort die Höhen und Tiefen seiner Wochenenden. Bröker lächelte, das Sinnieren stimmte ihn zufrieden.

Er trabte zurück ins Schlafzimmer, zog blind ein Oberteil aus seinem Schrank und lachte. Er würde heute bestimmt derjenige im Stadion sein, der das älteste Trikot trug. Das Leibchen, das er erwischt hatte, war schon ganz ausgewaschen, aber immer noch als Bielefeld-Trikot zu erkennen. Auf der Brust war ein Logo von Seidensticker und auf dem Rücken die Nummer 8. Bröker hatte es sich 1984 aus Bewunderung für Frank Pagelsdorf gekauft und – als hätte er geahnt, dass sowohl Pagelsdorf als auch er selbst ihr Volumen deutlich vergrößern würden – in doppelter Übergröße, obwohl ihm damals noch XL gepasst hätte. Er streifte sich den Sportdress über, den er heute wohl das letzte Mal im gebügelten Zustand trug, und überlegte kurz. Nein, für einen Schal war es heute eindeutig zu warm. Schnell schrieb er noch Gregor einen Zettel, ja, im Kühlschrank müsste sich mehr als genug für den Jungen finden und ein Schlüssel hing auch am Schlüsselbrett. Dann konnte er also aufbrechen.

„Arminia, ich komme!", sang er, als er die Tür hinter sich zuzog.

Es wurde ein seltsamer Tag. Es begann mit zwei Jugendlichen, die er schon auf Höhe des Rathauses traf. Während der eine ein T-Shirt mit dem Aufdruck eines Fußballs und dem Spruch „Die Pille für den Mann" anhatte, trug der andere „Kein Alkohol ist auch keine Lösung" auf der Brust. Bröker überlegte kurz, ob er sein Pagelsdorf-Trikot gegen letzteres T-Shirt tauschen sollte, behielt dann aber sein Oberteil – nicht nur, weil ihm das T-Shirt des Jugendlichen zu klein gewesen wäre. Trotzdem schien ihm die Aufschrift eingedenk Schwackmeiers Schicksal ziemlich passend.

Als er in die *Wunderbar* kam, waren beinahe schon alle Plätze besetzt. Das Spiel gegen 1860 schien auch in diesem Jahr besonders viele Fans anzuziehen. Mit einem Schnaufen zwängte sich Bröker an einen Tisch neben der Damentoilette. Während er auf sein Rührei wartete, lauschte er gebannt den Dialogen, die sich an diesem Tag vor allem um die Verletzungsprobleme in beiden Abwehrreihen drehten. Besonders neugierig machten ihn die Gerüchte, dass beide Stammtorhüter nicht einsatzbereit zu sein schienen. Das konnte ja ein heißer Tanz werden. Als Bröker zahlte, legte sich die Stirn der Bedienung in tiefe Falten.

„9,60 Euro!", schmetterte Annette schließlich stolz, nachdem sie ihre Rechnung beendet hatte. Bröker schob ihr einen 50-Euro-Schein über die Theke. Wieder begann Annette zu rechnen. Dann strahlte sie. Mit Siegerlächeln zählte Bröker 63 Euro und 60 Cent Wechselgeld auf dem Tresen.

„Oh Mann!", stöhnte Bröker, nahm sich 40 Euro und ging.

„In Mathe war ich immer schlecht", hörte er die Bedienung beim Verlassen des Lokals noch kichern. Vermutlich würde sie sich schämen zu sagen, sie sei leider völlig unmusikalisch oder habe keinen Humor, dachte Bröker auf dem Weg zum Stadion. Bei Mathematik schien das etwas anderes zu sein.

Das Spiel entwickelte sich zu einem der denkwürdigsten Matches, die Bröker je gesehen hatte. Schon zur Halbzeit stand es 2:2. Beide Abwehrreihen hatten gezeigt, dass sie nicht in Bestbesetzung angetreten waren, und den gegnerischen Stürmern im Minutentakt Chancen geboten. Als Bröker in der Pause an seinem Würstchen kaute und das Bier aus dem Pappbecher schlürfte, suchten seine Augen den Innenraum des Stadions ab. Irgendwo musste auch Mütze sein, er hatte ja versprochen zu kommen. Schließlich entdeckte er ihn vor der Westtribüne, direkt vor den Spielerkabinen. Auch Mütze schien ihn gesucht zu haben, denn er winkte eifrig in seine Richtung. Doch schon kamen die Spieler wieder auf das Feld und Bröker musste sich schnellstens wieder zu seinem Platz durchkämpfen.

Die zweite Halbzeit übertraf die erste noch bei weitem, sowohl was die Spannung als auch was die Fehler der beiden Hintermannschaften anging und erst recht was die Tore betraf. So endete das Spiel mit einem unglaublichen 6:6. Die Fans fanden ebenfalls Gefallen an der Schlacht und verhöhnten die gegnerischen Teams.

„Torwart, mach es noch einmal", ätzten die Münchner Fans, nachdem der Bielefelder Keeper einen Ball geblendet von der Sonne durch die Arme hatte gleiten lassen.

„Ihr seid zu blöd", konterten die Arminenfans. Als kurz vor Ende zum sechsten Mal in dieser Partie der Ausgleich fiel, noch dazu durch einen Torwartfehler, der streng genommen sogar ein Eigentor war, kippte die Stimmung. Pappbecher flogen aus dem Arminenblock, die Anhänger begannen ihren eigenen Torwart zu bedrohen und ein gutes Dutzend Polizisten, darunter auch Mütze, bezog vor der Fankurve Stellung. Während sich die meisten Polizisten damit begnügten, finster in die Menge zu starren, um sie dadurch einzuschüchtern, winkte Mütze wieder zu Bröker. Bröker, der das sehr freundlich fand, winkte Mütze zurück. Doch Mütze hörte nicht auf, gestikulierte wild, anscheinend wollte er Bröker etwas mitteilen. Aber was, war schwer herauszufinden. Mütze rief auch etwas, jedoch ging seine Stimme in den Fangesängen unter, die auch zehn Minuten nach Spielschluss noch erschallten. Endlich durften die Bielefelder Anhänger das Stadion verlassen und Mütze geleitete die auswärtigen Fans zum Bahnhof. Während alle Zuschauer zu den Ausgängen strömten, ging Bröker treppab in die erste Reihe dicht am Spielfeldrand.

„Unglaubliches Spiel, oder?", rief er Mütze zu.

„Wir treffen uns später im *Café im Bürgerpark!*", antwortete der nur, ehe er mit seiner Einheit verschwand. Das Spiel schien ihn mehr in seinen Bann gezogen zu haben, als Bröker das bei einem eingefleischten Bochumfan vermutet hätte. Nun, er würde ja gleich seine Meinung hören. Zusammen mit den letzten Nachzüglern schob sich Bröker aus dem Stadionbereich und ging auf der Melanchthonstraße Richtung Süden. Die Leistungen der beiden Torhüter, insbesondere die des Bielefelder Ersatzkeepers, wurden von den Fans vor ihm noch heiß diskutiert.

Erst als Bröker die Stapenhorststraße überquerte und die Grünflächen des Bürgerparks betrat, verebbten die Gespräche zunehmend. Nun bestimmte auch nicht mehr ein Meer aus schwarz-weiß-blauen Trikots und Fahnen das Bild. Stattdessen war der Rasen bunt gesprenkelt von vielen Decken, auf denen vorwiegend Studenten den Frühsommertag genossen. Einige spielten Volleyball, zwei andere hatten zwischen zwei Bäumen ein Seil gespannt, auf dem sie balancierten.

Ein echter Bürgerpark eben, dachte Bröker mit ein wenig stolz auf seine Heimatstadt. Obwohl: Niemand sagte Bürgerpark, das war wieder einmal Mützes Beamtendeutsch. Hier sagten alle Oetkerpark, denn die Oetkerhalle warf ihren durchaus beeindruckenden Schatten über das ganze Szenario. Nur einer Stadt wie Bielefeld konnte es gelingen, zwei so unterschiedliche Kulturtempel wie die Alm und die Oetkerhalle auf so engem Terrain zu beherbergen, dachte Bröker, als er den kleinen Teich in der Mitte des Parks passierte. Gedankenverloren tätschelte er eine lebensgroße Elchstatue aus Bronze an der Schnauze. Gerade mochte er seine Stadt.

Einige Augenblicke später betrat er die Terrasse des Cafés, in dem er sich mit Mütze treffen sollte. Obwohl die Sonne schien, fand er noch einen Platz und orderte einen doppelten Espresso. Viel früher, als er es erwartet hatte, traf auch Mütze ein.

„Schneller, als die Polizei erlaubt!", grinste Bröker.

„Die Fans waren dann doch ruhiger als erwartet und ich konnte mich aus dem Staub machen." Auch er bestellte einen Kaffee.

„Hast du unseren Torwart gesehen? Ich würde gern wissen, was der vor dem Spiel genommen hat. Sechs Gegentore, das ist doch einfach unglaublich!"

„Ja, weiß ich auch nicht!" Sein Freund war seltsam einsilbig. Der Kaffee kam, Mütze nahm einen Schluck und lehnte sich zurück.

„Sag mal, war es eigentlich das, was du wolltest?", fragte er.

„Was?"

„Na, Palshöfer!"

„Was ist mit Palshöfer?"

„Ja, weißt du es denn gar nicht? Schewe hat gestern Palshöfer verhaften lassen."

„Was?" Bröker war entsetzt. „Ist denn überhaupt klar, dass Schwackmeier ermordet wurde?"

„Ja, das wissen wir seit Freitagabend. Bei der Obduktion

haben sie eine Einstichstelle von einer Spritze an seinem Hals gefunden und in seinem Blut wurden Spuren von Pentobarbital festgestellt! Es wurde ihm anscheinend über die Halsschlagader injiziert."

„Pento ... was?"

„Pentobarbital. Das ist ein Barbiturat, vielleicht kennst du die von früher, da waren Barbiturate die Schlafmittel schlechthin."

„Ah, jetzt wo du es sagst, dämmert mir da was. Aber sind die nicht inzwischen aus der Mode gekommen?"

„Ja. Sie sind in Deutschland gar nicht mehr als Schlafmittel zugelassen. Zu viele Nebenwirkungen und zu viel Missbrauch – es gab auch viele Selbstmorde. Dafür reicht es, wenn du eine Überdosis davon schluckst."

„Und anscheinend kann man damit auch jemanden umbringen ... "

„Ja. Hier wird Pentobarbital etwa noch dazu benutzt, Tiere einzuschläfern. Und in der Schweiz wird es sogar bei aktiver Sterbehilfe eingesetzt."

„Was ich mich die ganze Zeit schon frage: Hätte man die Vergiftung nicht gleich bemerken müssen? Ich meine, so eine Einstichstelle sieht man doch bestimmt."

„Ja, der Hausarzt hätte es eigentlich merken müssen. Aber erinnere dich, dass Schwackmeier im Gesicht und auf den Armen mit Tomatensuppe bespritzt war. Die hat das Hämatom rund um die Einstichstelle verdeckt. Und die Symptome, die dieses Mittel hervorruft, sind denen eines Herzinfarkts tatsächlich nicht unähnlich."

„Na ja, wie auch immer – aber wieso verdächtigt ihr nun den armen Palshöfer? Ich kann das nicht glauben!"

„Es waren ja nicht zuletzt deine Hinweise, die dazu geführt haben, dass Schewe sich mit Palshöfer beschäftigt und ihn dann festgenommen hat."

„Mensch Mütze, wenn man die Polizei einmal etwas allein machen lässt! Schau dir Palshöfer doch mal an! Er ist Richter! Und ich bezweifele, dass er überhaupt schon mal falsch geparkt hat. So jemand begeht doch keinen Mord!"

„Unser Polizeipsychologe ist da ganz anderer Meinung. Er glaubt, dass Palshöfer perfekt in das Täterprofil passt. Deshalb habe ich dich ja angesprochen. Du kennst ihn doch!"

„Jedenfalls gut genug, um zu wissen, dass er keinen Mord begehen würde!"

„Die Indizien sprechen leider gegen ihn!"

„Welche Indizien?"

„Palshöfer ist der letzte Mensch, von dem wir wissen, dass er bei Schwackmeier war. Seine Fingerabdrücke befinden sich auf dem Weinglas, das neben Schwackmeiers Leiche lag. Und nicht zuletzt: Er hatte ein Motiv!"

„Was für ein Motiv denn?"

„Na, das müsstest du doch besser wissen als ich! Schwackmeier war doch hier sozusagen so was wie ein Schachwunder. Er hat insgesamt 27 Mal die Vereinsmeisterschaft und 25 Mal die Stadtmeisterschaft gewonnen. Dazu war er noch ein paar Mal Bezirksmeister und sogar Meister von Ostwestfalen."

„Und das soll ein Motiv sein?"

„Na sicher! Palshöfer hat es doch auch immer wieder versucht, ist aber in jedem einzelnen Turnier hinter Schwackmeier gelandet. Wahrscheinlich weißt du es doch auch selbst: Mehrere Vereinsmitglieder haben berichtet, wie sehr Schwackmeier dann über Palshöfer spotten konnte. Noch dazu ist erst Freitag vor einer Woche die entscheidende Partie der letzten Meisterschaft beendet worden. Und wieder wurde Palshöfer von Schwackmeier besiegt."

„Aber deshalb bringt man doch niemanden um!"

„Van Ravenstijn meint schon! Und Schewe, der nimmt

bei dem Druck, dem ihm derzeit die Presse macht, solche Vermutungen mit Handkuss! Der braucht ganz schnell seinen Täter!"

„Wer ist van Ravenstijn?"

„Das ist der Psychologe, so etwas wie die Profiler im Fernsehen, wenn dir das mehr sagt. Er versucht, aus dem Tathergang auf die Persönlichkeitsstruktur des Täters zu schließen. Ich habe dir doch gesagt, dass Schewe auf diesen ganzen neumodischen Kram steht."

„Und weil der Fall in der Presse so richtig schön aufgebauscht wurde, will sich nun euer Profiler mit dem Hinweis auf Palshöfer profilieren? Das ist doch lachhaft!" Allmählich geriet Bröker in Rage. „Und habt ihr auch überlegt, dass es doch Palshöfer war, der mir das alles verraten hat? Ohne ihn wüsstet ihr noch nicht einmal, dass er an besagtem Abend bei Schwackmeier war! Und er hat mir das alles freiwillig erzählt. Und dann das Wirrwarr mit dem Weinglas und der Spritze, das passt einfach nicht zu Palshöfer!"

„Ich habe ja auch nie behauptet, dass er es war."

„Aber du arbeitest für den gleichen Verein wie dieser Schewe. Hat der sich eigentlich mal überlegt, wie Palshöfer an das Barbiturat gekommen sein soll? Das kauft man doch nicht einfach in der Apotheke."

„Ja, da sprichst du einen kritischen Punkt an. Schewe meint, dass Palshöfer uns das schon noch verraten wird, wenn er ihn erst weichgekocht hat." Mütze zuckte hilflos mit den Schultern. Beide schwiegen. Über Palshöfer gab es für den Moment nichts mehr zu sagen. Es war ihnen aber auch die Lust vergangen, über das Fußballspiel zu fachsimpeln. Es schien Bröker, als hätte dies schon vor einigen Tagen stattgefunden, in einer völlig anderen Welt. Einsilbig verabschiedeten sich die beiden wenig später und Bröker stieg an der Oetkerhalle nachdenklich in die Linie 4 Richtung Rathaus.

Immer noch schüttelte er innerlich den Kopf, als er die letzten Meter zu seinem Haus zu Fuß zurücklegte. Ausgerechnet Palshöfer! Wieder einmal hatte sich ein Plan von ihm in eine völlig unerwünschte Richtung entwickelt.

Schöne Scheiße!, dachte er.

Kapitel 9
Ruhestörung

Brökers Nachbar war seltsam. Das war natürlich nichts Neues für Bröker, er wusste es schon, seitdem Krömker, so hieß der Herr, ihn als Kind zur Begrüßung regelmäßig in die Wangen gekniffen hatte. Und das weit über die Zeit hinaus, in der man Brökers Meinung nach Kinder in die Wangen kneifen sollte. Dieses Alter lag zugegebenermaßen schon bei vier Jahren, denn Bröker hatte einmal gelesen, dass sich Kinder ab diesem Alter zu erinnern beginnen. Krömker hatte jedoch Bröker noch in die Wangen gekniffen, als dies schon beinahe an sexuelle Belästigung grenzen musste. Da ihn aber sonst nie jemand sexuell belästigt hatte, auch die nicht, von denen er sich das vielleicht gewünscht hätte, erschien Bröker diese Vermutung abwegig.

Nun, da Bröker bei sich zu Hause ankam, gab Krömker einen erneuten Beweis seines wohlstandsbürgerlichen Irrsinns ab. Es war ihm anscheinend gerade am Sonntagnachmittag eingefallen, dass sein Rasen dringend der Pflege bedurfte, und so brummte der Rasenmäher aus dem nachbarlichen Garten herüber. Bröker wusste: Das würde die nächsten Stunden so weitergehen und er konnte nichts dagegen unternehmen. Denn wenn Krömker erst einmal anfing zu mähen, dann hörte der nicht so schnell wieder auf. Er musste ahnen, dass Bröker es wegen so etwas nicht über sich brachte, die Polizei zu rufen, und ein wütender Fluch hinüber hatte nur einmal dazu geführt, dass Krömker sich den 500 qm Rasenfläche geschlagene vier Stunden voller Liebe hingegeben hatte. Bröker tippte sich an die Stirn und schloss die Haustür auf.

Sogleich kam ihm Gregor entgegengestürzt: „Nun weiß ich, warum du mich bei dir aufgenommen hast!", platzte er los.

„Aha, und warum?"

„Du brauchtest einen billigen Arbeitssklaven!"

„Ah, du meinst, du musstest dir dein Frühstück selbst machen?"

„Das auch!" Gregor machte eine Kunstpause. Bröker fand, dass ihm dieser Hang zum Theatralischen nicht stand. „Noch dazu habe ich für dich Telefondienst geschoben!"

„Wer hat denn angerufen?"

Gregor zog einen Zettel hervor: „Ein Palshöfer, ich glaube, das ist der, von dem du erzählt hast, dass du mit ihm mal Schach gespielt hast."

„Und was wollte er?"

„Er hat irgendetwas von Untersuchungshaft gefaselt, und dass du der Einzige seiest, der ihm vielleicht helfen könne. Ich bin daraus nicht so recht schlau geworden, der gute Mann war so aufgebracht, dass er alles durcheinander gebracht hat, und als du nicht dran gegangen bist, haben auch gleich die zuständigen Polizisten das Gespräch übernommen."

Bröker seufzte. „Ja, sie haben Palshöfer verhaftet. Vermutlich wollte er mich bitten, ihm einen Anwalt zu besorgen."

„Einer der Polizisten hat mir dann schließlich eine Nummer gegeben, unter der du dich melden kannst. Hier, ich habe sie aufgeschrieben. – Und dann hat noch diese Journalistin angerufen."

„Charly?"

„Genau die. Mann, wenn die nicht so eine aufregende Stimme hätte, hätte ich mich glatt über die vielen Anrufe ärgern können! Die hatte ich inzwischen viermal am Apparat. Du sollst sie, so schnell es geht, zurückrufen."

„Danke!"

„Wie, nur ‚Danke'?"

Bröker sah den Jungen entgeistert an. Was wollte er denn noch? Dann sah er, wie Gregor grinste.

„Bist schon in Ordnung, Bröker. Zum Dank für meine Telefondienste darfst du mir heute Abend wieder was Schönes kochen."

„Wir haben noch ein Hühnchen im Haus", strahlte Bröker, dessen Laune bei dem Gedanken an eine Mahlzeit gleich merklich stieg. „Ich könnte Coque au vin machen!"

„Das klingt nach Alkohol und lecker!", befand Gregor.

„Aber vorher muss ich telefonieren!"

„Bevor du jetzt wieder für Stunden mit dem Sprechknochen verschwindest, sag mir nur schnell: Du warst nicht wirklich beim Fußball?!" Gregor deutete auf Brökers Fußballtrikot.

„Natürlich! Die Arminia hatte ihr letztes Heimspiel für diese Saison. Noch dazu gegen 1860 München. Das ist Pflicht!"

„Mann, Bröker, Fußball ist doch so was von out!"

„Mag sein, dann gefällt es mir nur umso besser! Was ist denn in?"

„Eishockey zum Beispiel!"

„Eishockey im Sommer?"

„Eishockey kannst du von September bis März schauen, fast wie Fußball! Und dazu ist es viel packender, schneller!"

„Für mich ist es *zu* schnell!", gab Bröker zu. „Ich warte bei jedem Tor auf die Wiederholung in Zeitlupe. Außerdem hat doch Bielefeld schon seit fünf Jahren kein Hockeyteam mehr!"

„Pah, wer redet denn von Bielefeld? Ich bin für die Iserlohn Roosters!"

„Iserlohn?", Bröker musste laut lachen. „Bielefeld ist dir wohl nicht provinziell genug?"

„Pah, dafür schaue ich Erste Liga. Wie ist denn das Spiel heute ausgegangen?"

„Wie ein Eishockeyspiel: 6:6. – Aber nun muss ich mal die Anrufe abarbeiten. Du kannst ja schon mal eine Flasche Bordeaux aus dem Keller holen, in den ich das Hühnchen nachher einlegen kann. Pass auf, dass nicht ‚Grand cru' draufsteht."

„Wird gemacht, Chef!" Gregor öffnete die Tür nach unten und begab sich in den Bröker'schen Weinkeller. Währenddessen schnappte sich Bröker sein schnurloses Telefon. Dieses benutzte er aus Gründen einer gewissen Technikfeindlichkeit eigentlich so gut wie nie, doch seit Schwackmeiers Tod war es zunehmend unbequemer geworden, dieses Gebot einzuhalten. Bröker vermutete, dass dies auf viele der eigenbrötlerischen Tendenzen zutraf, denen er nur allzu gerne folgte: Sie waren schwieriger durchzuhalten, wenn man nicht die ganze Zeit alleine war.

Wie auch immer, heute würde er sich in den Garten setzen. Dort konnte er zum einen die Abendsonne genießen, zum anderen würde Gregor nicht jedes Wort mitbekommen. Sobald er allerdings nach draußen trat, bereute Bröker seinen Entschluss. Natürlich hatte Krömker sein Rasenmähen noch nicht beendet. Penetrant, als wüsste er, dass Bröker auf der anderen Seite der etlichen Meter hohen Tannen telefonieren wollte, fuhr er gerade an der Grundstücksgrenze auf und ab. Bröker bekam die Wut. Aber sich zu beschweren, half ja nichts. Also zog er sich wieder ins Haus zurück und wählte die erste der beiden Nummern, die Gregor notiert hatte. Am anderen Ende der Leitung läutete es dreimal.

„Justiz-Vollzugsanstalt Bielefeld-Brackwede, Schlüter am Apparat", meldete sich eine weibliche Stimme.

„Guten Tag, mein Name ist Bröker. Ich hätte eine Frage."

„Es tut mir leid. Aufgrund der großen Nachfrage und der langen Lieferzeit werden zurzeit keine Bestellungen für den Grill entgegengenommen!"

„Wie? Was denn für ein Grill?"

„Na, ich dachte, Sie wollten auch einen der von uns produzierten Grillgeräte bestellen? Es ist doch jetzt Sommer und da bekommen wir täglich mehrere solcher Bestellungen! Im Grunde wird nur noch deswegen angerufen ..."

„Sie produzieren Grillgeräte? Ich dachte, Sie kleben nur Tüten. – Nein, ich habe heute einen Anruf von jemandem erhalten, der bei Ihnen in Untersuchungshaft sitzt. Sein Name ist Palshöfer."

„Ich darf Ihnen leider nicht sagen, ob wir einen Häftling dieses Namens haben."

„Das will ich ja auch gar nicht wissen. Er hat mich angerufen und einer Ihrer Kollegen hat mir diese Nummer hinterlassen. Nur war ich nicht zu Hause und würde nun gerne wissen, wie ich ihm helfen kann. Können Sie ihn ans Telefon holen?"

„Sind Sie ein Verwandter?"

„Nein, ein Freund. Ich weiß gar nicht, ob Palshöfer noch Verwandte hat."

„Es tut mir leid. In diesem Falle sind Telefongespräche grundsätzlich mit der Hausordnung der JVA unvereinbar."

„Aber *er* hat mich doch angerufen."

„Trotzdem, wir können unseren Insassen leider keine Telefongespräche gestatten. Sie können sich allerdings an seinen Anwalt wenden."

„Eben deshalb hat er mich vermutlich angerufen. Damit ich ihm einen Anwalt besorge!" Bröker schrie nun beinahe.

„Auch das darf ich Ihnen eigentlich nicht mitteilen. Aber ich will eine Ausnahme machen. Herr Palshöfer hat inzwischen einen Anwalt. Sein Name ist Doktor Bödemann."

„Oh nein, nicht der Schmierlappen!", entfuhr es Bröker und schnell bedankte er sich höflich bei der Justizvollzugsbeamtin, bevor er den Schmierlappen würde erklären müssen.

„Im nächsten Monat haben wir bestimmt auch wieder einen Grill vorrätig!", gab diese ihm noch mit auf den Weg, bevor beide auflegten.

Also musste Bröker nun Bödemann anrufen. Ihm schien auch nichts erspart zu bleiben, um dem armen Palshöfer zu helfen. Allerdings musste er zugeben, dass er Palshöfer ja auch wiederum erst in diese Situation gebracht hatte. Also kramte Bröker eine ältere Auflage des Bielefelder Telefonbuchs aus einer der Ablagen des Telefontisches hervor. Egal, Bödemann war sicher auch damals schon Anwalt gewesen und wenn nicht er, dann bestimmt sein Vater, Großvater und Urgroßvater. Nach einigem Blättern fand er die Nummer, Bödemann, Doktor, richtig, das hatte die Telefonistin der JVA auch schon gesagt, Vorname Ludwig. Bröker wählte die Nummer. Nach zweimaligem Läuten meldete sich ein Anrufbeantworter. Die Nummer gehörte der Kanzlei und die war erst am nächsten Tag wieder besetzt. Bröker schlug noch einmal im Telefonbuch nach. Nein, eine weitere Nummer war unter Doktor Ludwig Bödemann nicht verzeichnet, Bröker würde bis zum nächsten Morgen warten müssen. Aber da er wusste, dass Palshöfer ja nun schon einen Anwalt hatte, ging dies wohl auch so in Ordnung.

Dafür konnte er jetzt Charly anrufen. Vielleicht konnte er nun wenigstens in den Garten gehen. Bröker horchte, das Brummen des Rasenmähers schien verstummt. Als Bröker die Gartentür öffnete, wusste er auch, warum. In der vergangenen Viertelstunde hatten sich scheinbar aus dem Nichts etliche dunkle Wolken über das Blau des Himmels geschoben, die gerade begannen, sich an den Hängen des Teutoburger Waldes abzuregnen. Es fielen die ersten dicken Tropfen. Bröker mochte Regen nicht besonders, aber er hasste ihn auch nicht. Der Regen gehörte zu Bielefeld wie die Sparrenburg, der Leineweberbrunnen oder die Arminia. Er war sich ganz sicher, dass die Arche Noah in Ostwestfalen gebaut worden und nur als Fabel in den Vorderen Orient gelangt war. Dennoch bedauerte er, dass die heißen Tage nun vorerst ein Ende zu nehmen schienen, lachte jedoch auch schadenfroh, als er an Krömker und dessen Rasen dachte, der jetzt bestimmt an der Ostseite des Gartens zwei Millimeter länger war als an der Westseite.

Er wählte Charlys Nummer.

„B., Mensch, endlich rufst du an!" Charlys Stimme hatte eine interessante Färbung zwischen freudig und ärgerlich angenommen.

„Ja, mein neuer Mitbewohner hat mir berichtet, dass du mich sprechen wolltest. Ich war auf der Alm. Hast du schon von dem Spiel gehört?"

„Ja, ja, 6:6!" Charly schien allerdings nicht darüber reden zu wollen. „Aber hat dir schon jemand erzählt, dass Schwackmeier tatsächlich ermordet und Palshöfer verhaftet worden ist? Das ist doch eine noch größere Sache, als ich dachte! B., du hattest absolut den richtigen Riecher!"

„Ja, von der Festnahme Palshöfers habe ich schon gehört. Und jetzt sagt mir mein Riecher, dass der es bestimmt nicht gewesen ist."

„Aber wieso? Die Polizei schien doch ganz überzeugt. Und schließlich war er der Letzte, der Schwackmeier gesehen hat."

„Natürlich, aber bis vorgestern war die Polizei auch noch davon überzeugt, dass Schwackmeier einen Herzinfarkt hatte. Und: Von wem wissen wir denn, dass Palshöfer der Letzte war, der Schwackmeier gesehen hat? Doch von Palshöfer selbst! Warum hätte er es mir denn gestehen sollen, wenn er selbst der Täter war? – Und dann überleg einmal: Womit wurde Schwackmeier ermordet?"

„Mit Pento..., na, einem dieser Barbiturate sagt die Polizei. Es wurde ihm in den Hals injiziert."

„Genau. Und wie ist Palshöfer an die Spritze gekommen? Und wie an das Mittel? Das bekommt man hier nicht mal eben so wie einen Hustensaft in der Apotheke."

„Na, Spritzen bekommst du doch wirklich in jeder Apotheke!"

„Ja, und bestimmt hat er dort auch gefragt: ‚Können Sie mir vielleicht noch eine kleine Packung Pentobarbital dazulegen?'"

Am anderen Ende der Leitung herrschte Schweigen. Daher fuhr Bröker fort: „Ich kann auch nicht an das Motiv glauben, das die Polizei ihm unterstellt."

„Nicht? Aber Palshöfer war doch der ewige Zweite hinter Schwackmeier! – Und er war bei ihm, um eine Schachpartie zu analysieren. Da kommen schon mal Emotionen hoch."

„Das stimmt schon. Aber wie fanatisch muss jemand sein, um seinen Gegner wegen so etwas zu ermorden?"

„Ich weiß es nicht. So genau kenne ich mich mit Schachspielern nicht aus. Aber die Polizei schien da noch etwas in der Hinterhand zu haben."

„Hör mal, ich kenne Palshöfer seit über 20 Jahren. Er ist der besonnenste und rationalste Mensch, den ich kenne. Der bringt nicht einfach jemanden um! Und vor allem nicht so!"

„Hör mal, B., ich werde deine Bedenken schildern, wenn ich morgen über den Fall berichte, in Ordnung? Du hast schließlich etwas gut bei mir."

„Ja, aber bitte erwähne mich nicht namentlich. Sonst habe ich gleich wieder Derrick und Harry vor der Tür stehen."

„Wen?"

„Ach, ich hatte Freitag Besuch von zwei Polizistinnen. Die wollten herausbekommen, was ich über den Fall weiß. Ich fürchte, nicht zuletzt deshalb sitzt Palshöfer jetzt in U-Haft."

„In Ordnung, ich halte deinen Namen da raus. – Du hörst von mir! Mach's gut!" Und schon hatte sie wieder eingehängt. Auch Bröker legte das Telefon in die Ladestation zurück. Zumindest hatte er Zweifel gesät.

Er begab sich in die Küche, holte das Hühnchen aus dem Kühlschrank und rieb es mit Salz, Pfeffer und einer Kräutermischung ein. Er pfiff. Heute konnte er nicht mehr viel machen, außer für ein anständiges Abendessen zu sorgen.

Kapitel 10
Von Fliegenfängern und Schmierlappen

Wieder war Brökers Nacht unruhig. Zwar waren die dritten Zähne seiner Mutter aus seinen Träumen verschwunden, dafür aber hatte wohl eine Maus eine offene Haus- oder Terrassentür genutzt, um sich Zugang zum Bröker'schen Heim zu verschaffen. Uli war das zunächst nicht aufgefallen, vielleicht war es ihm auch angesichts der Massen, die regelmäßig von Brökers Tisch für ihn abfielen, einfach egal. Als er jedoch nachts die Trippelschritte des kleinen Nagers auf dem Parkett hörte, erwachte sein Jagdinstinkt. Bröker schreckte von einem Geräusch aus dem Wohnzimmer im Erdgeschoss auf. Für einen Moment fürchtete er, es könnten Einbrecher im Haus sein, dann erkannte er das aufgeregte Mauzen seines Katers, der sich auf Mäusejagd befand.

„Uli!", fluchte Bröker laut. „Komm sofort her!"

Doch das Raubtier ließ sich davon nicht beeindrucken,

es hatte Blut geleckt. Andererseits war es aber auch zu fett, um die Maus zu erwischen. So hörte Bröker kurze Zeit später wieder ein Klirren aus dem Wohnzimmer. Vermutlich war die letzte verbliebene Topfpflanze dem Jagdfieber des Katers zum Opfer gefallen. Die anderen waren schon kurz nach dem Tod seiner Mutter während einer plötzlich aufkommenden Dürre in Brökers Zuhause verblichen. Immerhin hatten Pflanzen den Vorteil, dass man sie nicht beerdigen musste.

„Uli! Wenn ich aufstehen muss, schlachte ich dich!", drohte Bröker. Insgeheim musste er sich allerdings eingestehen, dass er ebenso wenig Chancen hatte, den Kater zu fangen, wie dieser die Maus. Und dies aus dem gleichen Grund: Er war einfach zu dick. Dann wurde es still. Vermutlich hatte Uli aufgegeben und Bröker schloss die Augen und döste ein.

Ein erneutes Mauzen riss ihn abermals aus dem Schlaf. Diesmal ganz aus der Nähe. Uli hatte die Maus anscheinend doch erwischt. Vielleicht war sie auch nur an Altersschwäche gestorben. Jedenfalls brachte Uli sie zu Brökers Bett und drapierte sie auf seiner Bettdecke.

„Uli!", Bröker geriet nun wirklich in Rage. „Nimm sofort den Nager aus meinem Bett!"

Der Kater konnte das eigentlich nicht verstanden haben, zumal er seine Mitgeschöpfe vermutlich nicht in Nager und Nichtnager unterteilte, sondern ähnlich wie ein Mensch Pilze in essbar und nicht genießbar. Dennoch nahm er die Maus in sein Maul, schaute ein wenig indigniert und verkroch sich unter dem Bett. Von dort hörte Bröker von nun an regelmäßige Kaugeräusche und ein gelegentliches Knacken, wenn Uli mal wieder einen Knochen zerbissen hatte. Er stöhnte. Noch dazu kam ihm jetzt in den Sinn, dass er am nächsten Morgen möglichst frisch in Bödemanns Kanzlei erscheinen wollte.

Irgendwann musste Bröker über sein eigenes Lamento doch eingeschlummert sein. Als er die Augen wieder öffnete, war jedenfalls schon helllichter Tag. Er warf einen Blick auf seinen Wecker, er zeigte fünf Uhr. Bröker war erleichtert. Aber dann fiel ihm ein, dass der Wecker schon seit Wochen diese Uhrzeit zeigte, immer, wenn er erwachte. Vielleicht war es doch an der Zeit für eine neue Batterie. Bröker richtete sich ächzend auf und stieg aus dem Bett. Dann fiel ihm das nächtliche Abenteuer ein und er lugte unter sein Bett. Dort war allerdings nichts zu sehen. Uli hatte anscheinend wenig von seinem Opfer übrig gelassen und lag nun behaglich schnurrend in einem Sessel am Fenster in der Sonne. Himmel, wenn die Sonne schon auf diesen Sessel fiel, musste es schon wieder beinahe Mittag sein! Und bestimmt schlief Gregor auch noch! Nun kam Leben in Brökers trägen Körper. Er reckte sich und ging ohne darüber nachzudenken, was der Junge über seinen Astralkörper, der nur von einer Unterhose bekleidet war, sagen würde, zu dessen Zimmer. Er klopfte, wartete. Keine Antwort. Er klopfte noch einmal. Wieder regte sich nichts.

„Gregor! Aufstehen! Es ist Montag, bestimmt hast du schon die ersten vier Stunden verpasst!" Bröker öffnete die Tür. Doch Gregor hatte sein Zimmer schon verlassen, ja, es sah beinahe so aus, als habe er es die ganze Nacht nicht benutzt. Sogar das Bett war fein säuberlich gemacht.

„Gregor?", Bröker sauste nun die Treppe hinab. Doch auch hier war von dem Jungen nichts zu sehen. Als er in die Küche kam, fand er schließlich einen Zettel. Genauer gesagt hatte Gregor die Rückseite eines Kontoauszuges von Bröker benutzt, um ihm eine Nachricht zu hinterlassen.

„Hallo Bröker! Lebt die Katze noch? Ansonsten will ich heute Abend nicht bei dir essen. Ich habe mir gedacht, dass ich heute mal zur Schule gehe. Du weißt schon, das Schuljahr geht bald zu Ende und da kann es wichtig werden. Du hast bestimmt nichts dagegen. Bis nachher, Gregor. PS: Du kannst echt geil kochen!"

Bröker grinste, als er den Zettel gelesen hatte. Der Junge war vernünftiger, als er vermutet hatte. Und hatte Geschmack dazu. Zufrieden begab er sich ins Bad. Der Tag konnte beginnen.

Als Bröker geduscht hatte, stellte er mit einem Blick aus den Augenwinkeln fest, dass die alte Pendeluhr im Flur schon nach zwölf zeigte.

„Nun, dann werde ich Bödemann wohl heute Nachmittag besuchen!", beschloss er. Dennoch musste ausnahmsweise ein kleines Frühstück genügen. Das Lachsbrötchen war ein Muss, aber auf das Rührei würde er verzichten. Schnell brühte er sich noch einen besonders starken Kaffee auf und holte die Morgenzeitungen. Neugierig las er, wie diese die neuesten Entwicklungen im Fall „Schwackmeier" schilderten.

Charly hatte erneut Wort gehalten. Beinahe wortwörtlich fand er in der *Neuen Westfälischen* seine Bedenken wiedergegeben.

„Schwackmeier ermordet. Ist Palshöfer wirklich der Täter?", titelte sie. Unverhohlen stellte Charly die Frage, ob man wirklich einem Richter einen Mord zutraue, noch dazu, weil er nicht Vereinsmeister einer Sportart geworden sei, die sich auf das Verrücken von Holzstücken auf einem kleinkarierten Feld spezialisiert hatte. Bröker lachte. Diese Beschreibung hätte Schwackmeiers Blut sicherlich in Wallung gebracht. Palshöfer nahestehende Personen, so schrieb Charly, bezweifelten, dass er in der Lage gewesen sei, einen Menschen umzubringen. Das *Westfalen-Blatt* blieb bei den Tatsachen.

„Schwackmeier ermordet. Verdächtiger festgenommen!", hieß es dort. Dann folgte eine Beschreibung, die vermutlich eins zu eins aus dem Polizeibericht übernommen war. Nun gut, auch die würden bestimmt bald zustimmen, dass es Palshöfer nicht gewesen sein konnte.

Das andere große Thema in den Lokalteilen der beiden Zeitungen war das Heimspiel der Arminia. Das *Westfalen-Blatt* hatte sich angesichts des Vornamens „Paul" des Bielefelder Ersatztorwarts zu der Alliteration „Pannen-Paule pennt" hinreißen lassen. Die *Neue Westfälische* hingegen titelte nur „Der Fliegenfischer" und druckte daneben ein zweispaltiges Bild, das den Ersatzkeeper der Arminen bei einem seiner wenig geglückten Ausflüge in den eigenen Strafraum zeigte. Beide Zeitungen waren sich einig darüber, dass die gesamte Bielefelder Hintermannschaft eine katastrophale Leistung gezeigt hatte, so wie die Abwehrreihe der Gäste auch, dass aber an dem Ausgang des Spiels der Bielefelder Goalie eine wesentliche Schuld trug. Der Vizepräsident der Arminia hatte noch am Abend in einem Interview verlauten lassen, dass man mit solch einem Keeper auf der Ersatzbank demnächst auch ohne Torwart antreten könne und der Vertrag des Ersatztorhüters nach Saisonende nicht verlängert würde.

Der arme Kerl!, dachte Bröker unwillkürlich, auch wenn er am Vortag selbst noch über dessen Leistung geflucht hatte. Dann klappte er die Zeitung zu. Er hatte eigene Fehler in Ordnung zu bringen. Jetzt würde er dem Schmierlappen Bödemann mannhaft entgegentreten. Schnell warf er noch einen Blick ins Telefonbuch, um sich der genauen Adresse zu vergewissern. Stimmt, die Kanzlei befand sich am Niederwall, deshalb hatte er Bödemann ja auch vor ein paar Tagen vorm Landgericht getroffen. Nun, das war nicht weit, den Weg konnte er gut zu Fuß zurücklegen. Zumal der Regen des letzten Abends aufgehört hatte, auch wenn noch eine dicke Wolkendecke den Himmel überzog. Also machte er sich auf den Weg.

Zehn Minuten später stand er vor der Tür des Bürohauses. Die Fläche neben der Eingangstür war mit glänzenden Messingschildern gleichsam tapeziert. Eines davon zeigte auch den Namen Bödemanns und wies ihn als promovierten Rechtsanwalt aus. Bröker schellte.

„Ja, bitte!", meldete sich eine leicht kieksende Frauenstimme aus der Gegensprechanlage.

„Guten Tag, mein Name ist Bröker. Ich würde gerne mit Herrn Bödemann sprechen."

„Doktor Bödemann!", verbesserte ihn die Stimme streng und fügte dann hinzu: „Dritter Stock!" Der Türsummer ertönte. Bröker trat ein und freute sich über den Fahrstuhl, der zwar ziemlich eng war, aber schon unten auf ihn wartete. Mit einem „Ding" hielt dieser im dritten Stock, Bröker schob sich nach draußen und stand genau vor Bödemanns Kanzlei. Er klopfte an der schweren Tür und trat ein. Am Empfang erwartete ihn ein blondgelocktes Mädchen mit dunkelrot lackierten Fingernägeln, das ihm auf den ersten Blick nicht älter vorkam als Gregors Freundin.

„Kinderarbeit", schoss es Bröker durch den Kopf. Er wiederholte aber das Sprüchlein, das er schon vor der Tür aufgesagt hatte.

„Haben Sie einen Termin, Herr Böcker?", fragte die Anwaltsgehilfin.

„Bröker", verbesserte Bröker.

„Haben Sie einen Termin, Herr Bröker?" Das Mädchen an der Anmeldung guckte nun ein wenig genervt.

„Nein, tut mir leid."

„Dann würde ich Sie bitten, einen Termin zu vereinbaren. Herr Doktor Bödemann ist wirklich sehr beschäftigt, Herr Böcker."

„Mein Name ist Bröker. Und ich bin gerade deshalb hier, weil ich glaube, Herrn Bödemann bei dem, was ihn so sehr beschäftigt, helfen zu können."

86

„Ich werde Herrn Doktor Bödemann fragen. Ich muss Sie bitten, sich ein wenig zu gedulden!" Die Vorzimmerschönheit führte Bröker in ein Wartezimmer, das ihn von der Auswahl des Mobiliars und der Zeitschriften ein wenig an seinen Zahnarzt erinnerte. Durch die Glastür konnte er weiterhin der Empfangsloreley zuschauen, wie sie auf ihrem Felsen saß, der in diesem Falle ein Bürostuhl war. Wahrscheinlich hatte sie im Internet gesurft, sich die Nägel lackiert oder tatsächlich die Haare gekämmt, bevor Bröker kam, nun aber wusste sie sich beobachtet und tat nichts von alledem. Sie tat aber auch nichts anderes. Sie schaute nur demonstrativ nicht in das Wartezimmer. Vermutlich saß Bödemann in seinem Büro und langweilte sich. Oder er war noch gar nicht vom Mittag zurück. Oder bei Gericht. Und diese Vorzimmertussi ließ ihn hier versauern. Bröker wurde bei diesem Gedanken allmählich wütend. Er stand auf, fest entschlossen, nicht mit seinem Zorn hinter dem Berg zu halten. In diesem Moment öffnete sich eine weitere Tür zum Vorzimmer und Bödemann trat gefolgt von einer Mandantin heraus. Die beiden gaben sich die Hand, die Mandantin begab sich zur Ausgangstür, während Bödemann in sein Büro zurückkehren wollte.

„Halt, Bödemann!", rief Bröker, bevor der die Tür zu seinem Arbeitsbereich wieder schließen konnte. Blitzschnell war nun auch die Empfangsputte aufgesprungen und versuchte Bröker wieder zurück ins Wartezimmer zu drängen.

„Herr Böcker, ich muss Sie bitten, sich noch ein wenig zu gedulden. Herr Doktor Bödemann hat noch Termine!" Gleichzeitig murmelte sie Entschuldigungen in Richtung ihres Chefs. Bröker drängte sie beiseite.

„Bröker!", begrüßte ihn der Rechtsanwalt überraschend freundlich. Anscheinend konnte er in seinen Büroräumen nicht anders. „Dass ich Sie einmal in meinen heiligen Hallen begrüßen darf! Haben Sie Ihre Katze erhängt oder Ihre Stiefmutter erschlagen oder wie kann ich Ihnen sonst helfen?"

„Anders!"

„Wie anders?"

„Er heißt anders", versuchte die Empfangsblondine zu helfen. „Er heißt Böcker, nicht Bröker."

Bödemann schaute verwirrt: „Wieso heißen Sie jetzt Böcker, Bröker?"

„Ich heiße immer noch Bröker, nur Ihr Empfangsdrache kann sich das nicht merken. Und mit ‚anders' meine ich, dass nicht Sie mir helfen können, sondern ich Ihnen."

„Sie wollen mir helfen? Sind Sie zu heimlichen, juristischen Ehren gelangt oder wollen Sie ein Praktikum bei mir machen? – Aber kommen Sie erst einmal in mein Allerheiligstes."

Bödemanns Büro hatte das Gepräge eines altenglischen Herrenhauszimmers. Dominant beherrschte ein Schreibtisch in Mooreiche von der Größe einer Tischtennisplatte den Raum. Ein wollweißer Teppich schluckte jeden Schritt. Bröker nahm in dem Besuchersessel Platz und kam sich gegenüber Bödemann, der in einem thronartigen Sessel saß, der mit zu dem Schreibtisch passendem grünem Samt bespannt war, winzig vor.

„Nun erzählen Sie mal, wobei wollen Sie mir helfen, Bröker!", forderte der sein Gegenüber auf.

„Bei der Verteidigung Palshöfers. Sie sind doch sein Anwalt."

„Entschuldigen Sie, aber dazu darf ich nichts sagen", versuchte sich Bödemann auf seine Schweigepflicht herauszureden.

„Dazu brauchen Sie auch nichts zu sagen, das weiß ich schon!", konterte Bröker.

„Nun gut, nehmen wir einmal an, Sie hätten Recht und ich würde Palshöfer vertreten. Wie könnten Sie mir denn dann helfen?"

„Indem ich Ihnen Beweise für Palshöfers Unschuld liefere!"

„Ach, und was für Beweise wären das?"

Geduldig zählte Bröker die Gründe auf, die er auch schon Mütze und Charly erläutert hatte.

„Bröker, ich weiß ja nicht, ob Sie Zeitung lesen, aber all das findet sich schon in der heutigen Ausgabe der *Neuen Westfälischen.*"

„Sicher, Bödemann, das weiß ich – und die Journalistin, die den Artikel geschrieben hat, weiß all das von mir!"

Bödemann seufzte und lehnte sich in seinem Sessel zurück. „Bröker, das reicht einfach nicht! Damit kann man vielleicht die Presse überzeugen, aber wenn die Anklage ein paar stichhaltige Indizien bringt, ist Palshöfer in Gefahr. Sind Sie eigentlich sicher, dass er es nicht war?"

„Bödemann, Sie sind doch sein Anwalt. Müssen Sie da nicht von Berufs wegen von seiner Unschuld überzeugt sein?"

„Von Berufs wegen bin ich das auch. Dennoch würde mich rein privat Ihre Meinung interessieren."

„Natürlich ist er unschuldig!"

„Dann müssen Sie das auch beweisen!"

„Aber gilt vor deutschen Gerichten nicht immer noch die Unschuldsvermutung?"

„Theoretisch ja. Praktisch sehen Sie ganz schön alt aus, wenn es Indizienbeweise gegen Ihren Klienten gibt und Sie kein Gegenszenario aufbauen können."

„Und was gehört zu so einem Gegenszenario?"

„Na, in unserem Fall müsste man einen glaubhaften Mörder präsentieren und auch eine Art, wie dieser den Mord begangen haben könnte."

Dennoch schien ihm an Brökers Anmerkung irgendetwas wichtig genug zu sein, dass er sich Notizen machte.

„Hm, einen Alternativtäter kann ich Ihnen natürlich zum jetzigen Zeitpunkt nicht anbieten", musste Bröker zugeben.

„Das sollten Sie aber!"

„Ich tue mein Bestes, Bödemann, aber wie sieht denn Ihre Verteidigungsstrategie aus? Sie können ja nicht nur drauf warten, dass mir einfällt, wer es gewesen sein könnte."

„Im schlimmsten Fall muss ich auf Totschlag im Affekt plädieren und erklären, dass Palshöfer eben durch Schwackmeier gereizt wurde."

„Und welches Strafmaß bekommt man da?"

„Offiziell heißt das ‚Totschlag in einem minder schweren Fall' nach Paragraph 213 StGB. Wenn Palshöfer Glück hat, kommt er mit ein oder zwei Jahren davon. Als Ersttäter hat er gute Chancen, dass die Strafe zur Bewährung ausgesetzt wird. Seine Stelle als Richter ist er dann natürlich los."

„Bödemann! Sie können doch nicht zusehen, wie Palshöfer alles verliert, was er hat! Er ist unschuldig!" Bröker sprang auf.

„Dann helfen Sie mir und beweisen Sie es!"

„Bin ich sein Anwalt oder sind Sie es!" Nun war er so in Rage geraten, dass er zur Tür hinausstürmte.

Schmierlappen, dachte er zum wiederholten Male, obwohl Bödemann sich eigentlich recht zugänglich gezeigt hatte, bevor Bröker das Büro verließ und an der verdutzten Vorzimmerdame vorbei ins Treppenhaus rannte. In seiner Wut vergaß er sogar, den Fahrstuhl zu nehmen.

Kapitel 11
Nachtwache

Brökers Herz raste. Nicht, weil er wieder zu Fuß die drei Stockwerke bewältigt hatte, sondern weil er immer noch voller Wut an Bödemann dachte. Er stürmte den Niederwall hinunter, lief durch ein paar Gassen, bis er am Alten Markt auf die Fußgängerzone stieß. Er bemerkte kaum, dass es wieder begonnen hatte zu regnen. Ein feiner Nieselregen ging auf die Stadt herab. Das konnte vermutlich Tage so weitergehen. Auch die Obernstraße durchquerte Bröker noch mit der Energie eines Mittelstreckenläufers. Erst am Ratsgymnasium wurden seine Schritte langsamer und sein Puls ruhiger. Eine seltsame Mischung aus Wehmut und Widerwillen durchströmte ihn jedes Mal, wenn er vor seiner alten Schule stand. Seine Eltern hatten darauf bestanden, dass er diese Traditionsschule besuchte, wie schon einige Bröker-Generationen vorher. Er hatte sich dort nie recht heimisch gefühlt, die Werte, die einige der Schüler mitbrachten, nicht geteilt und war so stets ein Außenseiter geblieben. Trotzdem stand dieses altehrwürdige Gebäude auch für neun Jahre seines Lebens, die er dort verbracht hatte.

Bröker betrat den Park vor der Kunsthalle, passierte das flache Wasserbassin, erklomm die Stufen zu *Schäfers Café*, dem Café in der Kunsthalle, und ließ sich an einem der Tische auf der Terrasse nieder. Es dauerte ein paar Minuten, bis er die interessierten Blicke der Kellner aus dem Inneren des Cafés bemerkte. Richtig, es regnete ja, vermutlich würde er hier draußen gar nicht bedient werden. Bröker betrat das Café, allerdings machte dies die neugierigen Blicke der Kellner nicht besser. Bei denen hatte er für heute verloren. Dennoch bestellte er einen Kaffee. Während er wartete, dachte er noch einmal über die Begegnung mit Bödemann nach.

91

Er hatte das ungute Gefühl, dass irgendetwas nicht so gelaufen war, wie er es sich gedacht hatte. Nein, es war nicht der Streit, den hatte er beinahe vorhergesehen, wenn auch nicht den Grund dafür. Es war etwas anderes, er kam nur nicht gleich drauf. Sein Getränk wurde gebracht.

„Ein Kaffeechen", flötete der Kellner und platzierte die dampfende Tasse auf Brökers Tisch. In diesem Moment fiel es ihm ein: Er hatte vergessen, Bödemann zu fragen, wie er an eine Besuchserlaubnis für Palshöfer kam!

„Verdammter Mist!", entfuhr es Bröker. Der Kellner schaute ihn erstaunt an: „Etwas nicht in Ordnung?" Die Stimme war die Liebenswürdigkeit in Person.

„Nein, nein, das war nicht auf Sie gemünzt", entschuldigte sich Bröker. „Danke für den Kaffee!"

Der Kellner verschwand mit gerunzelter Stirn. Nun, also schlimmer konnte der Eindruck, den er in dem Café hinterließ, sowieso nicht mehr werden. Aber mit Palshöfer musste er einfach sprechen. Und vermutlich führte dafür kein Weg an Bödemann vorbei. Am besten erledigte er diese unangenehme Aufgabe gleich jetzt. Mit verdrießlicher Miene zog er sein Mobiltelefon hervor. Zum Glück hatte er am Samstag zumindest sein Guthaben aufgeladen. Dafür war nun der Akku beinahe leer. Die Anzeige hierfür hatte verschieden lange Balken. Gerade zeigte es eigentlich gar keinen Balken mehr, sondern nur noch einen ganz schmalen Strich. Noch dazu hatte er Bödemanns Nummer wieder vergessen. Also rief er zunächst die Auskunft an. Als er sich die Durchwahl des Anwalts notierte, ging sein Telefon aus. Wieder fluchte Bröker, diesmal allerdings so leise, dass es der Bedienung nicht auffiel. Genervt schaltete er das Telefon nach einigen Minuten wieder an. Der Strich für die Energieanzeige war nun gänzlich verschwunden, dafür blinkte aber das Batteriezeichen munter. Dennoch blieb das Gerät betriebsbereit, als er Bödemann anrief. Natürlich hob die blonde Vorzimmerdame ab.

„Hallo, hier ist Böcker", meldete sich Bröker, um sie nicht zu verwirren. „Stellen Sie mich bitte zu Herrn Bödemann durch, ich habe etwas Wichtiges vergessen!"

„Einen Moment bitte!" Brökers Strategie war erfolgreich, der Empfangsdrachen war milde gestimmt. Wenige Augenblicke später hörte er Bödemanns Stimme.

„Bröker!", rief er, nachdem Bröker seinen Namen mitgeteilt hatte. „Sie werden ja langsam anhänglich. Wie können Sie mir denn diesmal helfen?" Immerhin schien er nicht ärgerlich über Brökers Abgang eine halbe Stunde zuvor.

„Diesmal können Sie mir helfen!"

„Ach!"

„Ja, zum einen hätte ich gerne Ihre Handynummer, um Sie besser belästigen zu können."

Tatsächlich nannte ihm Bödemann daraufhin die Nummer seines Mobiltelefons, ohne weiter nachzufragen.

„Und zum anderen?"

„Zum anderen bräuchte ich Ihre juristische Kenntnis: Sie sind doch noch Palshöfers Anwalt, oder?"

„Bis vor kurzem war ich sogar der Meinung, ich würde das ganz gut machen!"

„Dann wissen Sie vielleicht auch, wie ich an eine Besuchserlaubnis für Palshöfer komme."

„So etwas geht über den Staatsanwalt. Aber wenn Sie wollen, kann ich das für Sie beantragen!"

Was war nur in Bödemann gefahren? Entweder er hatte sich in der Zwischenzeit mit seinem Vorzimmerengel vergnügt oder er hatte durch die Vorwürfe ein schlechtes Gewissen bekommen.

„Ja, das wäre sehr freundlich, danke ...", erwiderte er. Sein Handy gab noch ein unschönes „Dedededededede" von sich, dann war der Akku des Mobiltelefons gänzlich leer. Nun würde ihn auch Bödemann vermutlich endgültig für einen unfreundlichen Spinner halten, aber er konnte es mit seinem leeren Akku nicht mehr ändern und eigentlich war es ihm auch egal. Bödemanns Bereitschaft, ihm das lästige Schreiben an die Staatsanwaltschaft abzunehmen, war das erste wirklich erfreuliche Erlebnis an diesem Tag, aber dadurch wurde Bödemann ja auch nicht gleich zu einem netten Menschen.

Brökers Laune stieg noch, als er sich auf dem Heimweg überlegte, dass er am Abend Gregor auf eine Pizza einladen könnte. Er würde dem Tag schon noch zu einem guten Ende verhelfen.

Der Junge war noch nicht zu Hause, als Bröker dort wieder eintraf, fand sich aber gegen Abend ein.

„Da bist du ja endlich!", begrüßte ihn Bröker.

„Dachte ich mir doch, dass du Sehnsucht nach mir hast", grinste Gregor. „Aber Schule ist auch nicht mehr das, was sie mal war. Wir müssen gelegentlich sogar richtig was tun."

„Hast du Probleme? Ich könnte dir helfen."

„Das ist nett, Bröker, aber weißt du, ich habe zwar manchmal Probleme, aber die Schule zählt nicht dazu."

„War ja nur ein Angebot. Weißt du, was ich mir überlegt habe?"

„Du willst für mich zur Schule gehen oder die restlichen Sozialstunden ableisten. Bröker, du hast ein Helfersyndrom."

„Nein, das machst du schön alleine. Aber dafür gestatte ich dir, mich heute Abend zum Pizza essen zu begleiten."

„Bröker, wenn du so weitermachst, wirst du mich nie wieder los!"

„Wenn du eine Frau wärst, bekäme ich jetzt Angst. Hast du eine Idee, wohin wir gehen sollen?"

„Im *Schlingen* ist heute Pizzatag."

„Im *Zweischlingen*?", lachte Bröker erstaunt auf. „Da war ich ja schon ewig nicht mehr. Sicher, vor 20 Jahren bin ich dorthin regelmäßig zur Oldie-Nacht gegangen – und schon damals war das nicht hipp."

„Vielleicht sind wir uns viel ähnlicher, als du denkst."

„Das befürchte ich allmählich auch. Aber, Gregor, mir kommt gerade eine Idee. Noch viel lieber als ich hat Charly Abende und ganze Nächte im *Schlingen* verbracht. Du weißt schon, die Journalistin! Und irgendwie ist es doch komisch, dass wir, also ich und sie, jetzt wegen der ganzen Aufregung um Schwackmeiers Tod dauernd telefonieren, aber uns noch gar nicht wiedergesehen haben. Was meinst du, ob ich sie anrufen und fragen sollte, ob sie Lust hat mitzukommen?"

Gregor war zwar etwas überrascht von diesem spontanen und geselligen Vorschlag Brökers und stellte kleine Mutmaßungen über die Gründe an, die ihn zu diesem Verhalten bewegen mochten, behielt diese Gedanken jedoch bis auf ein kaum merkliches Grinsen für sich. Außerdem war er wirklich gespannt, was für eine Frau sich hinter der Stimme, mit der er neulich so oft telefoniert hatte, verbarg. So nickte er und sagte: „Ja, ich würde sie auch gern mal kennen lernen."

Bröker nickte zurück und wählte Charlys Nummer, doch diesmal ging nur ihr Anrufbeantworter an, der aber für dringende Fälle eine Mobilnummer diktierte. Bröker gab sich einen Ruck und rief Charly auf dem Handy an, die sich kurz darauf auch mit einem „Ja, bitte?" meldete.

„Hallo Charly, hier ist Bröker." Kurz zögerte er. Gregor gab ihm einen Knuff in die Seite. „Uff."

„Wie bitte? B., ich glaube, der Empfang ist etwas schlecht."

„Was? Ach so ja, das kann angehen." Bröker warf Gregor einen strafenden Blick zu. „Warum ich anrufe, ich und Gregor, das ist der junge Mann, der für eine Weile bei mir wohnt und mit dem du neulich telefoniert hast, also er und ich haben gerade entschieden, heute Abend im *Schlingen* eine Pizza zu essen. Und da habe ich an dich denken müssen und deine Vorliebe fürs *Schlingen* und dass es doch eigentlich etwas komisch ist, dass wir jetzt zusammen an diesem Mordfall basteln, aber uns noch gar nicht wiedergesehen haben."

„Ja, das hab ich auch schon gedacht. Ich soll also dort vorbeikommen?"

„Ja, ich dachte, das wäre vielleicht nett."

„Allzu gern! Allerdings kann es etwas später werden, ich bin gerade noch unterwegs."

„Das macht nichts. In Ordnung, bis später dann."

Als Bröker auflegte, sah er in Gregors empörtes Gesicht. „Hm?"

Gregor rollte mit den Augen. „‚Junger Mann', also echt Bröker! Ich überlege, ob ich mich noch schnell in Schale schmeiße und mir einen Strampler überwerfe!"

Bröker sah betroffen zu Boden, der Junge hatte ja Recht, sein Verhalten war oft einfach unbeholfen.

„Na ja, zum Glück hab ich ja schon eine Freundin", sagte Gregor dann und klopfte ihm versöhnlich auf die Schulter. Bröker lachte erleichtert auf. „Aber wie wollen wir eigentlich ins *Schlingen* kommen. Dort hält doch nur dreimal die Woche eine Postkuschte. Ich denke, wir müssen wohl eine Taxe nehmen."

„Ich habe eine bessere Idee!" Gregor verschwand im Flur und kam einen Augenblick später wieder zurück. In jeder Hand hielt er einen Helm.

„Du willst mit Anna ausgehen statt mit mir", mutmaßte Bröker.

„Nichts da, Bröker, nicht kneifen, wir fahren mit meinem Roller!"

„Im Leben nicht!", protestierte Bröker. „Du kannst den

Roller nehmen, ich fahre Taxi. Schließlich will ich ja meine Pizza noch erleben."

Dennoch saß er zehn Minuten später als Sozius auf Gregors Roller. Das Gefährt schien ihm bedrohlich zu wackeln, gleichzeitig aber genoss Bröker den Fahrtwind, der ihm um den ganzen Körper wehte.

„Wie schnell waren wir?", fragte er den Jungen, als die beiden an dem Kulturzentrum im Süden von Bielefeld angekommen waren.

„20 Stundenkilometer langsamer als normalerweise. Du bist wirklich kein Leichtgewicht."

Im *Schlingen* angekommen hatten sie im Wintergarten Platz genommen, der Aussicht auf die Hänge des Teutoburger Waldes bot. Die Sonne stand schon tief und das Grün der Bäume schimmerte immer noch frisch.

„Schön hier!", gab Bröker zu.

„Mach jetzt bloß nicht auf sentimental!"

Allerdings konnte Bröker sehen, dass Gregor es nicht ganz ernst meinte. Aber ohnehin hätte er sich gerade nicht aus seiner melancholischen Stimmung reißen lassen. Der Ausblick, die Gesprächsfetzen von den Nebentischen und auch die lateinamerikanische Musik, die aus der angrenzenden Disco drang, kam ihm sofort wieder vertraut vor, obwohl er schon so lange nicht mehr hier gewesen war. Gregor schien das allerdings ein wenig peinlich zu sein.

„Du weißt ja jetzt, dass ich heute in der Schule war, aber was hast du eigentlich den ganzen Tag gemacht? Hast du wieder Leute angesprochen, die ihre Sozialstunden ableisten müssen?", versuchte er das Gespräch auf ein anderes Thema zu lenken.

„Ich war bei Bödemann."

„Dem Schmierlappen?" Gregor hatte offensichtlich in den letzten Tagen gut aufgepasst.

„Ja genau dem!" Bröker berichtete kurz von seinem Besuch.

„Mit einem hat er aber auf jeden Fall Recht. Wenn ich Palshöfer helfen möchte, dann muss ich eine Alternative aufzeigen. Wer könnte Schwackmeier umgebracht haben? Wer hatte ein Motiv? Wer eine Gelegenheit?"

„Was weißt du denn über Schwackmeier?"

„Also wenn ich genau darüber nachdenke, muss ich zugeben, dass ich nicht sehr viel weiß." In diesem Moment kam die Pizza. Der Kellner, der Brökers letzten Satz aufgeschnappt hatte, lächelte wissend.

Vermutlich ein Philosophiestudent, der einen ähnlichen Ansatz vertritt, dachte Bröker und freute sich insgeheim.

„Ich habe Schwackmeier, von zufälligen Begegnungen auf der Straße mal abgesehen, seit mehr als zwanzig Jahren nicht mehr gesehen. Meine Annahme, wie er sich verhalten hat, geht von der Voraussetzung aus, dass er sich in den letzten zwanzig Jahren nicht verändert hat. Eine gewagt These, das gebe ich zu, allerdings weniger gewagt, wenn man Schwackmeiers Alter und seine konservative Haltung kennt. Außerdem hat sie sich in einigen Details schon als richtig erwiesen, also bleibe ich mangels einer besseren erst einmal dabei." Bröker stopfte sich das erste Stück seiner Pizza in den Mund.

„Und weißt du, ob er Feinde hatte?"

„Hier müsste ich eigentlich den gleichen Vorspann vorweg schicken. Denk ihn dir. Ansonsten kann ich nur sagen, dass es mich bei einem Typen wie Schwackmeier sehr wundern würde, wenn er keine Feinde gehabt hätte."

„Wie meinst du das genau?"

„Ich weiß nicht, ob Schwackmeier sich anderen gegenüber unfair verhalten hat, ob er jemanden hintergangen hat. Aber selbst wenn das nicht der Fall ist, früher hat die selbstgerechte Art, mit der er seine Prinzipien vertrat, viele Leute aufgeregt."

„Weißt du auch konkret von Menschen, die ihm Böses wollten?"

„Dazu kannte ich ihn zu wenig."

„Aber war er nicht jemand, den alle Bielefelder, zumindest deiner Generation, kannten, wie sagt man so schön: eine Person des öffentlichen Lebens?"

„Ja, das stimmt. Er war immerhin Bankdirektor, schon allein deshalb kannte man ihn. Nicht nur, weil er Bielefelds bester Schachspieler war."

„Dann muss doch auch etwas über ihn bekannt sein, seine Freunde, seine Feinde."

„Ja, du hast Recht, vermutlich müsste man nur die Zeitungsarchive durchforsten."

„Vielleicht geht das auch anders, alter Mann!" Gregor griff in die Innentasche seiner Jacke und zauberte ein Netbook in Größe eines DIN-A5-Heftes hervor. „Die Archive der Zeitungen finden wir auch hier und vielleicht auch noch die eine oder andere nützliche Quelle." Geübt flogen seine Finger über die Tastatur. Bröker beobachtete das Treiben des Jungen mit Interesse. Er war hin- und hergerissen zwischen seiner Abneigung gegenüber technischen Neuerungen und der bestechenden Idee, in jedem Café und in jeder Kneipe kurz nachschauen zu können, was man denn gerade wissen wollte. Schließlich kam er zu dem Ergebnis, dass er mit seinen dicken Fingern die kleine Tastatur sowieso nicht bedienen könnte.

„Guck mal, sieht das nicht schon wie ein erster Treffer aus?" Gregor schob ihm den Minicomputer zu und deutete auf den Bildschirm. Er hatte eine Ausgabe der *Neuen Westfälischen* aus den späten Neunzigern aufgerufen. Dort wurde über die Trennung Schwackmeiers von seiner damaligen Ehefrau berichtet. Nun erinnerte sich auch Bröker wieder: „Richtig, Schwackmeier ist ja geschieden. Er tauchte damals mit einer deutlich jüngeren Geliebten auf dem Ball des Sports auf, zu dem er jedes Jahr eingeladen war. Es gab einen ziemlichen Skandal. Seine Frau gab in Zeitungsinterviews bekannt, welche unmoralischen Verfehlungen sich Schwackmeier hatte zuschulden kommen lassen. Er drängte auf Scheidung. Es war eine schmutzige Trennung, die sich ewig hinzog."

„Na, wenn das kein Grund ist, jemanden umzubringen!"

„Schon, aber nach so vielen Jahren?"

„Was ist eigentlich aus seiner Geliebten geworden. Wenn ich dich richtig verstanden habe, lebte Schwackmeier doch allein in seiner Villa."

„Ja, sie hat ihn wenig später für einen noch reicheren und noch älteren Mann verlassen."

„Och, der Arme! Und seitdem hat er keine Frauen mehr gehabt?"

„Soweit ich weiß nicht."

Wieder begann Gregor die Tastatur seines Netbooks zu bearbeiten.

„Was suchst du?", wollte Bröker wissen.

„Hm, du hast doch gesagt, Schwackmeier war Bankdirektor. Also war er wohl auch in größere Transaktionen verstrickt. Ich habe immer den Eindruck, man kann kein Geld in die Hand nehmen, ohne dass einem sein Schmutz an den Fingern kleben bleibt."

„Willst du seine Bank hacken? Weißt du überhaupt, für welche Bank er gearbeitet hat?"

„Wenn das so einfach wäre, würde nicht ich bei dir wohnen, sondern du bei mir." Der Junge zwinkerte: „Aber ich habe ein paar virtuelle Freunde, die sich schon recht gut im Bankenwesen auskennen. Die werde ich mal fragen, ob sie etwas über deinen Freund gehört haben." Wieder tippte er.

„Das machst du jetzt?"

„Ja, ich schreibe nur ein paar E-Mails, warte kurz!"

Während der Junge weiterschrieb, orderte Bröker noch ein Bier und für den Jungen eine Cola. Als die Getränke kamen, lehnte auch Gregor sich zurück: „So, nun heißt es warten." Er stieß mit Bröker an. „Übrigens hättest du ruhig auch einen Champagner bestellen können."

„Hätte ich, aber wieso sollte ich, wenn du doch lieber die Amibrause trinkst."

„In einer halben Stunde darfst du mir gratulieren."

„Wie, so schnell bekommst du Antwort?"

„Nein, darauf werden wir wohl noch ein oder zwei Tage warten müssen. Einige meiner virtuellen Freunde sitzen in Südostasien. Die schlafen jetzt vermutlich oder sind gerade erst aufgestanden."

„Was ist dann also in einer halben Stunde?" Bröker sah auf die Uhr. „Es ist ja schon fast Mitternacht!"

„Genau! Und in einer halben Stunde habe ich Geburtstag!"

„Wirklich? Wie alt wirst du denn?"

„17."

„Das müssen wir feiern!" Bröker schwebte ein mehrgängiges Menü mit verschiedenen Weinsorten vor. Vielleicht könnte man dabei etwas Miles Davis hören.

„Cool, dass du das auch so siehst! Ich habe nämlich schon ein paar Kumpels eingeladen und Anna kommt natürlich auch. Wir dürfen doch bei dir feiern?"

Da Bröker die Feier selbst vorgeschlagen und ihm der Junge zudem gerade geholfen hatte, wagte er nicht abzulehnen. Außerdem wäre es ihm spießig vorgekommen.

Trotzdem war ihm mulmig bei dem Gefühl an eine Teenager-Party. Er hätte wahrscheinlich noch etwas herumgedruckst, aber in diesem Moment trat eine Frau in einer dunkelblauen Bluse, die etwas nachlässig in eine Röhrenjeans gestopft war, an ihren Tisch. „Es tut mir leid, dass es so spät geworden ist. Aber es liegt nicht daran, dass ich eine Frau bin!

Es ist dieser elende Beruf, den ich nicht hergeben möchte ..."
Dann hielt sie inne und lächelte. „Wie schön, dass ihr noch
da seid!"

Bröker stand auf. „Charly!" Die beiden umarmten sich
umständlich, aber man konnte sehen, dass sie sich freuten,
einander wiederzusehen.

„Und du musst dann Gregor sein?" Charly setzte sich neben den Jungen.

Während Gregor und Charly sich begrüßten, glich Bröker seine Erinnerungen an die frühere Charly mit der ab, die
ihm nun gegenübersaß, und erkannte, dass er nahezu keinen Unterschied feststellen konnte. Sie hatte die gleiche gerade und zugleich weiche Haltung, sie trug Sachen, die sie
auch schon damals hätte anhaben können, und ihre Haare
waren immer noch zu einem Zopf geflochten. Das einzig
Seltsame war, dass es Bröker schien, als sei nur er gealtert.
Schon früher sah sie vier oder fünf Jahre jünger aus als Bröker, was bis auf zwei Jahre ihrer wirklichen Altersdifferenz
entsprach. Nun aber schienen es eher 15 Jahre zu sein.

Charly bestellte sich eine Kirschschorle, sie trank selten
Alkohol, kompensierte dies aber mit reichlich Zigaretten.
Dann genossen sie den Anfang der Nacht, wobei sich Gregor ein ums andere Mal fragte, wie Bröker an so eine Frau
geraten war. Obwohl es zu Schwackmeier nichts Neues gab,
kamen sie immer wieder auf den Fall zu sprechen. Noch einmal ließ sich Charly genau erklären, wie Bröker eigentlich
darin verwickelt worden war.

„Ach B. Das ist so typisch. Du ziehst die Probleme manchmal einfach an. Weißt du noch, als wir die Reportage über
den Besuch des Bildungsministers für den *Rotbarsch* gemacht
haben?"

„Ach erinnere mich nicht daran!" Bröker setzte eine abweisende Miene auf.

„Aber mich kannst du ruhig erinnern!", schaltete sich Gregor ein.

„Ach nein, das ist zu lange her", versuchte Bröker zu beschwichtigen.

„Doch, ich muss das wissen. Meine Eltern fragen schon immer, bei was für einem Typen ich lebe!" Gregor und Charly mussten lachen.

„Na dann", nickte Charly. „Ich war damals noch eine Studentin und wir hatten die Zeitung eben erst gegründet. Da hörten wir, dass der Bundesbildungsminister die Bielefelder Uni besuchen und eine Rede halten wollte. Und zum ersten Mal, so hatte B. gehört, würde der Rektor, damals war das Grotemeyer, Polizei auf das Unigelände lassen. ‚Da geht es bestimmt hoch her; ich werde mich unter die Bullen mischen, das gibt einen Blickwinkel, den hat sonst keiner!', hat B. immer wieder betont."

„Ja und?"

„Nun, er war dann tatsächlich bei den Polizisten, er hat sich sogar mit ihnen in den Hörsaal unter dem Audimax führen lassen, wo diese auf ihren Einsatzbefehl gewartet haben."

„Das klingt doch eigentlich nicht schlecht", mutmaßte Gregor.

„Ja, das wäre vermutlich auch nicht schlecht gewesen, wenn die Bullen jemals einen Einsatzbefehl bekommen hätten. Der kam aber nie, obwohl es im Audimax hoch her ging. Von der ganzen Diskussion blieben uns dann nur die paar dürren Worte, die ich von dort mitbekommen habe. Wie gesagt, ich war ja noch nicht lange dabei."

„Na, ein wenig bist du ja trotzdem auf deine Kosten gekommen", erinnerte sie Bröker.

„Ja, das stimmt." Charly musste versonnen lächeln. „Ich habe damals einen sehr verwegenen Studenten kennen gelernt und B. hat mindestens eine Woche lang darüber gelästert, dass ich mir schon wieder einen Mann eingefangen hatte. Als wäre das eine lästige Erkältung."

„Daran habe ich keinerlei Erinnerungen!"

„Natürlich nicht."

Bröker bemerkte, wie Charly während der Unterhaltung immer abwesender zu werden schien. Immer wieder wanderte ihr Blick die Theke entlang und in den dahinter liegenden Veranstaltungsraum. Von dort waren seit geraumer Zeit Salsa-Rhythmen zu vernehmen.

„Na, juckt es dich immer noch in den Sohlen?", fragte Bröker.

„Ja, ich muss zugeben, jetzt, wo ich schon mal hier bin, werde ich von der Tanzfläche dahinten magisch angezogen."

„Ich glaube, wir müssen eh so langsam los, oder Bröker?", fragte Gregor.

„Ja, einverstanden. Die Küche hat inzwischen ja auch geschlossen."

Gregor und Charly grinsten über ihren gemeinsamen Freund.

„O.K., dann werde ich mal gucken gehen, wie es da hinten inzwischen so ausschaut. Habt noch einen schönen Abend, ihr zwei. War schön dich wiederzusehen!" Charly stand auf und ging zur Tanzfläche hinüber. Als Bröker und Gregor wenig später das *Schlingen* verließen, sahen sie ihren roten Zopf auf der Tanzfläche hin und her wirbeln.

Kapitel 12
Eine Party und vier Annas

Am Morgen war Gregor bereits wieder ausgeflogen. Bröker vermutete, dass der Junge sich nun daran gewöhnt hatte, bei ihm zu wohnen, und so langsam wieder der Alltag bei ihm einkehrte, wozu anscheinend ein regelmäßigerer Schulbesuch gehörte, als Bröker vermutet hatte. Bröker nutzte die Zeit und machte sich auf in die Stadt, um ein Geburtstagsgeschenk für Gregor zu finden. Musik war ja eigentlich immer eine gute Idee. Allerdings hatte einer seiner Lieblingsmusikläden vor kurzem geschlossen. So fand er in einem anderen zwar eine CD, die er bislang noch nie in den Händen gehalten hatte: das *Black-Beauty*-Album von Miles Davis, ein Konzertmitschnitt aus den 1970er Jahren aus San Francisco. Bröker ließ es sich auch anspielen und obwohl er fand, dass er schon besser abgemischte Alben des Prince of Darkness gehört hatte, kaufte er es. Dass dies allerdings ein gutes Geschenk für Gregor war, bezweifelte Bröker. Auch die Herby Hancock Aufnahmen, in denen er anschließend wühlte, waren wohl eher nichts für ihn. Eigentlich wusste er nicht nur nicht, was der Junge für Musik hörte, ja er hatte sogar nicht die geringste Ahnung, welche Musik überhaupt gerade en vogue war. Wenn er sich richtig entsann, luden sich die meisten Leute in Gregors Alter heutzutage ihre Musik aus dem Internet runter.

Ein wenig frustriert ging Bröker weiter und besuchte eines der beiden großen Buchgeschäfte am Jahnplatz. Abgesehen davon, dass noch kaum jemand Bücher aus dem Internet herunterlud, galten alle anderen Argumente aus dem Musikladen immer noch. Auch bei Büchern hatte Bröker keine Idee, was Gregor mögen könnte. Er grinste kurz über seine Idee, ihm ein Buch über Diogenes zu kaufen, dachte dann aber, dass das doch zu onkelhaft war. Dennoch verließ Bröker auch dieses Geschäft nicht, ohne wenigstens ein Buch mitgenommen zu haben. Vielleicht könnte er dem Jungen einen MP3-Player schenken, ging es ihm durch den Kopf. Diese Geräte sah er immer häufiger in der Stadtbahn und auch auf der Straße. Eigentlich schien inzwischen beinahe jeder einen zu besitzen. Dann aber war es wahrscheinlich, dass auch sein Gast bereits einen hatte, auch wenn er ihn noch nie mit den charakteristischen Stöpseln in den Ohren gesehen hatte. Oder, dachte Bröker und musste grinsen, er könnte ihm ja ein Oberhemd und drei Paar Socken schenken – das typische Geschenk seiner Mutter zu seinem Geburtstag *und* zu Weihnachten.

„Du brauchst mir nichts zu schenken. Wenn ich etwas wirklich haben möchte, kaufe ich es mir oder bitte dich darum", hatte er mehrfach betont, doch seine Mutter hatte die Lieferung der Hemd- und Sockenpräsente erst eingestellt, als sie mitbekam, dass Bröker alles umgehend an das Rote Kreuz weitergab. Was ausgerechnet er mit einem Businesshemd sollte, hatte er nie verstanden. Vielleicht hing sogar noch eines der Hemden in seinem Schrank, das er übersehen hatte und an den Jungen weitergeben könnte. Aber natürlich war das bei Lichte betrachtet auch keine Lösung. Geschenke zu finden, war Bröker schon immer schwer gefallen, was ihn wiederum nur darin bestätigte, dass es von Vorteil war, nicht allzu viele Menschen zu kennen. Doch dann kam ihm eine Idee. Wenn der Junge feiern wollte, würde er sicher Getränke benötigen. Die würde ihm Bröker spendieren, ein gutes und zugleich sehr nützliches Geschenk. Er würde den Getränkehändler anrufen, sobald er zu Hause war. Rasch ging er noch in ein Kaufhaus in der Bahnhofstraße, um ein paar Utensilien zu besorgen, die er ebenfalls unerlässlich für eine Party hielt. Dann setzte er sich in die Stadtbahn, fuhr die zwei Stationen vom Jahnplatz bis zum Landgericht und schlenderte von dort nach Hause.

Als er bei seinem Getränkehändler zwei Kisten Cola und Säfte und ein 30-Liter-Fass Bier bestellt hatte, ging Bröker in den Keller. Sein Vater hatte einen der Räume hier zu einem Partykeller ausbauen lassen. Bröker selbst hatte diesen Raum mit dem aufdringlichen Charme der 1970er vermutlich seltener betreten als den Heizungskeller. Damals wie heute war der Inbegriff eines Partyraumes eine Theke, die das Kopfende des Partykellers zierte. Allerdings war ihre Aufmachung nicht mehr ganz zeitgemäß. Die Front war mit rustikalen Fichtenbrettern beschlagen. Davor standen fünf Barhocker, dahinter waren auf einem Wandregal zwei Reihen mit verschiedenen Gläsern aufgereiht, die man zu allem Überfluss sogar mit einer Lichterkette beleuchten konnte. Rechts daneben waren auf einem Teewagen mit Glasplatten verschiedene Spirituosen aufgereiht. Die mussten schon fast 30 Jahre alt sein, sein Vater war doch schon ewig tot. Bröker fand jedoch kein Haltbarkeitsdatum. Vermutlich konnten stark alkoholhaltige Getränke nicht schlecht werden. Trotzdem verstaute er sie in einem Karton und trug diesen in den Heizungskeller, solche Getränke sollten Gregor und seine Freunde lieber nicht in greifbarer Nähe haben.

Zurückgekehrt inspizierte er den Raum weiter. Neben dem Thekenbereich waren zwei schwere Eichentische mit entsprechenden Stühlen das einzige Mobiliar. Auf den Tischen standen Aschenbecher, die mit ihren Emblemen aus Zinn an Scheußlichkeit kaum zu überbieten waren – das sah selbst Bröker. Nun, auch Rauchen war ja nicht eine so gute Sache und verantwortungsvoll packte er die Aschenbecher zu den anderen Sachen in den Heizungskeller.

An den Wänden des Partykellers befanden sich zwei Ölschinken. Richtig, erinnerte sich Bröker, sein Großvater hatte ja gemalt. Technisch war er gar nicht so schlecht gewesen, aber umso mehr hatte ihm das rechte Gespür für ein gutes Motiv gefehlt. Mit Schaudern erinnerte er sich an das Bild eines Leoparden, der mit einem erhabenen Sprung in einer solch übertrieben ausstaffierten Dschungellandschaft ein Tier erlegte, dass man sofort sah: Dieses Motiv musste von jemandem stammen, der noch nie im Dschungel gewesen war. Er hatte dieses Bild zu seiner Konfirmation von seinem Großvater geschenkt bekommen und seine Mutter bestand darauf, dass es in seinem Zimmer hing. Die beiden Bilder hier im Keller mochte Bröker hingegen ganz gern, sie waren harmlos. Eines zeigte eine Küstenlandschaft, das andere ein Stillleben mit Gladiolen. Sie passten eigentlich gar nicht zum Rest des Partykellers. Bröker kam der Verdacht, dass es seiner Mutter mit den Bildern des Großvaters insgeheim ähnlich ergangen war wie ihm und sie deshalb für die Bilder einen eher abgelegenen Platz gesucht hatte.

Unvermittelt kamen Bröker wieder die verschwundenen dritten Zähne in den Sinn. Immer noch kam er nicht umhin, Anna zu verdächtigen, diese entwendet zu haben. Und wenn sie schon nicht vor dem Diebstahl eines Gebisses zurückschreckte, würde sie vermutlich auch vor diesen Bildern nicht halt machen. Ganz abgesehen davon, dass sie auch von dem Partytreiben in Mitleidenschaft gezogen werden konnten. Dafür waren sie Bröker dann doch zu schade, waren es doch die einzigen beiden Bilder seines Großvaters, die er ein wenig leiden mochte und mithilfe derer er sich an ihn und seine umständliche, aber liebevolle Art erinnern konnte. So trug er auch sie in den Heizungskeller und schloss diesen endgültig ab.

Wieder zurückgekehrt schaute sich Bröker abermals um. Außer den Gläsern und dem Mobiliar war in dem Raum nicht mehr viel verblieben. Einen kurzen Moment überlegte er, ob er vielleicht auch die Gläser in Sicherheit bringen und durch Plastikbecher des Getränkelieferanten ersetzen sollte, dann aber siegte seine Faulheit. Außerdem musste er sich eingestehen, dass er bis vor einer Stunde noch nicht einmal an diese Gläser gedacht hätte, wenn er die Ausstattung seines Hauses hätte aufzählen sollen. Irgendwie wirkte der

Partykeller nun etwas karg. Wie gut, dass er vorhin eingekauft hatte. Er entnahm seiner Einkaufstüte drei Rollen Luft-
schlangen, die er sorgsam entrollte und auf der Theke und
den beiden Tischen arrangierte. Dann zog er eine Packung
Luftballons hervor und begann sie aufzublasen. Als er beim
dritten war, hörte er eine Stimme hinter sich.

„Hab ich dich endlich gefunden, Bröker!" Der Junge war
unbemerkt hinter ihn getreten. Bröker ließ vor Schreck den
Luftballon los, der mit unanständigen Geräuschen durch den
Partykeller irrwischte. „Ich habe dich schon überall gesucht!"

„Und ich habe dich gar nicht gehört. Bei Menschen in meinem Alter muss man aufpassen, Junge, da ist ein Herzinfarkt
leicht geschehen!"

„Ja genau, Schwackmeier war doch auch nur knapp älter
als du, oder? Was machst du denn hier? Willst du heute hier
einen Kindergeburtstag feiern?"

„Ich dachte, heute steigt deine Party!"

„Aber doch nicht mit Luftballons! Ich hoffe, du hast nicht
auch Topfschlagen und Sackhüpfen geplant."

Bröker schaute betreten. Der Junge hatte sich seine Party
wohl etwas anders vorgestellt.

„Überhaupt, ein Partykeller. Bröker, das ist doch schon
sehr muffig hier!"

„Ja, das gebe ich zu. Wo wolltest du denn feiern?"

„Ich dachte, wir können in den Garten gehen. Später sitzen wir vielleicht ein wenig im Wohnzimmer, in der Küche
stellen wir auf, was wir so zu Essen und Trinken haben, und
das Gäste-WC brauchen wir natürlich auch. Die anderen
Räume kannst du ja abschließen. Wäre das in Ordnung?"

Bröker dachte an die Bilder, die er gerade in Sicherheit gebracht hatte, und an die Porzellanfigürchen seiner Mutter im
Wohnzimmerschrank, die dem Treiben nun schutzlos aus-
geliefert sein würden. Dennoch wollte er sich keine Blöße

geben und nickte ergeben. Ein wenig freute er sich auch bei dem Gedanken, dass Krömker so eine Retourkutsche für sein sonntägliches Rasenmähen erhalten würde. Gregor war nun gut gestimmt und machte keine weiteren Bemerkungen mehr über den Partykeller. Vollends gut gelaunt wurde er, als es eine halbe Stunde später schellte und der Getränkelieferant Brökers Geburtstagsgeschenk ablieferte.

„Bröker, in den entscheidenden Fragen kann man einfach auf dich zählen!"

„Komm, wir müssen den Garten noch herrichten!", sagte Bröker schnell, um zu verbergen, dass er sich über Gregors Worte freute.

„Aber nur, wenn wir keine Luftballons aufhängen!"

Die beiden einigten sich darauf, dass es mit ein paar zusätzlichen Gartenmöbeln getan sein müsste.

„Sag mal, hast du eigentlich schon etwas von deinen südostasiatischen Kontakten gehört?", erkundigte sich Bröker nebenbei.

„Noch nicht viel Konkretes. Vielleicht hat es da einmal eine seltsame Beratung von Kunden gegeben, aber ich warte noch auf meine wichtigste Quelle."

Anscheinend dauerte die Vorbereitung der Party länger, als Bröker gedacht hatte, denn als sie gerade die letzten Stühle in den Garten stellten, schellte es abermals. Bröker ahnte, dass die ersten Gäste vor der Tür standen, und blieb etwas verloren im Wohnzimmer stehen, als Gregor die Tür öffnete. Ein Kichern vom Eingang bestätigte ihm, dass er Recht gehabt hatte. Rasch griff er sich einen Bilderrahmen aus dem Wohnzimmerschrank und klemmte ihn sich unter den Arm. In dem Rahmen befand sich ein schon angegilbter Ausschnitt des *Westfalen-Blatts*, der eine Gruppe jugendlicher Fußballfans zeigte, die in gemeinsamen Schlachtgesängen ihre Fäuste gen Himmel reckten. Im Mittelpunkt der Gruppe stand der junge Bröker. „Jugendliche Fußball-Rowdies bei martialischen Schlachtgesängen auf der Alm" hatte die Zeitung das Bild unterschrieben und es war nicht zuletzt diese Zeile gewesen, die Bröker bittere Vorwürfe seiner Mutter eingetragen hatte.

„Stell dir einmal vor, was dein Vater zu diesem Bild gesagt hätte", hatte sie ein ums andere Mal eingewandt. Und tatsächlich war Bröker beim nächsten Heimspiel der Arminia zu Hause geblieben. Beim übernächsten allerdings hatte er es eine halbe Stunde vor Spielbeginn nicht mehr ausgehalten und war mit Trikot und Schal in der Schultasche aus dem Haus geschlichen. Viel später erst hatte die Mutter das Bild gerahmt und zusammen mit Bröker darüber gelacht, als hätte es die früheren Szenen nie gegeben. Auf jeden Fall war es nicht notwendig, dass es Gregor mit seinen Freunden gerade an diesem Abend entdeckte, und er beschloss sich mit ihm nach oben zu stehlen.

Doch musste er dafür an der Garderobe unter der Treppe vorbei, wo Gregor mit seinen Freunden stand: vier Mädchen, eine davon Anna, und zwei Jungen. Die Mädchen, die einander glichen wie Gartenzwerge, nur dass eines rote, eines schwarze, eines braune und Anna eben blonde Haare hatte, kicherten, als Gregor Bröker vorstelle. Die Schwarzhaarige flüsterte der Roten etwas ins Ohr, dann kicherten die beiden wieder. Hinter den Mädchen drängten sich noch zwei Jungen hinein, die unterschiedlicher kaum sein konnten. Während der eine vor allem bemüht schien nicht aufzufallen, dafür aber mit seinem von Pickeln übersätem Gesicht, den roten Haaren und einer dröhnenden Bassstimme die denkbar ungünstigsten Voraussetzungen hatte, war der andere einer von diesen Typen, die zu jeder Zeit mit ihrem Surfbrett gerade frisch dem Meer entstiegen schienen. Passend zu seinen vollen blonden Haaren trug er ein lila T-Shirt samt froschgrünen Crocs und war unablässig damit beschäftigt, sich in den Vordergrund zu spielen, was ihm auch gelang. Bröker fand das Zusammentreffen mit so vielen jungen Menschen auf einem Haufen frustrierend, weil er sich zu präzise ausmalen konnte, wie sie als Erwachsene sein würden. Der Surfer etwa würde vermutlich Betriebswirtschaft studieren, mit 25 die ersten Geheimratsecken bekommen und sich daraufhin die Haare kurz rasieren lassen, was auch besser zu seinem zukünftigen Job als gehobener Sachbearbeiter passen würde – er würde es „Manager der mittleren Führungsebene" oder „Junior Consultant" nennen, je nachdem, bei wem er gerade Eindruck schinden wollte.

Bröker seufzte. Er wollte gar nicht wissen, ob das nun alle Freunde Gregors waren oder ob sich die Gruppe noch vergrößern würde. Auf jeden Fall hatte er den Eindruck, dass Gregor aus der Gruppe der jungen Leute, die sich vor seiner Garderobe tummelten, herausstach und das versöhnte ihn etwas mit dem Schicksal. Er nickte allen noch kurz zu und verschwand dann nach oben. Dort würde er den Abend verbringen, ein wenig Keith Jarrett hören, das Buch lesen, das er am Vormittag erstanden hatte, und zwischendurch über den Fall „Schwackmeier" nachdenken.

Zunächst ließ sich dieses Unternehmen auch gut an. Aus dem Garten waren nur gelegentlich Gespräche zu hören, Lachen, Gläserklirren. Bröker ging in den Keller, um sich eine Flasche Rotwein zu holen, wobei er sich dabei ertappte, dass er überflüssigerweise auf den Zehenspitzen schlich, wovon er annahm, dass dies bis auf alte Slapstick-Schauspieler niemand tatsächlich, sondern nur sprichwörtlich tat. Dann las er in seinem Buch weiter.

Gegen 23 Uhr schien es Gregors Freunden draußen zu kalt zu werden, denn Bröker vernahm die Geräusche nun aus dem Wohnzimmer. Wenig später hatten sie seine alte Anlage entdeckt, im Stockwerk unter ihm wummerten die

Bässe. Halb irritierte es ihn, halb freute er sich, weil er wusste, dass Krömker drüben in seinem Haus vor Ärger nicht würde schlafen können. Uli flüchtete zu Bröker nach oben und schaute ihn vorwurfsvoll an. Dann hatten Gregors Gäste eine alte CD von ihm gefunden, auf der verschiedene Aufnahmen von Louis Armstrong vermischt waren. Natürlich kannten sie diese Musik nicht. Einer machte eine Trompete nach, bei „Wonderful world" grölten alle mit. Die Stimmung schien zu steigen und damit auch Brökers Unruhe, der angestrengt auf die Geräusche aus seinem Wohnzimmer lauschte. Jede laute Stimme, insbesondere jedes Klirren, lenkte ihn ab. So konnte er sich nicht auf das Buch konzentrieren und schon gar nicht über Schwackmeiers Tod nachdenken. Er legte sein Buch zur Seite.

Als hätte er damit einen geheimen Schalter umgelegt, war es mit einem Mal still. Er hatte keine Tür schlagen hören, keine Stimmen, die sich entfernten, aber von unten drang auch kein Laut mehr nach oben. Bröker wartete einige Minuten. Doch es blieb still. Dann schnappte er sich Uli und beschloss nachzusehen.

„Gregor?", rief er leise, als er die Treppe hinunterschlich. Doch der schien verschwunden. Dafür hörte Bröker wieder Gekicher von der Garderobe. Dort lagen Annas rot- und schwarzhaarige Doubles betrunken übereinander und waren nicht mehr in der Lage aufzustehen. Eine von beiden hatte einen alten Pelzmantel seiner Mutter aus der Garderobe gezogen und verkehrt herum an.

„So könnt ihr ja nicht nach Hause gehen!", entschied Bröker spontan. „Wartet hier!"

Den beiden blieb sowieso nichts anderes übrig. Bröker lief in sein Zimmer und bezog in neuer persönlicher Bestzeit das Bett. Dann lief er wieder zu den kichernden Mädchen und versuchte, ihnen die Treppe hinauf zu helfen.

„Finger weg, Opa!", lallte die schwarzhaarige Anna. „Nur gucken, nicht anfassen!"

Die Rothaarige kicherte unanständig. Trotzdem lagen die beiden fünf Minuten später in Brökers Bett. Eine von beiden schnarchte leise.

Nun, dann werde ich wohl unten in den Sesseln schlafen, entschied Bröker und betrat das Wohnzimmer. Hier hatte die Party richtig zugeschlagen. Von den Porzellanfiguren seiner Mutter war zwar allem Anschein nach keine zerbrochen, aber Gregors Besucher hatten gefunden, dass sie in den Blumentöpfen und Lampenschirmen viel besser aussahen als in Brökers Wohnzimmerschrank. Eine ganze Parade stand auf dem Teppichboden und eine fand Bröker noch Tage später in Ulis Katzenklo.

Gerade als sich Bröker die Sessel zurechtrücken wollte, sah er, dass der pickelige Junge schon auf die gleiche Idee gekommen war.

„Das kann doch nicht wahr sein!", fluchte Bröker leise. „Ich werde doch wohl in meinem eigenen Haus noch einen Schlafplatz finden!" Dann entsann er sich, dass sich auch im Keller noch Matratzen befanden. Er ging hinunter und baute sich in dem verschmähten Partykeller einen Schlafplatz. Reumütig holte er die Spirituosen wieder aus dem Heizungskeller hervor, genehmigte sich noch einen Schluck des heimgereiften Cognacs und schlief ein.

Kapitel 13
Hinter Gittern

Als Bröker erwachte, sah der Tag gestreift aus. Das Licht brach sich durch die Gitter der Kellerfenster und er wusste zunächst nicht, wo er war. Von seiner Matratze aus sah er einen Tisch und ein Gewirr von Stuhlbeinen. Erst als er neben sich auch ein Glas und die angebrochene Cognacflasche erblickte, begann er sich an den vergangenen Abend zu erinnern. Richtig, Gregor hatte ja gefeiert. Mit Grauen entsann er sich der letzten Szenen und fürchtete sich vor dem hinterlassenen Chaos. Denn das hieß: Kein Rührei, kein Lachsbrötchen, allerhöchstens ein kleiner Kaffee war drin. Stattdessen würde er den Morgen damit verbringen müssen, die Wohnung wieder in einen halbwegs bewohnbaren Zustand zu versetzen, wenn er heute noch zu etwas kommen wollte. Verdrossen erhob sich Bröker. Uli hatte sich anscheinend davongemacht, er war ja zum Glück jetzt im Sommer nicht darauf angewiesen, im Haus zu übernachten. Als Erstes müsste Bröker das pickelige Bürschchen in seinem Wohnzimmer wecken, dann den Rest der ganzen Bande.

Doch als Bröker das Wohnzimmer betrat, traute er seinen Augen nicht. Nicht nur der Junge war verschwunden. Der Couchtisch stand wieder gerade beziehungsweise so schief wie zuvor, die Sessel gesittet einander zugewandt. Sogar die Porzellanfiguren seiner Mutter, die am Abend zuvor noch Auslauf bekommen hatten, schienen alle wieder fein säuberlich in den Wohnzimmerschrank zurückgeräumt worden zu sein. Gespannt ging Bröker die Treppe hinauf und lugte in sein Zimmer. Das Bett, in dem er in der Nacht zuvor die beiden Doubles von Anna untergebracht hatte, war akkurat gemacht, auf dem Sessel in der Ecke schlief Uli. Beinahe befürchtete Bröker, sich die Party am Abend zuvor nur eingebildet zu haben, aber dann hätte er hoffentlich nicht im Keller geschlafen.

Im Bad war auch keiner, was Bröker zum Anlass nahm, um sich fertig zu machen. Anschließend warf er einen Blick auf die Uhr. Erst kurz nach zehn. In Gregors Zimmer war alles still. Bröker sparte sich heute nachzusehen, ob der Junge noch schlief – wenn er etwas brauchte, würde er schon zu ihm kommen. Alles lief so gut, dass er beschloss, seine Rolle als Zimmermädchen mit dem heutigen Tag niederzulegen. Ein wenig verdutzt stand Bröker noch für einen Moment im Flur. Also konnte er doch in Ruhe frühstücken. Dafür war es auch dringend an der Zeit. Seit Samstag hatte er eigentlich nicht mehr gründlich die Zeitung gelesen. Er ging hinab, wühlte im Kühlschrank, wurde fündig und schlug vergnügt drei Eier in einen Rührbecher, gab etwas Milch hinzu und würzte das Gemisch mit Salz, Pfeffer und ein wenig Schnittlauch. Dann gab er das Ganze in eine Pfanne und schnitt noch eine Tomate hinein. In diesem Moment schellte es. Vor der Tür stand der Postbote.

„Ein Einschreiben, bitte."

„Ja, geben Sie her!"

„Sie müssen erst unterschreiben!"

„Ja sicher, ich unterschreibe gerne. Ich habe es nur etwas eilig, weil ich etwas auf dem Herd habe!"

„Was gibt es denn zu Mittag? Oder sind Sie etwa noch beim Frühstück?" Der Briefträger lachte wie über einen gelungenen Scherz. Er war offensichtlich in Plauderlaune.

„Wo muss ich denn unterschreiben?"

Der Postbote kramte umständlich ein elektronisches Gerät hervor und betätigte einen Knopf.

„Hier bitte!", bat er und zeigte auf das Display. Bröker krakelte mit dem Plastikstift rasch etwas in die Wunderbox, das nicht aussah wie sein Namenszug, und gab sie zurück.

„Entschuldigen Sie, das hat jetzt nicht geklappt, wir müssen es noch einmal probieren", beschloss der Briefzusteller mit einem Blick auf das Display. Wieder bekam Bröker das Gerät gereicht. Er vermeinte schon zu riechen, wie das Rührei anbrannte, während er unterschrieb. Der Postbote aber war abermals nicht zufrieden.

„Ich glaube, der Apparat ist kaputt!", entschied er, während er ihn überflüssigerweise schüttelte. „Zu dumm aber auch!"

„Ja, können wir es nicht ausnahmsweise einmal ohne Unterschrift machen?", flehte Bröker, der sein Frühstück endgültig verloren glaubte. Der Briefträger lächelte überlegen: „Herr Bröker, Sie sind mir aber ein ganz Verwegener! Ein Einschreiben ohne Unterschrift, da käme ich ja in Teufels Küche!" Er lachte halb hysterisch und kramte in seiner Tasche. „Warten Sie, wir sind doch auch für solche Eventualitäten gerüstet." Nach einer halben Ewigkeit fand er einen Block.

„Einen Moment, ich muss eben noch die Nummer des Einschreibens eintragen. Könnten Sie es einen Moment halten?"

„Geben Sie her!" Bröker war nun nahe daran, aus der Haut zu fahren. Er schnappte sich Brief und Formular, unterschrieb letzteres rasch, ohne den Text auch nur eines Blickes zu würdigen, und gab es dem überrascht dreinblickenden Zusteller zurück. „Sie können ja Ihre wichtigen Eintragungen auch nachträglich machen, unterschrieben habe ich jedenfalls!"

„Aber Herr Bröker, was ist denn in Sie ..." Mehr hörte Bröker nicht mehr durch die inzwischen geschlossene Tür. Er hastete in die Küche. Das Rührei hatte schon deutliche Röstaromen gebildet, war aber noch nicht verbrannt. Flink rührt er es um. Das war ja gerade noch einmal gut gegangen. Nun schon deutlich entspannter, zerteilte Bröker die aneinander gebackenen Batzen in kleinere Stückchen und pfiff fröhlich einen Arminia-Schlachtgesang.

Wenig später hatte er auch das obligatorische Lachsbrötchen zubereitet und einen Kaffee aufgebrüht und saß mit seinen beiden Tageszeitungen am Frühstückstisch, diesmal im Esszimmer, denn draußen waren wieder ungemütliche Regenwolken aufgezogen und das Thermometer zeigte nur 16 Grad. Ein typischer Bielefelder Frühsommertag eben.

Bröker blätterte in der Zeitung, aber über den Fall Schwack-meier gab es nichts Neues. Da schien er inzwischen besser informiert zu sein als die Presse. Auch von der Arminia wuss-ten die Blätter wenig Spektakuläres zu berichten. Der Ersatz-torwart war vom Training suspendiert worden, ansonsten bereitete man sich auf das letzte Saisonspiel am Samstag vor.

Plötzlich fiel Bröker der Brief ein. Da es sich um ein Ein-schreiben handelte, war es vermutlich auch wichtig. Wo hatte er es nun wieder hingelegt. Bröker besaß das Talent, Dinge, zumeist natürlich wichtige, unmittelbar nach Erhalt verschwinden zu lassen. Er erinnerte sich, einmal im *PC69* eine Eintrittskarte auf dem Weg von der Kasse bis zum Ein-lass verloren zu haben, sodass das Konzert ohne ihn statt-fand. Das Ticket war wie vom Erdboden verschluckt und tauchte erst zwei Jahre später wieder auf, als die Reinigung es in einer geheimen Innentasche des Jacketts fand, das Bröker an jenem Abend getragen hatte. Er suchte den Brief und fand ihn vergleichsweise schnell unter der Pfanne mit dem Rührei. Er hatte einen unschönen Fettfleck bekommen, war aber ansonsten unversehrt. Bröker suchte den Absender. „Staatsanwaltschaft Bielefeld, der leitende Oberstaatsanwalt". Für einen Moment fühlte er sich schuldig, dann erinnerte er sich seines Telefonats mit Bödemann vor zwei Tagen. Der schien prompt gehandelt zu haben. Bröker riss den Brief mit dem kleinen Finger auf und überflog das Schreiben. Das Wichtigste schien zu sein, dass ihm der Staatsanwalt einen sogenannten „Dauersprechschein" erteilte. Bröker lachte.

„Dieses Beamtendeutsch!" Er stellte sich vor, wie die Jus-tiz reagierte, wenn er diesen Dauersprechschein ernst näh-me und tatsächlich bei einem Besuch in der JVA ununter-brochen etwas erzählen und dabei mit dem Brief in der Luft herumwedeln würde. Aber die Nachricht war natürlich er-freulich. Er durfte also Palshöfer besuchen, sehen, wie es ihm erging, und ihn fragen, ob er eine Idee hatte, wer Schwackmeier umgebracht haben könnte. Ein Besuchstermin, so hieß es in dem Schreiben, war mit der Justizvollzugsanstalt abzusprechen. Bröker beschloss, das sofort zu regeln. Die diensthabende Telefonistin teilte ihm mit, dass Bröker terminlich Glück habe. Am gleichen Nachmittag sei von 15 bis 18 Uhr ein Besuchsfenster. Selbstverständlich müsse dies erst mit Palshöfer abgesprochen werden, der natürlich seine Einwilligung geben müsse und zudem nur einmal alle zwei Wochen besucht werden dürfe.

Zwanzig Minuten später rief sie zurück und teilte ihm mit, dass einem Besuch am Nachmittag nichts entgegenstünde. Er dürfe Palshöfer keine Geschenke mitbringen, habe aber die Möglichkeit, in der Justizvollzugsanstalt Schokolade oder Zigaretten zu kaufen und diese dem Gefangenen zu übergeben – was für ein großzügiges und uneigennütziges Angebot. Doch dass er Palshöfer heute schon sehen konnte, war mehr, als Bröker gehofft hatte.

Er blickte auf die Uhr. Es war für seine Verhältnisse noch immer relativ früh. Da er aber gerade neben dem Telefon stand, rief er schon die Taxizentrale an und bestellte für halb drei einen Wagen. Bis dahin waren es noch dreieinhalb Stunden. Bröker dachte nach, was für das Treffen mit Palshöfer vorzubereiten sei, aber ihm fiel nichts ein. Dafür bekam er ein immer schlechteres Gewissen, je länger er über Palshöfers Situation nachdachte. Das erste Mal wurde ihm wirklich bewusst, dass dieser seit Tagen im Gefängnis saß und wahrscheinlich weder ein noch aus wusste.

Als es endlich halb drei war und der Taxifahrer schellte, war Bröker vor Selbstvorwürfen zu einem Nervenbündel geworden. Der Taxifahrer bemerkte dies und versuchte, als er die ungewöhnliche Adresse hörte, zu der es gehen sollte, Bröker durch ein paar flotte Sprüche zu beruhigen.

„Na, Sie werden doch nicht selbst inhaftiert werden!"

„Nein, nein ich besuche nur einen Freund!", gab Bröker fahrig zurück.

Auch die anderen Versuche des Taxifahrers, ein Gespräch anzubahnen, endeten erfolglos und so einigte er sich mit Bröker stillschweigend darauf, dass man wohl besser nicht miteinander sprach. Zum Dank gab Bröker ihm am Ende der Fahrt ein großzügiges Trinkgeld, stieg aus, verabschiedete sich kurz und schellte an der Pforte des Gebäudes. Eine Kamera richtete ihr Auge auf ihn und zoomte ihn heran, dann wurde er eingelassen. Er gelangte in eine Schleuse, an deren Seitenwand sich ein Fenster mit dick gepanzerten Scheiben befand.

„Sie wünschen?", quäkte eine ältere Frau von der anderen Seite der Scheibe durch ein Mikrophon.

„Ich möchte Herrn Palshöfer besuchen, er sitzt hier in U-Haft." Bröker zeigte seinen Dauersprechschein, die Beamtin nickte.

„Ihren Ausweis bitte!" Bröker zückte auch seinen Personalausweis.

„Bitte halten Sie ihn gut sichtbar an die Scheibe, ich muss die Daten abschreiben."

Endlich durfte Bröker weitergehen. Im nächsten Raum befand sich nichts außer drei Stühlen, einem Zigaretten- und einem Schokoladenautomaten. Ein Schild klärte darüber auf, dass man hier nun – wie schon von der Telefonistin der JVA angekündigt – Süßigkeiten oder Tabakwaren für die Gefangenen erstehen könne. Wieder überwachte eine Kamera die Szene. Bröker war sich sicher, dass er beobachtet wurde, und wurde unsicher. Palshöfer rauchte nicht und ob er ein Schokoladenliebhaber war, wusste er nicht. Auch zweifelte er ein wenig an der Qualität der Automatenschokolade. Andererseits fühlte er sich dadurch, dass er beobachtet wurde,

120

dazu gedrängt, etwas zu kaufen, obwohl er dieses ganze Arrangement absurd fand. Nach einer weiteren Minute hielt er es nicht mehr aus und zog eine Tafel Schokolade. Unschlüssig betrachtete er sie. Eine Tafel Schokolade, das sah doch sehr knickrig aus. Entschlossen zog er eine zweite. Dann noch eine. Nach der dritten bat ihn glücklicherweise eine unsichtbare Stimme weiterzugehen, so kam es nicht dazu, dass er den ganzen Automaten leerte.

Der nächste Raum war eine enge Kammer. Ein Beamter mit einem Metalldetektor erwartete ihn.

„Bitte legen Sie alle metallhaltigen Gegenstände ab", sagte er lethargisch und wies auf eine Plastikschale. Bröker legte seinen Schlüssel hinein. Nach etwas Suchen fand er noch einen Stift und gab auch diesen ab.

„Einen Geldbeutel haben Sie nicht?", fragte der Beamte. Seine Stimme hatte einen leicht bayrischen Einschlag. Bröker griff sich an die Stirn.

„Doch, natürlich!" Er legte sein Portemonnaie zu den restlichen Gegenständen. Dann fuhr ihn der Wärter mit dem Detektor ab. Bröker dachte, dass er ja schließlich nicht zu Palshöfer fliegen wollte, sagte aber nichts. Die Situation war zu beklemmend. Der Detektor piepte.

„Da haben Sie noch was!", bemerkte der Beamte und deutete auf Brökers vordere, rechte Hosentasche.

„Oh, das müssen dann Metallteile vom Handy sein!", sagte Bröker und schaute schuldbewusst. Dem Beamten schien das egal zu sein. Er nahm das Handy und fuhr mit seiner Tätigkeit fort.

Als Bröker metallfrei war, bedeutete der Aufseher ihm, in den nächsten Raum zu gehen. Bröker atmete auf, endlich das Sprechzimmer, ein langgestreckter Raum, der in der Mitte von einer Wand und Glasscheiben getrennt war. Jede Glasscheibe teilte einen Tisch, an dessen Enden sich je ein Stuhl und ein Telefon befanden. Bröker bekam von einem Beamten an der Tür Platz Nummer vier zugewiesen.

„Sie haben eine halbe Stunde. Das Gespräch findet per Telefon statt", teilte ihm der Justizbeamte mit. Bröker nahm Platz und wartete. Zwei Minuten später kam Palshöfer.

Er hielt sich wie immer übermäßig gerade, sein Gesichtsausdruck wirkte dagegen schlaff und angestrengt. Bröker winkte.

„Palshöfer!", rief er. Palshöfer machte eine Geste, indem er erst auf seine Ohren und dann auf das Telefon deutete. Bröker nahm den Hörer. „Palshöfer!", rief er noch einmal.

„Wir weisen Sie daraufhin, dass Ihr Telefonat abgehört wird. Sollten sich aus Ihrem Gespräch Verdachtsmomente ergeben, so können diese gegen den Angeklagten verwendet werden!", meldete sich eine Automatenstimme. Dann war endlich Palshöfer am Apparat. Das Erste, was von ihm zu hören war, war ein trockenes Husten und er griff sich an die Kehle.

„Palshöfer, es tut mir so leid!", begann Bröker mit dem, was ihm am meisten auf dem Herzen lag.

„Was tut dir leid?"

„Nun, wenn die Polizei nicht von mir erfahren hätte, dass du bei Schwackmeier warst, dann säßest du jetzt nicht hier!"

„Ach Bröker, du solltest unsere Ordnungskräfte nicht unterschätzen, meinst du nicht, das hätten sie auch so herausbekommen?"

„Das kann sein, aber mir ginge es dann besser", grinste Bröker schief. „Aber was rede ich von mir, wie geht es dir denn? Wie behandeln sie dich hier?"

Palshöfer winkte ab, hustete aber gleichzeitig, was bei ihm stets ein Anzeichen von Erregung gewesen war. „Manchmal habe ich schon den Eindruck, dass sie beweisen wollen, dass ein Richter hier auch keine Privilegien hat. Sie haben mir

Fingerabdrücke abgenommen und sie mit denen verglichen, die sie auf dem Weinglas bei Schwackmeier gefunden haben. Aber das sind natürlich meine, ich habe ja aus dem Glas getrunken. Außerdem haben sie mich mehrfach verhört. Unter anderem hat der hinzugezogene Psychologe immer wieder sehr persönliche Fragen gestellt, die man nicht unbedingt gern einem Fremden, der einen noch dazu des Mordes beschuldigt, beantwortet. Aber man muss ja etwas sagen, wenn man nicht verdächtig erscheinen will. Und obwohl ich nicht wüsste, dass ich Anhaltspunkte für meine Schuld geliefert hätte, halten sie mich weiter fest." Wieder hustete er.

„Ja, ich kann verstehen, dass dich das wütend macht", versuchte Bröker den Freund zu beruhigen.

„Na, was ich denen wirklich übelnehme, ist, dass sie obendrein unsauber arbeiten." Palshöfer räusperte sich ausführlich. „Nur weil ich wahrscheinlich zuletzt bei Schwackmeier war, mich gleich derartig zu verdächtigen. Die bisherige Rekonstruktion des Tathergangs ist einfach nur lächerlich und vor allem unglaubwürdig."

„Ja, das habe ich auch immer wieder zu bedenken gegeben!"

„Und dann diese abstruse Theorie in Bezug auf das Schachspielen. Sie denken, ich könnte ihn getötet haben, weil er mich im Schach ständig besiegt hat. So ein Unsinn! Als ob ich mich zu so etwas hinreißen ließe!" Mit einem Mal wurde Palshöfers Stimme laut. Wieder hustete er. Bröker erinnerte sich, dass er auch früher schon in Rage geraten war, wenn er eine Sache für falsch oder ungerecht hielt.

„Dann lass uns doch einmal überlegen, wer es sonst getan haben könnte", versuchte Bröker seine Gedanken wieder in vernünftigere Bahnen zu lenken.

„Darüber mache ich mir schon seit Samstag Gedanken. Aber ich komme zu keinem vernünftigen Ergebnis!"

„Ich habe mich daran erinnert, dass Schwackmeier eine schmutzige Scheidung hinter sich hatte. Seine Frau hat ihn damals ziemlich durch den Dreck gezogen, sie muss ihn wirklich gehasst haben."

„Daran habe ich auch schon gedacht. Ich würde das auch für ein Mordmotiv halten, wenn es nicht schon vor mehr als zehn Jahren geschehen wäre."

„Da stimme ich dir zu. Andererseits: Wer weiß, wie ihr Leben seitdem verlaufen ist?"

„Ja, darüber müsste man mehr wissen. Ich habe auch trotzdem den Staatsanwalt auf Schwackmeiers Exfrau angesprochen. Es schien, als habe die Polizei auch schon in diese Richtung gedacht. Allerdings kennt der Staatsanwalt die Frau auch privat – ich glaube nicht, dass er wirklich Ermittlungen einleiten wird."

„Ich könnte ein wenig recherchieren", bot Böker an, was er ohnehin getan hätte.

„Vielleicht ist das hilfreich. Du hattest ja auch schon bei der Frage, ob Schwackmeier ermordet wurde, das richtige Gespür."

Palshöfer war nun wieder ruhiger geworden. Er hustete nur noch leise, wobei er ein Stofftaschentuch aus seiner Hosentasche kramte und sich vor den Mund hielt. Gemeinsam mit Bröker erwog er noch andere Verdächtige. Sie fanden aber niemanden, den sie für dringend tatverdächtig hielten.

So rieten sie ein wenig ins Blaue, drucksten herum und versuchten sich dann gegenseitig zu beruhigen, indem sie planten, was sie tun würden, wenn Palshöfer erst einmal wieder auf freiem Fuß wäre. Bröker berichtete von einem chilenischen Cabernet Sauvignon in seinem Keller, den er auf gar keinen Fall alleine trinken würde, Palshöfer, dem diese Pläne sichtlich gut taten, schlug eine Partie Schach dazu vor. Dann wurde sein Husten wieder schlimmer.

„Ach Bröker!", klagte er, nahm sich seine Brille ab und rieb sich die Nasenwurzel. „Wenn ich hier nicht bald rauskomme, fange ich mir noch etwas ein, vom dem ich mich nicht so schnell erhole. Das kann ich spüren!"

Bröker dachte an Palshöfers hypochondrische Tendenzen, fand aber, dass der Richter so elend aussah, dass er ihm glauben musste.

„Halt durch, Palshöfer!", sagte er hilflos. „Ich versuche dich hier so schnell wie möglich rauszuholen."

„Ihre Sprechzeit ist um, meine Herren!", unterbrach sie mit einem Mal die Stimme des Beamten. Bröker war ganz erschrocken, wie schnell diese halbe Stunde vergangen war, und er sah, dass der stets rationale Palshöfer am liebsten einfach sitzen geblieben wäre, obwohl es nichts Sinnvolles zu tun gab. Verlegen schaute Bröker auf seine Hände und stellte fest, dass er darin immer noch die drei inzwischen leicht angeschmolzenen Tafeln Schokolade hielt.

„Was mache ich denn damit?", fragte er hilflos.

„Die können Sie mir geben!", meldete sich der Schließer. Bröker hatte den leisen Verdacht, dass der Beamte sie gleich hinter der Tür aufreißen und in sich hineinstopfen würde.

„Hoffen wir, dass du bald draußen bist, sonst komme ich in zwei Wochen wieder!" Dann kam ein Wärter und führte Palshöfer ab. Auch Bröker wurde von einem Wärter nach draußen geleitet. Für einen Augenblick hätte man nicht sagen können, wer von beiden der Gefangene und wer der Besucher war.

Kapitel 14
Des einen Freud ist des anderen Leid

Der Beamte führte Bröker durch einen langen, weiß gestrichenen Gang, der nur von ein paar Neonröhren erleuchtet wurde. Noch immer kam er sich vor, als sei er der Gefangene. Der Gang bog ab, dann noch einmal. Schließlich öffnete der Wärter eine schwere, weiße Eisentür, die mit drei Schlössern gesichert war, und entließ Bröker in einen Raum, in den Tageslicht fiel. Ein weiterer Beamter händigte gerade einem anderen Besucher eine Plastikschale mit Brieftasche, Autoschlüssel und Handy aus und wandte sich dann an Bröker: „Ihr Name?"

„Bröker."

Der Beamte verschwand hinter einer Wand und kam wenig später mit einer kleinen Wanne wieder, in der sich Brökers Portemonnaie, Schlüssel, Handy und auch der abgegebene Stift befanden, und stellte das Behältnis vor Bröker hin.

„Darf ich die Sachen nun wieder an mich nehmen?" Die vielen Uniformen hatten Bröker verunsichert.

„Sie sind zum ersten Mal hier, oder?" Der Beamte lächelte jovial. „Die Aufregung legt sich, wenn Sie häufiger kommen. Schauen Sie den Herrn dort an!" Er deutet auf Brökers Nachbarn, der gerade seine Brieftasche wieder in seinem Jackett verschwinden ließ. „Der Herr van Ravenstijn ist beinahe täglich hier. Aber der macht das natürlich auch beruflich, er ist unser Polizeipsychologe."

Der Angesprochene nickte dem Justizbeamten zu: „Bis morgen!", öffnete die Ausgangstür und verschwand.

„Das war Ravenstijn?"

„Van Ravenstijn!"

„Ja, das war er?"

„Genau!"

126

„Ich muss unbedingt mit ihm sprechen!" Eilig stopfte sich Bröker seine Habseligkeiten in die Taschen und folgte dem Fallanalytiker durch die Tür: „Ravenstijn?"

Der Psychologe war schon Richtung Parkplatz entschwunden.

„Ravenstijn!", rief Bröker noch einmal und rannte ihm hinterher. Endlich drehte sich der Psychologe um: „Meinen Sie mich?"

„Sie sind doch Ravenstijn?"

„Van Ravenstijn, ja, Remco van Ravenstijn." Er reichte Bröker die Hand, der ergriff sie. „Und Sie?"

„Bröker."

„Und womit kann ich Ihnen dienen? Wollen Sie mit in die Stadt fahren?" Der Psychologe sprach nicht nur sehr gewähltes Deutsch, sondern hatte auch einen leichten, aber unverkennbaren holländischen Akzent. Bröker zögerte kurz.

„Warum nicht?", sagte er dann und folgte van Ravenstijn zu dessen silber-metallic-farbenen BMW.

„Aber Sie haben mich nicht nur angesprochen, um nicht trampen zu müssen?", grinste der Psychologe, als die beiden im Wagen saßen. Bröker musterte seinen Chauffeur. Er war in einer merkwürdigen Mischung aus Sorgfalt und Lässigkeit gekleidet. Er trug ein Leinenjackett, ein cremefarbenes Hemd und dazu, was Bröker besonders albern fand, ein rotseidenes Halstuch, das zu seiner Jeans und den Flip-Flops an seinen Füßen einen beachtlichen Kontrast bildete. Als van Ravenstijn losfuhr, lag sein Blick dabei so wohlgefällig auf seinen manikürten Händen, dass Bröker geneigt war, ihn zu bitten, sich doch etwas mehr auf den Verkehr zu konzentrieren.

„Nein, es ging mir nicht um die Mitfahrgelegenheit", gab Bröker zu. „Ich habe vielmehr gehört, dass Sie auch den Fall eines Freundes, der hier in U-Haft sitzt, beurteilen."

„Und wer ist der Freund?" Van Ravenstijn fuhr sich mit einer Hand über den kahl geschorenen Kopf.

„Sein Name ist Palshöfer. Er ist wegen Tatverdachts im Fall ‚Schwackmeier', des ermordeten Bankiers, festgenommen worden."

„Ah, um Palshöfer geht es. Mein interessantester Fall zurzeit. Und der ist Ihr Freund?"

„Genau."

„Und ist er Ihnen schon früher einmal als gewalttätig aufgefallen?"

Bröker warf einen Blick auf den Fahrer, um zu überprüfen, ob van Ravenstijn die Frage ernst meinte. Der aber verzog keine Miene.

„Palshöfer? Der ist doch nicht gewalttätig. Es würde mich wundern, wenn der überhaupt schon einmal falsch geparkt hätte."

„Das besagt noch nichts. Schließlich ist er nicht wegen eines Verkehrsdeliktes in Untersuchungshaft, sondern weil ihm der Mord an Schwackmeier vorgeworfen wird."

„Und den trauen Sie ihm zu?"

„Sie wissen schon, dass ich da eigentlich nicht drüber reden darf?"

Das „eigentlich" in dem Einwand des Fallanalytikers ließ Bröker hoffen. „Sie sehen mir nicht sehr konventionell aus und mir scheint außerdem, dass Sie diesen Charakterzug an sich nicht zu den schlechtesten zählen." Bröker zählte auf Ravenstijns Eitelkeit und hoffte, ihn mit der kleinen Schmeichelei zum Plaudern zu bewegen.

Van Ravenstijn mustere sein Gegenüber. Er kniff kurz die Augen zusammen, doch dann schien Brökers Plan aufzugehen. „Ihr Freund hat ein interessantes Innenleben."

„Wie meinen Sie das?"

„Einerseits ist er sehr regelkonform. Er findet, dass Regeln dazu da sind, eingehalten zu werden, und zwar ohne Ausnahme. Sogar seinen Beruf hat er so ausgesucht, dass er seinem Muster gehorcht."

„Sie wollen jetzt doch nicht etwa behaupten, dass alle Richter gerne einmal einen Mord begehen würden?"

„Bei Palshöfer verhält es sich komplexer", sagte van Ravenstijn überzeugt und reihte sich in eine Schlange vor einer Ampel ein.

„Inwiefern?"

„Palshöfer würde schon gerne einmal gegen Regeln verstoßen. Aber er erlaubt es sich nicht. Dadurch baut er Aggressionen auf. Und um diese unterdrücken zu können, stellt er umso strengere Regeln auf. Was wiederum ..."

„Schon gut, ich habe verstanden, was Sie sagen wollen. Sie meinen, er hätte Schwackmeier gelegentlich gerne eins aufs Maul gehauen. Da er das aber nicht getan hat, musste er ihn schließlich umbringen?" Bröker lachte. Doch der Psychologe schien diesen Witz ganz ernst zu nehmen und nickte: „So ungefähr könnte man es ausdrücken, natürlich sehr stark vereinfacht." Van Ravenstijn blickte entspannt auf eine Ampel, die in Brökers Augen schon ein dunkles Orange zeigte, und nahm Fahrt auf.

„Das ist doch Blödsinn!" Bröker wollte gerade mit der Faust auf das Handschuhfach vor ihm schlagen, entsann sich aber rechtzeitig, dass der Wagen nicht ihm gehörte. Außerdem befand sich irgendwo dort sicher auch ein Airbag und wenn dieser mit einem Mal hervorkäme, wäre der Effekt eines Wutausbruchs sicher verfehlt. Und bei Ravenstijns Fahrstil konnte man den Airbag vielleicht auch noch brauchen.

„Bedenken Sie auch, dass der extrem angepasste Palshöfer bei scheinbaren Nebensächlichkeiten zu übermäßigem Jähzorn neigt!" Der Psychologe schien von Brökers Gefühlswallungen nichts zu bemerken.

„Wie haben Sie das festgestellt?"

„Na, hören Sie mal, das ist doch meine Aufgabe und ich habe da so meine Methoden!" Ein selbstgefälliges Lächeln umspielte van Ravenstijns Gesicht. „Sie hätten ihn sehen sollen, als er mit dem Mordvorwurf konfrontiert wurde. Er hat getobt. Wir sollten unsere Arbeit richtig machen, hat er geschrien."

Angesichts dessen, was Bröker eine halbe Stunde zuvor in der Justizvollzugsanstalt erlebt hatte, konnte er sich sogar vorstellen, dass diese Beschreibung der Wahrheit entsprach. Dennoch widersprach er: „Aber das war ja auch, nachdem sie ihn festgenommen haben. Deshalb muss er Schwackmeier aber nicht umgebracht haben. Er hatte ja gar keinen Grund dazu!"

„Sie vergessen die ganzen Meisterschaften, bei denen er hinter Schwackmeier gelandet ist!"

„Aber deshalb ermordet man doch keinen Menschen!"

„Schwackmeier wird für Palshöfer eine Art Übervater gewesen sein."

Wieder schaut Bröker van Ravenstijn an: „Nein, Sie wollen mir jetzt nicht wirklich mit Freud kommen."

„Wie?"

„Sie meinen, Palshöfer habe Schwackmeier aus einem Ödipus-Komplex heraus ermordet?"

„Wäre das nicht denkbar?"

„So einen Schwachsinn kann sich auch nur ein Psychologe ausdenken!"

Van Ravenstijn lächelte überlegen: „Sagt Ihnen der Name Reuben Fine etwas?"

Bröker überlegte kurz. „Ja, das war einer der stärksten Schachspieler der Welt in den 1940er Jahren. Damals hat er unter anderem den amtierenden Weltmeister Alexander Aljechin mehrfach besiegt. Außerdem hat er ein Endspielbuch geschrieben, das ich vor vielen Jahren mal in den Händen gehalten habe."

„Er hat noch mehr geschrieben, das lesenswert ist."

„Aber er hat nirgends erwähnt, dass Palshöfer Schwackmeier ermordet hat, oder?"

„Das nicht. Aber anscheinend wissen Sie nicht, dass Fine auch Psychoanalytiker war."

„Jetzt, wo Sie es sagen, dämmert es mir wieder. Deshalb hat er 1948 auch nicht mit um die Weltmeisterschaft gespielt, oder?"

„Mag sein. Aber er hat auch das erste Standardwerk über Schach und Psychoanalyse geschrieben. Darin geht er auf Freud zurück und greift tatsächlich den Ödipus-Komplex auf. Der König steht für ihn im Schach für die Vaterfigur. Das Ziel ist es, ihn matt zu setzen, also der Vatermord."

„Und darum bin ich auch nie etwas geworden im Schach, weil mein Vater sowieso schon tot war?"

„Das halte ich durchaus für möglich. Sie müssen zugeben, dass diese Theorie etwas für sich hat."

„Es klingt ein wenig so, als sei jemand einmal von einem Schneeball getroffen worden und würde seitdem alles ablehnen, was weiß ist. Sie können doch nicht einen Menschen aufgrund einer so dürftigen Typisierung ins Gefängnis schicken!"

„Nun beruhigen Sie sich mal. Ich schicke ihn ja auch gar nicht ins Gefängnis. Ich habe nur gesagt, dass es gut denkbar ist, dass jemand mit der Persönlichkeitsstruktur Ihres Freundes den Mord an Schwackmeier begangen hat. Und Freud und die eben angeführte Theorie sind natürlich nicht das Maß aller Dinge, das war nur Anschauungsmaterial, um das Ganze ein wenig unterhaltsam zu gestalten. Ich fürchte, ich kann einem Laien wie Ihnen keinen befriedigenden Einblick in meine Vorgehensweise geben."

„Und ich sage, wenn Sie Palshöfer wirklich kennen würden, könnten Sie ihn nicht verdächtigen."

Beide schwiegen. Bröker bemerkte, dass sie schon mitten in der Innenstadt waren.

„Sie können mich hier rauslassen", bemerkte er, um einem Rauswurf zuvorzukommen. Van Ravenstijn lenkte den Wagen auf eine Bushaltestelle. Sie waren am Kesselbrink.

„Vielen Dank fürs Mitnehmen!", bedankte sich Bröker artig.

„Gern geschehen! Und wenn Sie mir Ihre Adresse geben, leihe ich Ihnen gerne mal das Material von Fine!"

Bröker hasste diese gönnerhafte Geste und hätte in diesem Moment Palshöfer auch dann verstanden, wenn dieser Schwackmeier und obendrein diesen schleimigen Psychologen ermordet hätte. Er ließ sich aber nichts anmerken.

„Nicht nötig", flötete er beim Aussteigen. „Ihr Vortrag war so spannend, dass ich mir die Bücher selbst besorgen werde."

„Oh, gut so. Ich weiß es natürlich zu schätzen, dass Sie Ihren Freund so verteidigen. Also: Nichts für ungut und bis bald!"

Bröker klappte die Tür zu, der BMW brauste davon und bog hinter dem Kesselbrink links ab. Bröker seufzte, als habe er gerade ein größeres Abenteuer bestanden. Dann ging er Richtung Rathaus, unterquerte es und stand am Niederwall. Er schaute auf die Uhr. Inzwischen war es beinahe fünf Uhr nachmittags. Er könnte natürlich noch ins *Ratscafé* gehen und eine Schale Gold, Kaffee mit einer Extraportion Milch, auf Palshöfer trinken. Spontan entschloss er sich aber doch, die Straßenseite nicht zu wechseln und im *Irish Pub* einzukehren. Die Iren, die Einzigen, die man, was die Resistenz gegen Schlechtwetter anging, angemessener Weise noch mit den Bielefeldern vergleichen konnte, hatten einige Holztische ins Freie gestellt. Bröker überlegte kurz, ob er es trotz

des schon seit geraumer Zeit niedergehenden feinen Nie-
selregens wagen sollte, sich nach draußen zu setzen, doch
die Statue vor der Kneipe, ein Riese, der die Hände über dem
Kopf zusammenschlug, schien ihm inbrünstig davon abzu-
raten. So beschloss er, doch lieber hineinzugehen. Er ließ
sich an einem großen und schweren Holztisch nieder und
bestellte ein Guinness. Bald schon tauchten seine Lippen in
den festen Schaum ein.

Was für ein Verrückter, dachte er beim Gedanken an Ravenstijn. Er fragte sich, wie man einer Theorie so sehr folgen konnte, dass man einen völlig Unschuldigen verdäch-
tigte. Diese Hirngespinste, die sich auswuchsen, wenn man
sich zu lange in ein Theoriegebäude vertiefte, hatten Bröker
schon an der Uni immer wieder abgeschreckt. Andererseits
war für Ravenstijn alles in sich schlüssig und überzeugt hatte er schon gewirkt, das musste man ihm lassen. Ja, was eigentlich, wenn er Recht hatte. War das denkbar? War es wirklich möglich, dass Palshöfer doch der Mörder war? Bröker
nahm noch einen tiefen Schluck Guinness und schüttelte den
Kopf. Nein, das konnte einfach nicht sein.

Kapitel 15
Neues aus dem Netz

Schon als Bröker die Haustür aufschloss, wusste er, dass Gregor noch nicht zurück war: Die Tür war immer noch zweimal verriegelt. Als er aufschloss und hineinging, staunte Bröker noch einmal darüber, wie ordentlich das Haus war. Ihm
schien es fast, als hätten Gregors Gäste die Wohnung aufge-
räumter hinterlassen, als sie es zuvor gewesen war. Dass selbst
so junge Leute einen deutlich ausgeprägteren Ordnungssinn
hatten als er, machte Bröker doch etwas verlegen.

Dann wanderten seine Gedanken wieder zu Palshöfer. Er hätte den Besuch bei ihm viel besser nutzen sollen. Zum einen, um den armen Palshöfer zu beruhigen. Der musste doch nun denken, dass ihn niemand aus seiner Untersuchungshaft befreien würde. Zum anderen aber auch, um mehr Informationen über potenzielle Mörder zu sammeln. Aber sie hatten ja genau dies versucht – es war einfach nur nichts Brauchbares dabei herausgekommen. Und dann dieser Psychologe. Noch immer wurde Bröker zornig, wenn er an die Autofahrt dachte, einerseits über Ravenstijn mit seinen verschrobenen Theorien, zum anderen aber auch darüber, dass der ihn mit seinem Wissen über Reuben Fine hatte derart verblüffen können. Bröker beschloss, als Erstes seine Kenntnisse über diesen Schachgroßmeister und Psychoanalytiker zu erweitern. Rasch brühte er sich einen Kaffee auf und nahm ihn mit in sein Bücherzimmer, das nur deshalb so hieß, weil in ihm noch mehr Bücher standen als in den anderen Zimmern sowieso schon. Denn tatsächlich waren in allen Zimmern des Hauses Bücherregale: im Schlafzimmer, weil er gerne vor dem Schlafengehen in ein Buch schaute, in der Küche Kochbücher, ja, inzwischen hatten sich selbst im Bad und der Gästetoilette kleine Stapel ausgebreitet, weil er Wanne und Klo zu seinen bevorzugten Orten für die Lektüre philosophischer Texte auserkoren hatte. Die meisten Bücher aber befanden sich eben im Bücherzimmer. Viele davon waren Materialien aus seiner Studentenzeit, eine ganze Menge stammten aber auch noch von seinem Vater. Dazu hatte sich vor einigen Jahren ein Computer gesellt, den noch seine Mutter angeschafft hatte, die zwar viel weniger von solchen Dingen verstand als Bröker, aber trotzdem weit eher bereit war, für derartige Geräte Geld auszugeben. Dementsprechend war der Computer ganz hinten in einer Ecke untergebracht.

Er stellte die Kaffeetasse auf dem Schreibtisch ab und griff sich den Band *Fav-Gap* des 25-bändigen Brockhaus. Dort fand er unter dem Eintrag „Fine" nur eine kurze Notiz: „Fine, Reuben *11. Oktober 1914. US-amerikanischer Schachgroß-meister und Psychoanalytiker."

Kurz wunderte sich Bröker, dass kein Todesdatum ange-geben war. Seines Wissens war Fine schon vor einiger Zeit gestorben. Dann erinnerte er sich, dass dieses Lexikon noch von seinem Vater stammte und, wenn er sich recht entsann, in den späten 1950er Jahren gedruckt worden war. Bröker hatte dies entdeckt, als er mit 16 versucht hatte, seine Kennt-nisse über die Raumfahrt zu erweitern, und zu seiner großen Überraschung feststellen musste, dass der „Neue Brockhaus" das komplette amerikanische Apolloprogramm inklusive der Mondlandung keiner Zeile wert befand. Der „Neue Brock-haus" war eben trotz seines Namens gar nicht mehr so neu.

Mit einem Seufzer trug Bröker die Enzyklopädie ins Re-gal zurück und schaltete den Computer an. Er wusste na-türlich, dass inzwischen die aktuelleren und weiter reichen-den Informationen im Internet zu finden waren. Trotzdem beäugte er den Computer immer ein wenig misstrauisch. Die drei Semester Informatik hatte er in erster Linie belegt, weil er diesem Technikmonster so nah kommen wollte, dass er verstand, weshalb die Menschheit sich kein Leben mehr ohne es vorstellen konnte. Er hatte dabei zwar frustrieren-de Dinge erfahren – beispielsweise, dass Computer inzwi-schen besser Schach spielen konnten als er –, aber seine Fra-ge hatte er sich nicht beantworten können. Trotzdem war er mittlerweile bereit zuzugeben, dass manchmal ein Compu-ter das Leben vereinfachte.

Bröker trank einen großen Schluck Kaffee und tippte „Reu-ben Fine" in das Eingabefeld der Suchmaschine. Natürlich wusste allein *Wikipedia* schon eine ganze Menge mehr als sein altes Lexikon. Er überflog schnell die Liste der wichtigsten

Turniere, bei denen Fine mitgespielt hatte, seine meistgelesenen Werke, sowohl als Schachspieler als auch als Psychoanalytiker, dann folgte er einem Link, der weitere Arbeiten über die Psychologie des Schachspiels vorstellte. Neben einer Beschreibung der pathologischen Züge des amerikanischen Schachgenies und Weltmeisters Bobby Fischer fand er auch Fines Interpretation des Schachs als symbolischen Vatermord und gleichzeitig einen Artikel von jemand anderem, der Schach gerade im Falle ödipaler Komplexe als Therapie empfahl. Es gab Aufsätze, die die Symbolhaftigkeit der einzelnen Figuren analysierten, die die latente Aggressivität von Schachspielern beschrieben und den Einfluss des Schachspiels auf die Moral seiner Spieler untersuchten. Bröker schüttelte den Kopf. Hätte er diese Informationen schon früher gehabt, hätte er genug Argumente besessen, um seine Eltern davon zu überzeugen, dass Schachspielen keine so günstigen Auswirkungen auf seine Entwicklung hatte. Andererseits wagte er nicht nachzuforschen, was für obskure Theorien dann erst in Bezug auf Fußball grassieren mussten – da hätte es dann sicher noch schlimmer um die Verwirklichung seines Kindertraumes gestanden.

Er las noch ein wenig, fand das am Bildschirm aber zu anstrengend. Außerdem war es in seinen Augen haarsträubender Unsinn, in solchem Maße und so losgelöst von anderen Aspekten und Beobachtungen von einem Gesellschaftsspiel, das jemand spielte, auf seine Psyche und Wertvorstellungen zu schließen. Bröker schloss die unzähligen Browserfenster.

Allerdings könnte er, wo der Rechner nun schon einmal eingeschaltet war, vielleicht noch etwas mehr über Schwackmeier erfahren. Optimistisch tippte er „Schwackmeier" in die Suchmaske, nur um sofort korrigiert zu werden: „Meinten Sie: Schwagmeier?"

Nein, meinte ich nicht, dachte Bröker, der diese Art der

stets neutralen Besserwisserei von Maschinen nicht leiden konnte. „Sonst hätte ich es ja eingegeben." Schließlich spuckte die Suchmaschine eine Reihe von Treffern aus. Ein Möbelhersteller war dabei, eine Ziegelei und ein Anbieter von Ferienwohnungen an der Nordsee. Doch keiner von diesen war sein Schwackmeier. Dann, auf Seite drei, fand er Auszüge aus den Berichten der Bielefelder Lokalpresse, die sich mit dem Mord beschäftigten, also den Artikeln der vergangenen Woche. Sehr viel mehr entdeckte er nicht. Bröker seufzte erneut. Hatte nicht Gregor vor kurzem gleich mehrere Artikel, die etwas über Schwackmeiers Vergangenheit erzählten, hervorgezaubert? Wie hatte er das nur gemacht. Richtig, er hatte die Zeitungsarchive durchkämmt. Gute Idee! Bröker tippte auf gut Glück www.westfalenblatt.de in die Adressleiste ein und fand sich beim Internetauftritt des Bielefelder Lokalblattes wieder. Über Veranstaltungshinweise und Kurznachrichten bis zu der Möglichkeit hin, das *Westfalen-Blatt* als e-paper zu abonnieren, eine Wortschöpfung, von der Bröker bis dahin noch nie etwas gehört hatte – war er doch der festen Überzeugung gewesen, dass „elektronisch" und „Papier" ein Gegensatzpaar bildeten –, gab es hier viele Möglichkeiten. Nur einen Hinweis auf ein Archiv fand er nicht. Nun, vielleicht war es einfach die falsche Zeitung, vielleicht war das *Westfalen-Blatt* noch nicht auf ein elektronisches Archiv umgestiegen. Flink gab Bröker, der zunehmend Gefallen an seiner Detektivarbeit fand, die Adresse der *Neuen Westfälischen* ein. Die Homepages der Bielefelder Lokalpresse unterschieden sich allerdings nicht sehr. Auch hier konnte man Konzerte und Reisen buchen und die Artikel des Tages in elektronischer Form abonnieren. Einen Reiter zum „Archiv" aber fand er dort ebenso wenig. Bröker blickte abwechselnd auf seine Maus und auf den Bildschirm. Wie hatte der Junge das nur gemacht?

„Na, spielst du wieder mit Geräten, von denen du nichts verstehst?" Mit einem Mal stand Gregor im Zimmer. Bröker war so in seine Recherche vertieft gewesen, dass er ihn nicht hatte kommen hören.

„Du schleichst dich aber auch immer an! Aber komm mal her, ich versuche gerade herauszufinden, wie du von Schwackmeiers Scheidung und der zugehörigen Schlammschlacht erfahren hast. Ich kann kein Archiv der *Neuen Westfälischen* oder des *Westfalen-Blattes* finden."

„Oh, das ist ja auch schon etwas für größere Jungs!" Gregor, in Wirklichkeit ein gutes Stück kleiner als Bröker, zog sich einen Hocker heran und schnappte sich die Tastatur. Seine Finger hämmerten ein Presto, Seiten flackerten auf dem Bildschirm auf und verschwanden wieder, dann öffnete sich eine Auswahlseite.

„Welche Ausgabe möchtest du denn nun anschauen?", fragte er.

„Wie hast du das gemacht?" Bröker machte ein verdutztes Gesicht.

„Man muss einfach nur die richtigen Adressen kennen. Und natürlich die richtigen Passwörter."

„Und die kennst du alle?"

„Ein paar schon. Das hier konnte ich noch auswendig. Aber bei vielen Sites kenne ich auch nur die Leute, die wissen, wie man reinkommt."

„Und die sitzen in Südostasien?"

„Ja, unter anderem. Was willst du denn nun über Schwackmeier wissen?"

„Zum Beispiel, wann die Scheidung war."

Wieder flogen Gregors Finger über die Tastatur: „Hier, guck mal, vor gut elf Jahren, da ist Schwackmeier mit seiner Geliebten zum ersten Mal in der Öffentlichkeit aufgetaucht."

„Dann wird die Scheidung wohl so vor zehn Jahren gewesen sein."

„Ja, das stimmt. Hier, das ist wohl die Meldung über die eigentliche Scheidung. Vor zehn Jahren und zwei Monaten genau."

„Ja, das hätte ich auch getippt."

„Donnerwetter, Bröker, dein Schwackmeier musste aber ganz schön blechen. Hier steht es. Der Anteil der Ehefrau am gemeinschaftlich erworbenen Vermögen wurde auf 1,2 Millionen DM geschätzt. Damit Schwackmeier das Haus nicht unter Wert verkaufen musste, haben sich die beiden darauf geeinigt, dass er ihr über einen Zeitraum von zehn Jahren monatlich 10.000 DM zahlt."

„Oh, das muss selbst einem Bankdirektor weh getan haben. Und gibt es noch weitere Berichte über Schwackmeiers Frau? Kannst du herausfinden, was aus ihr geworden ist?"

Wieder tippte und klickte der Junge: „Gar nicht so einfach! Man müsste wissen, ob sie ihren Mädchennamen wieder angenommen hat und wie sie dann hieß. Warte mal, hier habe ich etwas." Gregor deutete auf den Bildschirm, auf dem wieder eine Meldung aus einer älteren Ausgabe angezeigt wurde: „Linda Bollmann, die ehemalige Frau des Bielefelder Bankiers Wilfried Schwackmeier, wird am kommenden Freitag zum zweiten Mal heiraten. Der Mann an ihrer Seite wird in Zukunft der Gütersloher Bauunternehmer Jürgen Grabenhorst (62) sein." Die weiteren Zeilen, die die Einzelheiten einer Hochzeitfeier beschrieben, die vor einigen Jahren stattgefunden hatte, überflog Bröker nur.

„Also wissen wir jetzt ihren Mädchennamen und wie sie in den letzten Jahren hieß", stellte Gregor mit einem zufriedenen Lächeln fest.

„Kannst du denn noch einmal schauen, ob die Presse sonst noch etwas über sie geschrieben hat?"

Gregor tippte wieder: „Nicht viel! Aber das hier wird dich vielleicht interessieren: Ihr Mann ist gestorben. Und zwar ziemlich genau vor einem Monat."

„Was?"

„Hier, schau selbst, dieses Archiv speichert auch Todesanzeigen."

Gregor drehte den Bildschirm zu Bröker, der daraufhin lesen konnte, dass vor genau fünf Wochen der Gütersloher Unternehmer Jürgen Grabenhorst, den er gerade erst kennen gelernt hatte, gestorben war und dass neben drei Kindern aus Grabenhorsts erster Ehe auch die Ehefrau Linda Grabenhorst, geb. Bollmann in tiefer Trauer war.

„Hm, seltsam", brummte Bröker.

„Was ist seltsam?"

„Na, findest du es nicht merkwürdig, dass innerhalb von drei Wochen sowohl ihr Ehemann als auch ihr Exmann sterben?"

„Ja, ein wenig komisch ist das schon, da hast du Recht."

„Und wenn mich nicht alles täuscht, fällt noch ein Datum in diesen Zeitraum. Kannst du noch einmal den letzten Artikel aufrufen?"

Gregor drückte ein paar Tasten und zeigte dann Bröker den Bildschirm.

„Siehst du!", rief der.

„Sehe ich was?"

„Schau dir das Datum der Scheidung an!"

„Na, vor ungefähr zehn Jahren, das haben wir doch schon gesehen."

„Eben. Die Scheidung war genau vor zehn Jahren und zwei Monaten. Nun denk einmal an die Scheidungsauflagen. Er musste über zehn Jahre monatlich etwa 5.000 Euro zahlen. Die Zahlungen haben demzufolge vor einem Monat aufgehört."

„Du glaubst, sie hat ihn zehn Jahre lange zahlen lassen und ihn dann ermordet?"

„Wäre doch möglich?"

„Können Frauen so nachtragend sein?" Gregors Blick zeigte eine Mischung aus Unglauben und Abscheu.

„Ich glaube, da fragst du den Falschen."

„Aber wie passt dann der Tod ihres Mannes ins Bild?"

„Das frage ich mich auch schon die ganze Zeit. Egal, wie ich es wende, es ergibt einfach keinen Sinn."

„Vielleicht wollte sie einfach mit dem Geld und dem Rest ihrer Zeit machen, was sie will!"

„Und dafür bringt sie einfach die beiden Männer in ihrem Leben um?"

„Warum nicht? Wenn du ihr einen Mord zutraust, wieso nicht auch zwei?"

„Ja, da hast du auch wieder Recht. Darüber muss ich wohl noch ein wenig nachdenken!"

„Ich habe dann gleich noch etwas, worüber du nachdenken kannst."

„Und das wäre?"

„Meine südostasiatischen Kontakte haben gestern Nacht geantwortet."

„Und was sagen sie?"

„Nun, dass dein Schwackmeier kein so ganz unbeschriebenes Blatt war. Es wollte wohl mal jemand über ihn einen Artikel schreiben, ein Journalist. Das ist aber niedergeschlagen worden, von ihm selbst und seiner Bank. Jedenfalls sollte es darum gehen, dass er einige Kunden falsch beraten hat. Sie haben seinem Ratschlag vertraut und zum Teil eine Menge Geld verloren."

„Und du meinst, einer von denen, die er schlecht beraten hat, könnte ihn umgebracht haben?"

„Da das vermutlich nicht im Computer stehen wird, darfst

du das ausnahmsweise selbst herausfinden! Aber ich helfe dir, wenn du mir sagst, ob dein Drucker funktioniert."

„Ja sicher. Soweit ich weiß."

Gregor hantierte zum letzten Mal an diesem Abend mit der Tastatur. Der Drucker sprang an. Surrend druckte er Zeile um Zeile und spuckte schließlich zwei Blätter aus. Der Junge ergriff sie und gab sie Bröker: „Das ist die Liste der Namen, die der Journalist damals erstellt hat. All diese Leute haben durch Schwackmeier Geld verloren. Vielleicht hilft dir das ja."

„Danke!"

„Nichts zu danken. Schließlich darf ich auch bei dir wohnen."

„Weißt du eigentlich, um was es bei dieser Liste genau geht?"

„Ich habe den ursprünglichen Artikel des Journalisten, auf dem die Liste basiert, leider nur in Teilen zu Gesicht bekommen. Aber wie es aussieht, hatte Schwackmeier gute Kontakte zu einer Organisation von Russland-Deutschen. Wenn die nach Deutschland emigrieren, haben sie meist einiges Geld gespart, aber keine Ahnung, wie man hier etwas clever anlegt. Da war dann wohl Schwackmeier als Bankier gefragt, allerdings natürlich neben seiner offiziellen Arbeit. Es hieß, dass es auch nur so halb legal war, die Zinsen wurden nicht versteuert und so weiter."

„Verstehe."

„Ein paar Jahre später hatten die meisten seiner Schützlinge einen Teil ihres Geldes verloren. Und das, so wird der Artikel jedenfalls zitiert, nicht nur, weil die Märkte plötzlich einbrachen."

„Sondern?"

„Angeblich ist ein Teil des Geldes, das seine Klienten verloren, in Schwackmeiers Taschen gewandert."

„Und wieso hat man ihn dann nicht schon längst angezeigt?"

„Weil das niemand beweisen konnte. Ganz im Gegenteil:
Schwackmeier und sogar seine damalige Bank haben dem
Journalisten mit einer Rufmordklage gedroht, wenn er seinen Artikel veröffentlicht. Es ging ja auch darum, dass die
Anleger nicht das Vertrauen in die Bank verlieren. Und die
Anleger hatten wohl Angst, dass man sie wegen der unter-
schlagenen Zinsen drankriegen könnte, das scheinen ja zu
großen Teilen auch kleine Leute zu sein, die nicht mit dem
Gesetz in Konflikt geraten wollen, vielleicht gerade wegen
ihrer ausländischen Herkunft. Darum kursieren die Unter-
stellungen ja auch nur über Dritte im Internet."

„Und um welche Summen geht es da so?"

„Jeder Einzelfall ist keine so große Sache, manchmal sind
es fünf-, manchmal zwanzig-, in einzelnen Fällen bis zu fünf-
zigtausend Euro. Aber in der Summe werden da sicher schon
ein oder zwei Millionen zusammenkommen."

„Ein Betrag, den Schwackmeier nach der Scheidung vermutlich gut gebrauchen konnte."

Gregor nickte. Bröker dachte nach. Mit einem Mal hatte
er eine Idee: „Sag mal, hältst du es für möglich, dass die
Russenmafia hinter dem Mord steckt? Ich meine wegen der
vielen osteuropäischen Namen auf der Liste."

„Bröker, du liest zu viele Krimis. Noch dazu schlechte!"
Bröker musste lachen.

„Nein, ich glaube nicht an die Russenmafia. Aber wenn
Schwackmeier mit denen in Konflikt geraten wäre, wäre er
schon längst nicht mehr am Leben gewesen und die Liste
wäre niemals so lang geworden. Sie ist ja ständig aktuali-
siert worden. Siehst du hier, die Datumsangaben hinter den
Namen? Das ist der Termin, wann die Leute zum ersten
Mal von Schwackmeier beraten wurden. Hier, das jüngste

Datum ist erst ein paar Wochen alt. Die Recherche hat seit dem Artikel des Journalisten eine Eigendynamik entwickelt und wird von den verschiedensten Leuten am Laufen gehalten. Außerdem hätte die Mafia ihn auch ganz anders zugerichtet, nach allem, was ich über diese Leute gelesen habe, und nicht extra ein Tomatensüppchen für ihn gekocht. Oder sie hätten eben viel sauberer gearbeitet. Aber so ein Chaos hätten die bestimmt nicht hinterlassen."

„Ja, vermutlich hast du Recht", nickt Bröker und musste selbst über seine Mutmaßungen lachen. „Ich werde noch einmal über alles nachdenken."

„Ja, mach das. Aber ich muss jetzt ins Bett. Wir schreiben morgen die letzte Matheklausur in diesem Schuljahr."

Bröker warf einen Blick auf die Uhr: Es war schon Mitternacht. „Na, dann gute Nacht!"

Bröker überflog die Namen, die auf der Liste standen. Wie Gregor schon angedeutet hatte, klangen die meisten von ihnen russisch oder zumindest osteuropäisch. Nur ein Name klang eindeutig deutsch. Zwischen all den Smirnovs, Karpovs und Kusnezows befand sich ein gewisser Achim Großkreutz.

Seltsam war das schon. Nun hatte Bröker heute mit der Liste und dem Hinweis auf Schwackmeiers Exfrau gleich zwei Anhaltspunkte erhalten, die er für vielversprechend hielt. Damit fühlte er sich fast schon wieder überfordert – das alles wirkte so unwirklich: vergiftete Bankiers, rachsüchtige Ehefrauen, ein hackender Junge, der bei ihm Unterschlupf gefunden hatte, dieser abgedrehte Fallanalytiker. Hoffentlich rannte er nicht irgendwelchen Hirngespinsten hinterher und saß in Wirklichkeit in einer Irrenanstalt und spielte mit einem Puppenhaus.

Kapitel 16
Auswärtsspiel

Den gesamten Donnerstagvormittag verbrachte Bröker damit, die neuen Tatsachen abzuwägen. War es wirklich denkbar, dass Schwackmeiers Exfrau zehn Jahre lang gewartet hatte, um sich an ihm zu rächen? Waren Frauen so berechnend? Und wenn die Antwort darauf „ja" lautete, wie passte dann der Tod von Grabenhorst drei Wochen vor dem Tod Schwackmeiers ins Bild? Oder war alles ganz anders und der Mörder war auf Gregors Liste zu finden? Das wiederum würde bedeuten, aus den unzähligen Namen denjenigen herauszufinden, der dem Mörder gehörte, was der Suche nach der berühmt-berüchtigten Nadel im Heuhaufen gleichkam. Wie sollte er vorgehen? Bröker konnte ja schlecht einen nach dem anderen anrufen und fragen: „Haben Sie Schwackmeier ermordet?" Bröker seufzte und ging zum zigsten Mal die Liste durch. Es war, wie er beim ersten Überfliegen vermutet hatte: Fast alle Namen auf der Liste klangen russisch und bei denjenigen, die ebenso deutschen Ursprungs hätten sein können, gab oft der Vorname einen Hinweis auf eine osteuropäische Herkunft. Die einzige Ausnahme blieb Achim Großkreutz, bei dem sich Bröker allmählich zu fragen begann, wer er wohl sein mochte und wie er auf die Liste geraten war. Vielleicht war seine Einmaligkeit darauf ja ein erster Ansatzpunkt.

Wieder einmal benutzt Bröker sein Telefonbuch als Personenverzeichnis, aber vermutlich war es zu alt oder aber Achim Großkreutz wohnte gar nicht in Bielefeld, jedenfalls konnte er keinen Eintrag unter diesem Namen finden. Missmutig räumte er es wieder zurück und fluchte insgeheim auf Gregors Pflichtbewusstsein und dass ausgerechnet heute die finale Mathematikklausur des Jahres stattfinden musste. Wenn er ehrlich war, musste er allerdings zugeben, dass sich sein Zorn vor allem gegen sich selbst richtete, da er nicht in der Lage schien, ohne Gregor auch nur eine einzige Information zu erhalten. Verdrossen ging er in sein Wohnzimmer und starrte auf die Nippesfiguren seiner Mutter. Was hatten die Menschen eigentlich zu früheren Zeiten gemacht, als noch nicht jeder einen Computer besaß und auch niemand wusste, wie man sich in irgendwelche Melderegister einhackte. Melderegister! Das war es! Natürlich hatte das Einwohnermeldeamt die Daten, wenn Achim Großkreutz überhaupt in Bielefeld wohnte. Erneut holte er das alte Telefonbuch hervor und hoffte, dass sich zumindest die Telefonnummern der Stadtverwaltung in der Zwischenzeit nicht geändert hatten. Wenig später war er tatsächlich mit einer Dame vom Einwohnermeldeamt verbunden. Der Bescheid, den sie ihm erteilte, war allerdings wenig befriedigend: „Bei uns sind derartige Auskünfte gebührenpflichtig", schnarrte sie in den Apparat. „Eigentlich müssen Sie die Anfrage schriftlich per Post oder mittels unseres Onlineformulars stellen. Das kostet dann sieben Euro."

Bröker stöhnte vernehmlich.

„Sie können aber auch persönlich bei uns vorbeikommen", gab sich das Fräulein vom Amt kompromissbereit.

„Und wie viel kostet das dann?"

„Auch sieben Euro."

Bröker bedankte sich knapp und seufzte noch einmal. Somit war zumindest klar, wie er den Donnerstagnachmittag verbringen würde. Er überlegte kurz, ob er sich in seiner Cordhose und dem Halbarmhemd stadtfein fand, zuckte aber dann nur mit den Schultern und verließ das Haus.

Wenig später stellte er sich in der Bürgerberatung ans Ende einer relativ kurzen Schlange.

„Guten Tag, ich organisiere ein Klassentreffen und suche daher die Adresse meines Mitschülers Achim Großkreutz", erklärte er einem sich vermutlich noch in der Ausbildung befindenden Mädchen, als er an der Reihe war. Diese Geschichte hatte er sich auf dem Weg zurechtgelegt, eigentlich nur für den Fall, dass jemand fragen würde. Aber, so befand er nun, es konnte ja nicht schaden, sie schon zu Beginn vorzubringen, denn Angriff sollte ja die beste Verteidigung sein. Außerdem wäre es auch zu schade, wenn er sie wohlmöglich gar nicht zu Gehör bringen konnte.

Die Bürgerberaterin tippte kurz auf ihrer Tastatur.

„Wir haben hier nur einen Achim Großkreutz", antwortete sie.

„Umso besser. Das muss er ja dann sein."

„Na, ob das ihr Schulkamerad ist." Sie schaute Bröker zweifelnd an.

„Ja, wieso denn nicht?"

Ihr Blick wanderte noch immer zwischen Bröker und dem Bildschirm hin und her.

„Er ist 24", antwortete sie dann.

Bröker schluckte kurz, antwortete dann aber geistesgegenwärtig: „Das muss sein Sohn sein, er hat ihn auch Achim genannt. Die Adresse würde mir reichen."

Die Auszubildende sah in skeptisch an. Aber schließlich gab es kein Gesetz, das Bröker verbat, sich eine Adresse für private Zwecke zu beschaffen.

„Das macht dann sieben Euro", sagte sie mit ergebener Miene und händigte ihm einen Ausdruck mit den gewünschten Daten aus, nachdem Bröker bezahlt hatte.

„Jakob-Kaiser-Straße 16, Zimmer 402", las er, als er wieder vor dem Rathaus stand. Das musste eines der Studentenwohnheime sein. Seltsam, konnte es wirklich sein, dass ein Student einen nennenswerten Geldbetrag über Schwackmeier angelegt und dieser ihn verspekuliert hatte?

Nun, Bröker würde es hoffentlich herausfinden. Er begab

sich zur Haltestelle der Stadtbahn und bestieg die Linie 4 in Richtung Universität.

20 Minuten später stand er vor dem Studentenwohnheim in der Jakob-Kaiser-Straße. Auch wenn das Gebäude seit seinem Bau in den 1970er Jahren ein paar Mal renoviert worden war und inzwischen einen modernen Anstrich aus blau und orange erhalten hatte, konnte es die Zeit, aus der es stammte, nicht ganz verbergen. Bröker nahm die Stufen zur Eingangstür mit einem Hüpfer und schaute auf die Klingelschilder. Richtig, das Appartement Nummer 402 gehörte einem Achim Großkreutz. Die Haustür stand offen, Bröker trat ein. Nach einem kurzen Blick in den Aufzug beschloss er allerdings, dass es vielleicht in diesem Fall sicherer war, sich zu Fuß in den vierten Stock zu begeben.

Auch dort stand die Flurtür offen. Bröker schlängelte sich an einem Wäscheständer vorbei, der den schmalen Durchgang zur Hälfte versperrte, und stand in einem Flur, von dem vier Appartements und eine Gemeinschaftsküche abgingen. Die Studentenwohnung mit der Nummer 402 lag direkt links. Bröker holte Luft und klopfte. Nichts rührte sich. Bröker hob seine Hand erneut und pochte noch einmal gegen die weiße Appartementtür. Diesmal waren von innen Schritte zu hören. Die Tür öffnete sich einen Spalt und ein bleiches Brillengesicht schaute verdrießlich nach draußen. Sein Besitzer, den Bröker auch ohne das Vorwissen aus dem Einwohnermeldeamt auf Mitte 20 geschätzt hätte, war einen Kopf größer als er selbst und musterte ihn blasiert. Der Eindruck von Arroganz wurde noch von einer blonden Haarsträhne, die ihm ins Gesicht hing, und einem weißen Hemd verstärkt, das zu Brökers Studentenzeiten ausgereicht hätte, um den Träger für mindestens eine Woche dem Spott seiner Kommilitonen Preis zu geben.

„Kann ich Ihnen helfen?", erkundigte sich sein Gegenüber, um dann hinzuzufügen: „Sind Sie der neue Hausmeister? Da war doch unten so was angeschlagen."

Bröker, der sich eigentlich auf ein vorsichtiges Nachfragen eingestellt hatte, überkam die Wut. „Nichts von alledem. Ich ermittle im Todesfall des Bankiers Wilfried Schwackmeier. Sagt Ihnen der Name was?"

Großkreutz verzog keine Miene. „Dann sind Sie so etwas Ähnliches wie Mr. Marple?" Ihn schien nichts so leicht einzuschüchtern.

Bröker nickte. „So etwas Ähnliches. Wollen wir nicht in Ihr Zimmer gehen?" Zu Brökers eigenem Erstaunen schien diese Phrase bei ihm automatisch mit zwei Schritten vorwärts verbunden zu sein und zu seinem noch größeren Erstaunen wich sein Gegenüber zurück und sie durchquerten in einem seltsamen Pas de deux einen winzigen Vorraum und landeten in dem eigentlichen Wohnraum des Appartements. Dieses war mit einer Couch, die vermutlich nachts auch als Bett diente, einem Couchtisch samt Sessel auf der rechten und einem Schreibtisch mit Bürostuhl auf der linken Seite zweckmäßig eingerichtet. Auf dem Schreibtisch befand sich nichts außer einem aufgeklappten Laptop. Als Bröker den Blick wieder nach rechts wandern ließ, sah er dort außerdem ein Wandregal, in dem sich außer einem Fernseher und einer Musikanlage nur einige Dutzend Ordner befanden. Der junge Mann schien wenig zu lesen, dafür aber jede Menge abzuheften.

Nach diesem schnellen Blick durch die Behausung von Achim Großkreutz – Bröker ging einfach davon aus, dass es sich bei seinem Gegenüber um eben jenen Studenten handelte, jetzt nachzufragen wäre ihm albern vorgekommen – konzentrierte sich Bröker wieder auf seine Recherchen. Er war als willensstarker Ermittler aufgetreten, nun musste er diese Rolle auch durchziehen.

„Kennen Sie Schwackmeier nun?", fragte er den Studenten. Dabei ließ er sich in den Sessel gleiten.

„Nehmen Sie doch bitte Platz!", antwortete sein Gegenüber ironisch und setzte sich gleichzeitig Bröker gegenüber auf die Couch. „Ich habe von Schwackmeiers Tod in der Zeitung gelesen, aber das haben wohl die meisten. Ich dachte, man hätte seinen Mörder längst gefasst. Was gibt es denn da noch zu ermitteln?"

Großkreutz war wirklich geschickt darin, den Spieß umzudrehen, dachte Bröker. Schon wieder war er selbst der Befragte. „Da ist noch längst nicht alles aufgeklärt", antwortete er sybillinisch. „Sie wollen also sagen, Sie haben Schwackmeier nicht persönlich gekannt?"

Der Student zuckte nur mit den Schultern und Bröker dachte, dass dies die Situation war, in der die großen Ermittler in den Filmen immer sagten: „Bitte antworten Sie mit ‚ja' oder ‚nein', das Gerät kann Ihr Schulterzucken nicht erkennen." Da er aber kein Diktiergerät mitgebracht hatte, fragte er in einem ruhigeren Ton: „Was studieren Sie eigentlich?"

„Chemie und Betriebswirtschaft."

„Eine ungewöhnliche Kombination."

„Ja, eine, mit der man hinterher die allerbesten Aussichten hat."

„Und Sie haben nicht zufällig mal ein Praktikum bei Schwackmeiers Bank gemacht?"

„Ich habe bisher noch überhaupt keine Praktika gemacht. Auch nicht bei Schwackmeiers Bank. Und nun werde ich wohl auch leider nicht mehr in diesen Genuss kommen, scheint mir."

„Oder einen größeren Geldbetrag bei seinem Geldinstitut angelegt?"

Vielleicht war es ein winziges Zögern bei der Antwort, vielleicht auch eine fahrige Bewegung, aber für einen Moment kam es Bröker vor, als habe er einen Treffer gelandet.

Großkreutz aber gab sich unbeeindruckt. „Sehen Sie, Herr ..., wie heißen Sie eigentlich?"

„Bröker."

„Sehen Sie, Herr Bröker, ich bin Student, woher sollte ich einen größeren Geldbetrag haben?"

„Woher soll ich das wissen. Vielleicht haben Sie etwas geerbt", rettete sich Bröker in seinen ersten Gedanken.

„Und meinen Sie nicht, wenn ich einen größeren Geldbetrag zur Verfügung hätte, dass ich ihn dann nicht wohl zuerst in eine andere Wohnung investieren würde?" Langsam schien der Student in Fahrt zu kommen. „Und wollen Sie mir vielleicht auch endlich sagen, wie Sie überhaupt auf mich kommen?"

Bröker aber war nicht in der Stimmung so schnell klein beizugeben. Immer noch überrascht über sich selbst schaute er dem Studenten in die Augen. „Herr Großkreutz, können Sie sich erklären, wie Ihr Name auf eine Liste von Kunden geraten ist, die Herr Schwackmeier vermutlich um eine größere Summe geprellt hat?"

Wieder schien Bröker einen Wirkungstreffer gelandet zu haben – und wieder erholte sich der Student erstaunlich schnell. „Vielleicht sagen Sie mir zuerst einmal, um was für eine Liste es sich dabei handelt. Haben Sie die bei Schwackmeier gefunden? Oder hat jemand anderes Sie Ihnen gegeben? Kann ich sie einmal sehen?"

Bröker schüttelte verneinend den Kopf. „Tut mir leid, das ist mein Berufsgeheimnis."

„Und darf ich dann wenigstens erfahren, um was für einen Beruf es sich handelt?"

Diesmal war es Bröker, der mit den Schultern zuckte.

„Aber Sie verstehen schon, dass ich da ein wenig misstrauisch werde, Herr Bröker, oder? Sie konfrontieren mich damit, dass mein Name angeblich auf einer Liste steht, aber weder können Sie mir die Liste zeigen noch wollen Sie mir sagen, woher Sie sie haben. Sie ziehen sich auf irgendwelche Berufsgeheimnisse zurück, aber was das für ein Beruf ist, wollen Sie mir auch nicht sagen."

Bei diesen Worten erhob sich Großkreutz und ging in dem kleinen Zimmer auf und ab. Bröker hätte nun nicht sagen können, ob seine Erregung echt war oder er sich so gebärdete, weil er glaubte, das sei einem zu Unrecht Verdächtigten angemessen. In diesem Fall spielte er seine Rolle gut. „Sie werden sicher verstehen", fuhr er fort, „wenn ich Sie bitte, mich erst wieder aufzusuchen, wenn Sie mir etwas vorweisen können."

Mit diesen Worten öffnete er die Zimmertür und machte eine Geste Richtung Ausgang. Bröker blieb nichts anderes übrig, als dem wenig einladenden Fingerzeig zu folgen. Zudem fiel seine Abgebrühtheit langsam von ihm ab und er begann sich zu fragen, weshalb dieser Schnösel ihm nicht schon längst mit der Polizei gedroht hatte.

„Auf Wiedersehen", verabschiedete sich Bröker und versuchte seinem Blick dabei etwas Vieldeutiges zu geben. Doch der Student schloss einfach grußlos seine Appartementtür.

Als Bröker wieder vor dem Wohnheim stand, beschloss er, dass ihm ein paar Schritte gut tun würden. Das Gespräch mit diesem chemischen BWL-Schnösel hatte seinen Adrenalinspiegel deutlich steigen lassen. Ein kurzer Spaziergang würde helfen, ihn wieder ins Gleichgewicht zu bringen. So lenkte er seine Schritte in den nahe gelegenen Park, durch den man die *SchücoArena* in wenigen hundert Metern erreichen konnte.

Irgendetwas, so dachte er auf dem Weg, war an diesem Achim Großkreutz verdächtig. Etwas, das über seine unsympathische Art hinausging. Wenn sich Bröker nicht völlig getäuscht hatte, so hatte er beide Male kurz gezögert und unsicher gewirkt, als Bröker ihn auf die Geldbeträge bei der Schwackmeier'schen Bank angesprochen hatte. Und noch etwas war verdächtig. Großkreutz studierte Betriebswirtschaft und Chemie. So jemand konnte leicht herausbekommen, woher man ein Barbiturat bekommen kann, um damit einen Herzinfarkt vorzutäuschen, und wenn nicht das, so lag ihm doch der Einfall nahe, jemanden, den er um die Ecke bringen wollte, zu vergiften.

Hatte er also gerade mit Schwackmeiers Mörder gesprochen? Hatte er ihn gar gewarnt? Mit einer Gänsehaut bestieg Bröker an der Oetkerhalle die orange-weiße Stadtbahn.

Kapitel 17
Eine Landpartie

Als Bröker am Abend wieder zu Hause war, beschäftigte ihn das Thema immer noch. Inzwischen hatte auch Gregor seine Mathematikklausur absolviert und so berichtete Bröker ihm, was er herausgefunden hatte.

„Aber ob dieser Achim Großkreutz nun wirklich Schwackmeiers Mörder ist, kann ich wirklich nicht sagen", beschloss er seine Ausführungen.

„Vielleicht verlangst du auch ein bisschen viel", entgegnete der Junge. „Bröker, oder soll ich besser Mr. Marple sagen. Denn so aalglatt dieser Großkreutz auch sein mag, dieser Spitzname gefällt mir! Du hast gerade deinen ersten Verdächtigen verhört und willst ihn am liebsten gleich verhaften. Wenn die Detektivarbeit so einfach wäre, könnte es vielleicht sogar die Polizei."

„Du hast ja Recht", seufzte Bröker. „Ich denke, ich sehe mir morgen einmal die ehemalige Frau Schwackmeier alias die ehemalige Frau Bollmann alias die ehemalige Frau Grabenhorst näher an."

„Ja, oder du begibst dich auf die Spuren der russischen Mafia!", grinste Gregor.

„Nein, im Ernst, findest du nicht, dass die Geschichte um den Tod des Ehemannes, das gleichzeitige Ende der Zahlungen des Exmannes und der ebenso gleichzeitige Tod des Exmannes zu verdächtig ist, um diesem Hinweis nicht nachzugehen?"

„Mach dich mal locker, Bröker, ich finde ja auch, du solltest der Frau mal auf den Zahn fühlen."

„Hm." Nun musste auch Bröker schmunzeln. „Mir scheint auch, ich kann vielleicht erst einmal ein paar Fingerübungen gebrauchen, bevor ich es gleich mit der Mafia aufnehmen will."

Dieser Beschluss stand auch am nächsten Morgen noch fest, als Bröker gut gelaunt seine Kaffeetasse zum Tisch trug. Gregor war wie jedes Mal in dieser Woche vor ihm aufgestanden und schon zur Schule gegangen. Bröker war sehr zufrieden, dass der Junge nicht angefangen hatte, ebenso gemächlich wie er den Tag anzugehen, so würden ihn seine Eltern vielleicht noch eine Zeit lang bei ihm wohnen lassen. Eines aber hatte sich Gregor bei Bröker doch abgeschaut: beim Frühstück die beiden Bielefelder Lokalblätter zu lesen. Bröker fand das sehr praktisch. Der Frühstückstisch war schon gedeckt, zumindest wenn Gregor nicht im Freien gegessen hatte, und er brauchte sich nur noch um frischen Kaffee und sein Rührei zu kümmern. Außerdem hatte Gregor die Zeitungen stets schon aus dem Briefkasten geholt, von dem uninteressanten, allgemeinen Teil getrennt und die Lokalteile fein neben Brökers Platz gelegt.

„Wie kam der M...", las er auf der gefalteten Vorderseite der *Neuen Westfälischen* und darunter kleiner: „Verteidigung bringt Flu..." Üblicherweise war Bröker nicht schlecht darin, die Schlagzeilenfragmente zu vollständigen Titeln zu ergänzen. Manchmal machte er sich in der Stadtbahn sogar einen Spaß daraus, die Überschriften zu erraten. Hier aber kapitulierte er amüsiert. Er schlug den Lokalteil auf. Die komplette Schlagzeile lautete: „Wie kam der Mörder ins Haus? – Verteidigung bringt Fluchttunnel ins Spiel." Offenbar hatte Bödemann sich eines Besseren besonnen und plädierte nun doch auf die Unschuld seines Mandanten. Allerdings schien er das gleiche Problem wie Bröker zu haben. Weder konnte er einen potenziellen Mörder benennen, noch war es ihm möglich zu erklären, wie denn Mr. X in Schwackmeiers Haus gelangen konnte. Die zweite Schwierigkeit wollte Bödemann anscheinend umgehen, indem er den Gedanken, der Mörder könnte den sagenumwobenen Fluchttunnel der Sparrenburg kennen und über diesen in Schwackmeiers Villa gelangt sein, ins Spiel brachte. Dass dann natürlich auch das Haus einen Eingang respektive Ausgang in Richtung des Tunnels besaß, hatte der Anwalt stillschweigend vorausgesetzt. Vermutlich nahm Bödemann die Idee selbst gar nicht ernst, sondern hielt es für einen guten Schachzug, Zweifel daran zu wecken, dass es Palshöfer schon deshalb gewesen sein musste, weil ein anderer nicht ins Haus gekommen wäre. Die Zeitungen, die sich immer wieder gerne mit dem Tunnel von der Sparrenburg beschäftigten, insbesondere, seitdem man dort archäologische Funde gemacht hatte, sprangen auf diese Idee an, wie ein Blick ins *Westfalen-Blatt* zeigte – denn auch hier waren die Gedankenspiele des Anwalts als Aufmacher genommen worden. Die Presse bestimmte das Meinungsbild und damit auch den Druck auf die Ermittlungen und Bödemann wusste das genau. Bröker war elend zumute. Einerseits fand er die Idee des Anwaltes absurd. Andererseits wollte Bödemann ja auch nur Palshöfer helfen und eine bessere Idee, wie denn der Mörder hatte ins Haus kommen können, geschweige denn, wer denn überhaupt der Mörder war, hatte Bröker auch nicht.

Um sich abzulenken, wandte er sich dem Sportteil zu. Die Bielefelder Arminia, so las er, würde sich im Laufe des Tages nach Fürth begeben, um am Sonntag das letzte Saisonspiel bei der dortigen Spielvereinigung Greuther Fürth zu bestreiten. Der Stammtorwart hatte in der Woche wieder regulär trainiert und würde am Sonntag spielen können, sodass nicht wieder eine Flut von Gegentreffern zu erwarten war. Das nahm Bröker allerdings nur noch mit halbem Auge wahr.

Auswärtsspiel, dachte er. Auch er hatte heute eines zu bestreiten. Er würde Schwackmeiers Exfrau aufsuchen müssen, um herauszufinden, ob sie in die ganze Sache verwickelt war. Wo wohnte sie noch gleich? Richtig, in der Meldung über ihre Hochzeit vor einigen Jahren hieß es, sie hätte einen Gütersloher Bauunternehmer geheiratet. Da hieß es wohl, ein Telefonbuch zu konsultieren.

Eine Viertelstunde später hatte Bröker nicht nur seinen Rechner angeworfen sondern auch herausgefunden, dass weder ein Jürgen Grabenhorst noch eine Linda Grabenhorst im Gütersloher Telefonbuch verzeichnet waren.

Vermutlich haben die eine Geheimnummer, dachte er ärgerlich darüber, dass seine Rechercheplänge schon wieder zu einem so frühen Zeitpunkt ihr Ende fanden. Sicherheitshalber ließ er auch eine „Linda Bollmann" in Gütersloh suchen. Zu seiner Überraschung ergab die Suche einen Treffer. Er ließ sich die Straße anzeigen. Die Karte wies eine Adresse in einer ländlichen Gegend aus: „Avenwedde-Mitte", las Bröker. Auch die Satellitenansicht zeigte im Wesentlichen große Landwirtschaftsflächen, die eine kleine Gruppe von

Häusern umgaben. War das wirklich das Zuhause eines Gütersloher Baulöwen? Bröker zweifelte. Da seine Suche aber
keine anderen Treffer hatte, war diese Adresse der einzige
Anhaltspunkt und er machte sich auf den Weg.

Eine halbe Stunde später saß Bröker in einer der blau-
gelb-weißen Regionalbahnen. Zu seiner Überraschung besaß Avenwedde, das er bislang nur namentlich kannte, einen
Bahnhof. Wie groß das Dorf war, ließ sich daran ermessen,
dass nach diesem Bahnhof gleich ein ganzer Ortsteil benannt worden war. Schon beim zweiten Halt stieg Bröker
also in Avenwedde-Bahnhof wieder aus. Sein Plan, die restliche Strecke per Taxi zurückzulegen, stieß auf unerwartete
Schwierigkeiten: Einen Taxistand an diesem Bahnhof zu unterhalten, dessen ursprüngliches Gebäude inzwischen in ein
Bürgerhaus verwandelt worden war, schien sich nicht zu loh-
nen, und das, obwohl es unweit davon sogar ein kleines Lokal gab. Bröker blickte sich um: Es war niemand zu sehen,
als hätten ihn die 15 Minuten Zugfahrt nicht nur in die ostwestfälische Provinz, sondern mitten ins Death Valley kata-
pultiert.

Er ging ein paar Schritte, aber erst als er um die erste Kurve bog, sah er jemanden – eine alte Frau, die in ihrem Garten unter einem Pflaumenbaum Gras harkte. Bröker fürchtete für einen Moment wie in einem Sekundenalbtraum,
sie könne sich als Linda Bollmann aus Avenwedde-Mitte vorstellen.

Da erst fiel ihm auf, dass er sich noch überhaupt keine Gedanken gemacht hatte, wie er ihr denn gegenübertreten wollte, falls es sich wirklich um Schwackmeiers Exfrau handelte.
Vermutlich hatte sie ihn ja schon einmal gesehen, immerhin hatte sie Jahrzehnte lang in der unmittelbaren Nachbarschaft gewohnt. Das durfte ihr nicht in den Sinn kommen.
Bröker kam eine Idee. Er griff in seine hintere Hosentasche

und holte seinen abgegriffenen Block hervor. In seiner rechten Vordertasche fand er auch den dazugehörigen Kugelschreiber. So ausgestattet könnte er immerhin den Versuch unternehmen, sich als Reporter auszugeben. Natürlich war es nicht sehr wahrscheinlich, dass ihm dieser Bluff gelang, aber sonst blieb ihm nur, gleich wieder unverrichteter Dinge nach Hause zurückzukehren.

Als er näherkam, stellte sich die Alte allerdings nicht vor, nicht als Linda Bollmann und auch als niemand anderes. Sie sprach überhaupt nicht. Auf seine Frage, ob man denn irgendwo ein Taxi bekommen könne, schüttelte sie nur den Kopf. Bröker erkundigte sich nach der Straße, die er unter dem Eintrag „Linda Bollmann" gefunden hatte, und die Alte deutete tonlos Richtung Süden. Dann fuhr sie fort, ihren Garten zu harken, allerdings ohne dabei nach unten zu sehen. Halsstarrig ließ sie Bröker nicht mehr aus den Augen, bis er sich entfernte. Vermutlich war er der erste Fremde, der in ihrem Leben nach Avenwedde gekommen war. Bröker bedankte sich und begann, eine endlos wirkende Landstraße entlang zu trotten. Links erstreckten sich Roggenfelder, auf der rechten Seite standen Maispflanzen kniehoch. Das nächste Haus war ein Bauernhof, der nach Brökers Schätzungen etwa anderthalb Kilometer entfernt lag. Bröker ächzte. So ähnlich musste es im Mittleren Westen sein, von einer Farm zur nächsten zu gehen. Zum Glück war es heute nicht so furchtbar heiß und was noch seltener war, es regnete auch nicht.

Nach etwa 20 Minuten erreichte er den Bauernhof. Kurz dahinter bog eine Straße links ab. Zu seiner Erleichterung hatte diese den richtigen Namen, nur waren die nächsten Häuser wieder erst in einiger Entfernung zu entdecken. Bröker verfluchte seine Idee, in dieses menschenfeindliche Nest zu kommen, nur um am Ende wohlmöglich festzustellen, dass sich hinter Linda Bollmann die Gattin des CDU-Orts-vorsitzenden verbarg. Immerhin war sein Ärger so groß, dass er Bröker die Zeit vertrieb, und so merkte er gar nicht, wie er sich Schritt um Schritt den Häusern näherte.

Als er den Häuserblock erreicht hatte, kontrollierte er die Hausnummern, das Haus mit der Nummer vier muss-te er finden. Und da stand es auch schon. Entschlossenen Schrittes näherte Bröker sich dem Haus, das sich als kleiner Bauernhof herausstellte. Entsprechend gab es auch keine Klingel, dafür aber einen kniehohen, braun-weiß gefleck-ten Hund, der Bröker mit furchteinflößendem Knurren be-grüßte.

„Braver Hund!", versuchte Bröker das Tier zu beruhigen, was dieses aber nur zu einem kräftigen Bellen veranlasste. Bröker war für ihn ein Eindringling, noch dazu einer, der nach Katze roch.

„Was hast du denn, Blacky!", ertönte eine weibliche Stim-me aus der Diele des Hofes und Bröker warf irritiert noch einmal einen Blick auf die Fellfarben des Hundes. Die Hof-tür, die einen Spalt angelehnt war, öffnete sich ganz und eine Frau von Anfang 60 in einem blau-violetten Strickkleid trat heraus. Die Blondierung ihres Haares wuchs gerade heraus und die eigentlich grauen Haare kamen am Scheitel zum Vor-schein. Weiter hinten war das Haar von einem Kopftuch ge-rafft, die Füße steckten in Birkenstocksandalen.

„Blacky, komm her!", rief sie den Hund noch einmal. Dann sah sie Bröker: „Oh, Guten Tag! Sie wünschen?"

„Guten Tag, mein Name ist Böcker von der Gütersloher Zeitung, der Gütersloher Ausgabe der *Neuen Westfälischen*", stellte sich Bröker vor. Währenddessen sprang der Hund wei-ter kläffend vor ihm herum, näherte sich aber nicht mehr als bis auf einen Meter.

„Und wie kann ich Ihnen weiterhelfen?"

„Sind Sie Linda Bollmann?"

Die Frau nickte.

„Und Sie waren mit Jürgen Grabenhorst verheiratet?"

Wieder kam ein Nicken als Antwort. Diesmal deutlich langsamer. Bröker schaute in ihr Gesicht. Nun, wenn er sich den etwas ungepflegten Eindruck ihrer Haare wegdachte, die Frau in ein schickes Kostüm steckte und mit einer schlichten Goldkette samt passenden Ohrringen behängte, vermochte er in ihr Schwackmeiers Frau wiederzuerkennen, die er ab und zu auf Spaziergängen gesehen hatte und deren Bild gelegentlich in den Zeitungen erschienen war.

„Mein Beileid", murmelte er.

„Danke!"

„Wir würden gerne ein Portrait von Herrn Grabenhorst bringen und Sie dazu interviewen."

„Haben Sie einen Presseausweis?"

Brökers Magen zog sich zusammen. Daran hatte er natürlich nicht gedacht. Er wühlte in seiner Brieftasche und zog schließlich einen alten Gildepass hervor, der ihn zu ermäßigtem Eintritt in den *Gilde-Kinos* berechtigte.

„Aber natürlich, hier bitte sehr!", versuchte er seine Stimme fest klingen zu lassen. Dabei hielt er Frau Bollmann den angeblichen Presseausweis hin, wobei er darauf achtete, dass sein Daumen das Gildepass-Emblem verdeckte. Sie nickte geistesabwesend.

„Sie müssen schon entschuldigen, aber heutzutage ... "

„... kann man nicht vorsichtig genug sein! Da haben Sie allerdings Recht. Gerade mit meinem Beruf wird oft Schindluder betrieben."

„Bei Ihnen hätte ich es mir denken können."

„Wie bitte?" Bröker zuckte zusammen.

„Na, dass Sie wirklich von der Presse sind. Sie sehen so aus, als würden Sie viel am Schreibtisch sitzen. Aber warten Sie,

Ihr Gesicht kommt mir bekannt vor. Haben wir uns nicht schon irgendwo einmal gesehen?"

„Ich glaube nicht!", beeilte sich Bröker zu versichern.

„Doch, ich glaube schon, ich komme schon noch drauf. Aber treten Sie doch erst einmal ein."

Als sie ins Haus gingen, gab auch der Hund Ruhe. Er schien vorerst akzeptiert zu haben, dass Bröker noch eine Weile bleiben würde. Durch die Diele gelangten sie in eine großräumige Wohnküche. Bröker staunte über die Küchenmöbel, die noch aus dem vorletzten Jahrhundert zu stammen schienen. Zu den schweren Schränken waren einzig ein Gasherd, ein Kühlschrank und eine einfache Kaffeemaschine hinzugekommen. Überall lagen Sachen verstreut.

„Nehmen Sie Platz", bat ihn die Herrin des Hauses und schob schnell einen kleinen Berg Wollsocken und Reisemagazine von der Eckbank, auf die sich Bröker setzen sollte. „Ich kann Ihnen leider gar nicht viel anbieten. Ich könnte einen Rooibos-Tee machen oder einen ganz einfachen Kaffee und natürlich können Sie auch ein Glas Wasser haben. Ich bin ja erst vor zwei Wochen hier eingezogen."

„Kaffee gerne. Wo haben Sie denn vorher gewohnt?"

„Na, in unserem Haus am Stadtpark natürlich."

Bröker bemerkte seinen Fauxpas und murmelte schnell: „Ja natürlich, wie dumm von mir."

Aber seine Gesprächspartnerin schien das nicht zu irritieren. Vertieft in ihre eigenen Gedanken fuhr sie fort: „Aber dort konnte ich nach Jürgens Tod nicht bleiben. Viel zu viel hat mich an ihn erinnert. Und nach und nach wurde mir klar, dass ich mit dem Rest meines Lebens nun etwas anderes anfangen muss."

Die Kaffeemaschine gurgelte und Bröker zog Zettel und Stift hervor. Frau Bollmann sollte ihm schließlich die Reporterrolle abnehmen können.

„Was sind denn das für Pläne?"

„Ich will noch einmal etwas ganz Neues beginnen. Darum habe ich auch meinen Mädchennamen wieder angenommen. Als Zeichen dafür, dass ich einen Schnitt setze. Ich möchte eine ökologische Landwirtschaft aufziehen. Vor allem Gemüseanbau. Vielleicht noch ein paar Hühner, um Eier zu haben, eventuell noch drei, vier Schafe, um mich mal an Käse zu versuchen."

„Und deshalb haben Sie diesen Hof hier gekauft?!"

„Den habe ich vorerst nur gemietet. Mitsamt den Möbeln. Ich musste einfach aus Gütersloh heraus. Ich weiß noch nicht, ob ich hierbleibe. Vielleicht gehe ich auch nach Südamerika. Das könnte mir auch gefallen."

Sie bereitet eine Flucht vor!, schoss es Bröker durch den Kopf. Dann aber zweifelte er. War es wirklich möglich, dass Frau Bollmann ihren Mann und ihren Exmann um die Ecke brachte und ihm dann so offenherzig von ihren Fluchtplänen berichtete?

„Weg von Altbekanntem", nickte er, um sich seine Hintergedanken nicht anmerken zu lassen. „Haben Sie nicht vor Jahren auch einmal in Bielefeld gelebt?" Auf diese Überleitung war Bröker heimlich stolz.

„Ja, das stimmt. Mehr als 25 Jahre lang hab ich dort gelebt. Bis mich mein damaliger Mann gegen eine Jüngere eingetauscht hat." Frau Bollmann zündete sich eine verdächtig riechende Zigarette an.

„Ja, ich habe damals davon gelesen. Ist er nicht auch kürzlich gestorben?"

„Das stimmt. Aber ich habe das kaum wahrgenommen. Von Wilfried habe ich mich nach unserer Trennung innerlich losgesagt. Und dann bin ich viel zu sehr mit Jürgens Tod beschäftigt, als dass ich Wilfrieds Tod auch noch an mich heranlassen könnte."

Sie stellte unterdessen den Kaffee auf den Tisch und setzte sich ans andere Ende der Eckbank.

„Immerhin eines ist mir von Wilfried geblieben", sagte sie, während sie einschenkte. „Ich habe genug Geld, dass ich mir nun diesen Hof oder jeden anderen in einer vernünftigen Größe leisten kann. Gerade hat mir mein Anwalt geschrieben, dass ich wohl noch einmal mit einer größeren Erbschaft von ihm rechnen darf."

„Zumindest die finanzielle Sicherheit muss ein gutes Gefühl sein", nickte Bröker zustimmend.

„Das ist es. Für mich ist es auch eine Art Schmerzensgeld. Aber was wollen Sie nun über Jürgen wissen."

„Alles. Seinen Lebenslauf kenne ich ja schon", log Bröker und hoffte, dass das Gespräch nicht auf allzu viele Details dieses Lebenslaufs kommen würde. „Aber vielleicht können Sie mir erzählen, wie er als Mensch war, was er für Eigenarten hatte."

„Jürgen war einfach ein wunderbarer Mensch ...", begann die Witwe des Gütersloher Bauunternehmers zu erzählen. Bröker lehnte sich zurück, hörte jedoch nur mit halbem Ohr zu. Neugierig musterte er die Einrichtung, alles war eher unordentlich, ein bisschen sah es aus wie bei ihm. Er ließ seinen Blick durch das Fenster in den verwilderten Garten wandern. Es hatte nun doch begonnen zu regnen. Vielleicht sollte er sich zur Freude Krömkers auch zwei oder drei blökende Schafe im Garten halten, das würde auch sein Rasenproblem beseitigen. Er nippte an dem starken Kaffee, erinnerte sich dann, dass er glaubhaft einen Journalisten darstellen musste, und begann, sich Notizen zu machen. Da er allerdings nicht genau zuhörte, wusste er auch nicht, was er schreiben sollte. Eigentlich war es ja auch egal. Für ihn war das Wichtigste, was er von hier mitnahm, sein Eindruck. Aber natürlich musste sein Gegenüber weiterhin an seine

Reporterrolle glauben. Daher schrieb Bröker den kompletten Kader von Arminia Bielefeld auf seinen Zettel. Dabei achtete er darauf, dass Frau Bollmann seine Notizen nicht zu Gesicht bekam. Wenn eine kleine Gesprächspause entstand, nickte er der Frau aufmunternd zu und ihre Erzählung ging weiter.

Nein, dachte Bröker, dass diese Frau ihren Mann umgebracht haben sollte, war nur schwer vorstellbar. Sie hatte ihn wirklich geliebt. Bei Schwackmeier war er sich da weniger sicher. Sie versuchte es so darzustellen, als habe er in ihrem Leben schlichtweg keine Rolle mehr gespielt, aber das konnte natürlich auch nur Taktik sein. Allerdings konnte er das bestimmt nicht herausfinden, wenn Frau Bollmann weiterhin über ihre Gütersloher Zeit sprach. Das Problem war nur, dass er sie ja genau danach gefragt hatte. Mit einem Mal bekam Bröker das Gefühl, dass er bei Frau Bollmanns Erzählungen über Jürgen Grabenhorst nur seine Zeit vertat. Auch wenn Frau Bollmann die Täterin sein sollte, überführen konnte er sie heute sicher nicht mehr und sein Ziel, einen ersten Eindruck von ihr zu gewinnen, das hatte er erreicht.

Er trank noch einen Schluck Kaffee. Viel war nicht mehr in dem Becher. Dann schaute er auf die Uhr. Himmel, er saß schon über eine Stunde hier und die ehemalige Frau Grabenhorst erzählte immer noch!

Bei der nächsten Gesprächspause nickte er nicht. „Das ist alles hochinteressant, Frau Bollmann! Ich werde das sehr gut für meinen Artikel verwenden können." Dabei verzog er keine Miene.

„Das ist schön. Ich finde es wichtig, dass Sie Jürgen so portraitieren, wie er war."

„Ich werde mir Mühe geben." Dabei bekam Bröker ein schlechtes Gewissen. Es würde ja nie einen Artikel über Grabenhorst erscheinen. „Ich muss mich nun wieder auf den Weg machen", sagte er rasch.

„Aber ich habe Ihnen doch gerade erst erzählt, wie unsere erste Zeit verlief."

„Das ist ja meist die schönste und darin stecken viele wertvolle Hinweise. Außerdem kann ich mich ja noch einmal an Sie wenden, wenn ich noch mehr Informationen benötige. Ich muss jetzt leider aufbrechen, da ich gleich noch eine wichtige Redaktionssitzung habe."

Mit diesen Worten bahnte sich Bröker seinen Weg nach draußen. Seine Interviewpartnerin folgte ihm.

„Aber ich bin mir sicher, Herr Böcker, irgendwoher kennen wir uns. Ich vergesse so schnell kein Gesicht!"

„Bestimmt haben wir uns mal auf einem Presseball getroffen", nuschelte Bröker. Langsam wurde ihm die Lage ein wenig zu brenzlig. „Herzlichen Dank für das Gespräch."

Der Hund heftete sich an seine Fersen und fletschte die Zähne. Für ihn stand endgültig fest, dass irgendetwas an Bröker nicht koscher war.

„Wann wird das Portrait denn erscheinen?"

„Das kann noch ein paar Wochen dauern. Wir wollen alles gut recherchieren. Ich schicke Ihnen dann noch den Text zur Freigabe."

„Einverstanden. Sind Sie eigentlich nicht mit dem Auto gekommen?" Brökers Gastgeberin schaute sich suchend um.

„Nein, wir von der *Neuen Westfälischen* sind aus ökologischen Gründen auf die öffentlichen Verkehrsmittel umgestiegen. Stichwort ‚Nachhaltige Unternehmensführung', Sie wissen schon."

„Na, dann haben Sie ja noch ein ganz schönes Stück vor sich! – Alles Gute und auf Wiedersehen."

„Auf Wiedersehen."

Bröker stapfte hinaus in den Regen. Frau Bollmann wusste gar nicht, wie sehr sie mit dem langen Weg ins Schwarze getroffen hatte. Und dabei war sein Ziel nicht nur der Bielefelder Bahnhof.

Kapitel 18
Vom Regen in die Kneipe

Je näher Bröker wieder dem Bahnhof von Avenwedde kam, desto dichter fiel der Regen. Zunächst wurde aus dem feinen Nieseln ein leichter Regen und Bröker lief schneller. Dann wuchs sich dieser zu einem richtigen Landregen aus und da die nächste Möglichkeit, sich unterzustellen, schon der Bahnhof war, lief er noch schneller. Schließlich öffnete der Himmel alle Schleusen und Bröker rannte die letzten Meter bis zum ehemaligen Bahnhofsgebäude. Als er die Tür zum Bürgerzentrum öffnete, hörte er auf den Gleisen darüber einen Zug abfahren. Im Inneren des Gebäudes war niemand. Bröker blickte auf die Uhr. 15:25 Uhr. Dann schaute er auf den Fahrplan, der in dem früheren Bahnhofsgebäude wohl noch aus Traditionsgründen aufgehängt worden war – und fluchte. Er hatte die Bahn nach Bielefeld um drei Minuten verpasst und natürlich war ausnahmsweise einmal ein Zug pünktlich gewesen. Das Wasser tropfte ihm von Kleidern und Haaren und um seine Füße herum bildeten sich kleine Pfützen.

Immerhin sieht mich in dieser gottverlassenen Gegend so keiner, dachte Bröker.

Doch in diesem Moment bremste ein aufgemotzter Golf GTI mitten vor dem Vorplatz des ehemaligen Bahnhofs und ein Jugendlicher mit kurzrasiertem Haar sprang aus dem Wagen und schnippte einen Zigarettenstummel auf den Boden. Die Tür des Autos ließ er offenstehen, wodurch die Musik, die man auch schon durch die geschlossenen Türen hatte hören können, über den ganzen Platz dröhnte.

„Na, nass geworden?", kommentierte er Brökers Anblick.

Bröker hätte mal wieder vor Wut platzen mögen.

„Nein, ich mache Shampoo-Werbung. Die Deppen von der Crew haben nur vergessen, das Shampoo mitzubringen!", antwortete er, während der Junge den Fahrplan studierte. Bröker wusste gar nicht, wieso das so lange dauerte. Wie er von seinem eigenen Blick auf die Abfahrzeiten wusste, fuhr stündlich genau eine Bahn nach Bielefeld und ebenfalls stündlich genau eine nach Gütersloh.

„Wie ein Model siehst du eigentlich nicht aus!"

„Aber du wie Einstein!", rief ihm Bröker hinterher, als der Junge wieder nach draußen ging und in seinen trockenen Wagen stieg. Er schaute Bröker noch eine Weile von seinem Cockpit aus an, grinste und fuhr dann davon.

Bröker wäre zu gerne dabei gewesen, wenn er sein neues Schimpfwort „Einstein" das nächste Mal ausprobierte.

Er zuckte mit den Schultern und schaute auf den nun wieder leeren Platz hinaus. Der Regen hatte etwas nachgelassen, sodass er schräg gegenüber wieder die Gaststätte sah, die ihm schon auf dem Hinweg aufgefallen war. Die Vorstellung, eine Stunde in diesem tristen Bahnhofsgebäude zu verbringen, verdross ihn. Durch die Fenster der Gaststätte sah er Licht, vielleicht hatte sie geöffnet. Er sprintete schräg über die Straße, zog an der Gaststättentür – und sie ging tatsächlich auf.

Bröker war um diese Tageszeit der einzige Gast in der Dorfschänke, doch weder ihm noch dem Wirt, der hinter dem Zapfhahn stand und drei Pils zapfte – erst später fragte sich Bröker, für wen eigentlich –, machte das etwas aus. Bröker hatte die Wahl zwischen drei Tischen mit rot-weiß karierten Tischdecken und vieren mit blau-weiß karierten Tischtüchern. Er entschied sich für blau-weiße Karos. Kurze Zeit später fragte ihn der Wirt, der sich nicht extra die Mühe machen wollte, zum Tisch zu kommen, von der Theke aus: „'n Bier und 'n Korn?"

Bröker wollte zuerst nach der Weinkarte fragen, verkniff sich dann aber derartige Späße und antwortete: „Ein Pils ist in Ordnung. Was können Sie denn von der Speisekarte empfehlen?"

Bröker hatte tatsächlich seit dem Frühstück nichts mehr gegessen.

„Wurstebrei."

„Ist das die Spezialität des Hauses?"

„Sozusagen."

„Was heißt ‚sozusagen'."

„Das heißt, meine Frau kommt erst heut Abend wieder und bis dahin ist Wurstebrei das Einzige, was ich zu essen anbieten kann."

„Machen Sie den selbst?"

„Den wärme ich selbst auf."

„Gut, dann einmal Wurstebrei, ein Pils und dazu einen Kaffee."

Brökers Mutter hatte nur einmal versucht, ihrem Sohn diese westfälische Spezialität, die bei ihr „Stippgrütze" hieß, vorzusetzen, dann aber beschlossen, dass weder sie noch Bröker eine besondere Freude an diesem Essen empfinden würde. Sie hatte ihren Kater dann damit gefüttert und weitere Zubereitungsversuche unterlassen. Somit beschränkte sich seine Erfahrung mit der Stippgrütze auf eine bräunliche Masse, die vermutlich aus Kunststoff war und unter dem Namen „Wurstebrei" in der Uni-Mensa in Bielefeld angeboten worden war. Die hatte aber so ungenießbar ausgesehen, dass selbst Bröker damals auf eine Kostprobe verzichtet hatte. Zugegebenermaßen fiel ihm das damals auch leicht, denn die Mensa bot noch drei weitere Gerichte an. Hier aber lag der Fall anders: Brökers Magen knurrte inzwischen unüberhörbar. Somit wartete er gespannt und sogar mit einer gewissen Vorfreude auf seine Jungfernmahlzeit dieser westfälischen Spezialität. Zunächst allerdings kamen Bier und Kaffee, die der Wirt wortlos auf den Tisch stellte. Als Bröker ihn fragend ansah, grunzte er: „Wurstebrei dauert noch was", und verschwand in der Küche. Vermutlich war das der ländliche Charme, den man selbst dann nicht ablegen konnte, wenn man es wollte. Wenn jemand in so einer Umgebung aufwuchs, blieb er vermutlich den Rest seines Lebens griesgrämig.

Fünf Minuten später öffnete sich die Küchentür und der Wirt balancierte einen Teller, den er vor Bröker abstellte.

„Mahlzeit!", wünschte er. Offensichtlich hielt er das für ein Äquivalent für „Guten Appetit". Bröker beäugte die „Mahlzeit" skeptisch. Zwei Breihaufen, der eine bräunlich, der andere gelblich, waren auf einem Teller mit rötlichen Ornamenten drapiert. Dieses Geschirr kannte Bröker von seiner Mutter unter dem Namen *Burgenland* und daher wusste er auch, dass es nicht preiswert war. Ansonsten unterschied sich die Stippgrütze kaum von dem, was ihm vor Jahren in der Uni-Mensa angeboten worden war, dieser war also zumindest äußerlich eine täuschend echte Wurstebrei-Imitation gelungen und Bröker war froh, so etwas schon einmal gesehen zu haben. Andernfalls hätte er leicht auf die Idee kommen können, in ein Testrestaurant für Zahnlose geraten zu sein. Die braune Masse schien von etwas festerer Konsistenz zu sein als die gelbe, bei der es sich offenbar um Kartoffelbrei handelte. Zu dem Ganzen würde Erbsenpüree farblich hervorragend passen, dachte Bröker. Stattdessen aber hatte der Wirt drei Gewürzgurken neben die Breihaufen gelegt, vermutlich, damit diejenigen unter seinen Gästen, die noch in Besitz eines halbwegs vollständigen Gebisses waren, ein wenig angeben konnten. Knackend biss Bröker von einer der drei Gurken ab.

Der Genuss der beiden Breisorten fiel ihm deutlich schwerer. Während der Kartoffelbrei fade, ja beinahe geschmacklos war, musste die Köchin bei der Zubereitung des Wurstebreis schwer verliebt gewesen sein. Mit einem Seitenblick auf den Wirt fragte sich Bröker allerdings, in wen eigentlich. Um den Salzgehalt der beiden Breimassen anzugleichen, rührte Bröker die Stippgrütze langsam in den Kartoffelbrei ein und probierte dann wieder. Das Ergebnis war wenig überzeugend.

Bröker bemerkte, dass der Wirt ihn bei seinen Experimenten mit ähnlichen Blicken bedachte, wie er den Wurstebrei. Nein, wegschieben konnte er die seltsame Speise nun nicht mehr. Er lächelte den Wirt an und griff wieder zur Gabel. Langsam schob er die nächste Portion des Breigemischs in den Mund und versuchte sich nicht dabei zu schütteln.

Das Zeug war einfach ungenießbar. Bröker kannte kaum eine Speise, bei der Aussehen und Geschmack so in Übereinstimmung waren. Er spülte mit einem kräftigen Schluck Pils nach. Wieder fiel ihm der Blick des Wirts auf. Der stierte ihn inzwischen an. Bröker versuchte ein schiefes Lächeln und rührte weiter in seinem Breigemisch herum. Schließlich ertrug er weder den Blick seines Gegenübers noch sein sinnloses Getue länger: Mit drei, vier mächtigen Gabelbissen schob er sich die Hälfte des Wurstebreis in den Mund und beförderte ihn mit dem restlichen Pils in den Magen, bevor dieser seinem natürlichen Freiheitsdrang Nachdruck verleihen konnte. Dann begoss er seinen Sieg mit dem letzten Schluck Kaffee, der inzwischen etwas zu kalt geworden war. Das Gemisch aus dem fettigen Wurstebrei, dem kalten Pils und dem lauwarmen Kaffee provozierte seinen Magen zu einem deutlich vernehmbaren Aufstoßen.

„Lecker?", fragte der Wirt, der dies mit der Spannung, die

man einer Zirkusnummer entgegenbringt, angeschaut hatte.

„Ja, sehr!", entgegnete Bröker und wischte sich mit der Serviette Schweißtropfen von der Stirn. „Aber nun muss ich los, sonst verpasse ich meinen Zug!"

Ohne die restliche Stippgrütze, die sich noch auf seinem Teller befand, eines Blickes zu würdigen, erhob sich Bröker und ging zur Theke. Der Wirt schaute ihn an. Bröker schob ihm 20 Euro zu und murmelte: „Stimmt so!"

Bestimmt war das mehr als das Doppelte des eigentlichen Preises und der war schon viermal zu hoch. Eilig verließ Bröker das Lokal. Zum Glück würde der Wirt ihn nie wiedersehen.

Obwohl er keinen Blick auf die Uhr geworfen hatte, erreichte Bröker das Gleis nur wenige Minuten vor seinem Zug. Dankbar registrierte er, dass er ihm nicht nachhasten musste, was mit dem Brei, der in seinem Magen auf und ab schwappte wie Tapetenkleister in einem Eimer, unmöglich gewesen wäre.

Erst als er sich ächzend auf einen Sitz hatte fallen lassen, dachte er wieder an den eigentlich Grund seines Besuchs in Avenwedde. Sicher, Linda Bollmann war merkwürdig gewesen, aber in einem erschien sie ihm vollkommen glaubhaft: Diese Frau hatte ihren zweiten Mann geliebt, und zwar so sehr, dass sie ihn nicht umgebracht haben konnte.

Ob sie allerdings Schwackmeier auf dem Gewissen hatte, dessen war sich Bröker nicht so sicher. Vielleicht hatte der Tod Grabenhorsts ihr den letzten Anstoß verliehen, um nun auch mit ihrem ersten Mann reinen Tisch zu machen. Und sicher konnte sie das Geld, das sie nun zusätzlich erbte, für ihren Bio-Bauernhof gut gebrauchen. Trotzdem zweifelte Bröker, ob er dieser Frau einen Mord zutrauen sollte.

Nur wer kam sonst noch in Frage? Wieder fiel ihm sein gestriger Besuch im Studentenwohnheim ein. Bei Achim

Großkreutz lag der Fall genau umgekehrt. Ihm würde er einen Mord viel eher zutrauen und aufgrund seines Chemiestudiums hätte er wohl auch die notwendigen Kenntnisse. Nur fehlte ihm nach Brökers Ansicht jedes Motiv. Sicher, er hatte sich auf Gregors ominöser Liste befunden. Allerdings fragte sich Bröker, wie er darauf geraten war und ob das, angesichts der Tatsache, dass er dort auch der einzige Deutsche zu sein schien, nicht ein Recherchefehler war.

Umgekehrt: Wenn weder Frau Bollmann noch der Student der Täter war, dann musste er ja geradezu hoffen, dass Gregors Liste doch noch auf andere Weise der Schlüssel zum Verbrechen war, sonst stand er wieder mit leeren Händen da. Aber wie sollte er nur aus vielleicht 50 restlichen Verdächtigen den richtigen herausfischen?

Mit einem Mal bemerkte er ein deutliches Stechen in der Magengegend. Wenigstens diesbezüglich musste er nicht lange rätseln, wer der Schuldige war. Vermutlich war die Stippgrütze doch nicht zum Verzehr geeignet gewesen. Das Geruckel des Zuges verschaffte auch keine Abhilfe, erst recht nicht, als Bröker sich dabei sein Mageninneres vorstellte und wie der Wurstebrei darin hin und her waberte. Zum Glück waren sie schon in Brackwede, es war nur noch eine Station bis nach Bielefeld. Auf einmal verspürte Bröker auch noch ein Ziehen im Kiefer, als würde er Zahnschmerzen bekommen. Hoffentlich hatte die westfälische Spezialität nicht seinen Zahnschmelz weggeätzt. Vorsichtig tastete er mit der Zunge seine Backenzähne ab, konnte aber nichts feststellen. Langsam fragte er sich wirklich, ob der Ausflug in die ostwestfälische Provinz sich gelohnt hatte.

Als der Zug am Bielefelder Hauptbahnhof eintraf, war Bröker speiübel. Er begab sich ins WC-Center, um sich Stirn und Handgelenke mit kaltem Wasser zu kühlen. Dort stellte sich das Ziehen im Kiefer nicht nur tatsächlich als Zahnschmerzen heraus, sondern diese wurden auch immer schlimmer. Als er wieder hinauswankte und die Treppe zur Bahnhofshalle nehmen wollte, wäre er beinahe mit einer Mitarbeiterin der Bahnhofsmission zusammengestoßen.

„Kann ich Ihnen helfen, Sie sehen ja ganz blass aus?"

Bröker schüttelte nur den Kopf. Sich wenige Minuten von seinem Zuhause entfernt in die Bahnhofsmission zu begeben, wäre ihm albern vorgekommen. Auf das erneute Geschaukel der Stadtbahn verzichtete er allerdings lieber und machte sich zu Fuß auf den Weg Richtung Sparrenberg.

Als er es endlich bis nach Hause geschafft hatte, parkte Gregors Vespa noch nicht vor der Haustür. Das war Bröker ausnahmsweise nicht ganz unlieb. Er schloss auf, ging in die Küche, öffnete einen guten Single Malt und goss sich großzügig ein. Dann nahm er einen großen Schluck, seufzte und legte sich angezogen, wie er war, ins Bett und fiel unmittelbar in einen tiefen Schlaf.

Kapitel 19
Nachts sind alle Türen auf

Bröker lag den ganzen folgenden Tag in seinem Bett und litt. Er hatte Magenschmerzen und immer wieder schmerzten auch seine rechten oberen Backenzähne, ohne dass er jedoch feststellen konnte, woher die Schmerzen kamen. Gegen beide Übel hatte er seit dem Aufwachen sein Allheilmittel eingesetzt: einen Single Malt Whisky in Fassstärke, den er in homöopathischen Dosen, also etwa ein Glas von vier Zentilitern pro Stunde, zu sich nahm. Allmählich begann die Therapie auch zu wirken, die Zahnschmerzen waren schon beinahe verschwunden und auch die Übelkeit schien sich mit jedem Schluck Whisky ein bisschen zu bessern. Ja, wenn er ehrlich war, so blieb er am Samstagnachmittag nur noch im Bett, weil er es so gemütlich fand, den letzten Spieltag der Fußball-Bundesliga im Radio zu verfolgen und dabei an dem schottischen Nationalgetränk zu nippen. Die Bundesliga endete, wie sie schon so oft geendet hatte und wie sie vermutlich noch oft enden würde: Bayern München wurde Deutscher Meister. Bröker konnte dies keine Gefühlsregung entlocken. Er war kein Bayernfan, andererseits war diese Mannschaft seit den Tagen seiner Kindheit im Schnitt in jeder zweiten Saison deutscher Meister geworden. Wenn er sich darüber in gesteigertem Maße empören wollte, könnte er sich ebenso über den Regen in Bielefeld oder das tägliche Untergehen der Sonne ärgern.

Gegen sechs Uhr abends stand Bröker auf und fand, dass er nicht ganz sicher stand, schob das aber in erster Linie auf die Nachwirkungen seiner Magenprobleme, womit er genau genommen auch Recht hatte. Er urteilte, dass das leichte Ziehen, das er immer noch in seinem Bauch verspürte, ebenso gut Hunger sein könnte und dass er sich beeilen musste, um wenigstens noch ein paar Kleinigkeiten einzukaufen, die er für ein Abendessen benötigte. Doch als er in die Küche kam, bot sich ihm ein überraschendes Bild: Gregor stand am Herd.

„Was machst du denn da, pass auf, dass du dich nicht verletzt!"

„Bröker, ich denke, dir geht es schlecht. Also ab ins Bett mir dir!"

„Wie kann ich im Bett liegen, wenn du unterdessen dich und vielleicht das halbe Haus abfackelst?"

„Ich koche für dich!"

„Du kochst für mich? Findest du nicht, dass es mir schon schlecht genug geht?"

Der Junge schaute betroffen drein. Bröker, der sich sicher war, dass der Junge nicht kochen konnte, aber die Fürsorge zu schätzen wusste, bekam Mitleid und lenkte ein: „Was kochst du denn für mich?"

„Eine Hühnerbrühe mit Gemüse und, je nachdem, wie es dir geht, kannst du noch was von meinen Spaghetti Bolognese haben."

„Dann lass mal probieren!" Bröker schnappte sich einen Löffel und kostete die Hühnersuppe. „Nicht schlecht!" Erstaunt schaute er Gregor an. „Du hast Lauch dran gegeben, Möhren und Weißkohl, aber was noch?"

„Knoblauch und Kümmel!" Man konnte dem Jungen ansehen, wie stolz er über das Lob war.

„Wenn deine Bolognese-Soße auch so gut ist, lasse ich dich heute wirklich kochen."

„Darauf kannst du Gift nehmen!"

„Damit bin ich vorsichtiger, seitdem ich Schwackmeiers Ende richtig erraten habe."

Entspannt saß Bröker am Küchentisch und schaute zu, wie Gregor kochte. Zwischendurch verschwand er noch kurz in seinem Weinkeller und brachte auf seinem Rückweg einen Barolo mit nach oben.

„Zu einem guten Essen gehört ein guter Wein!", dozierte er, während er mit verliebtem Blick an dem Korken roch, den er gerade aus der Flasche gezogen hatte.

„Ja, und manchmal musst du auch zwischendurch probieren, ob der Wein noch gut ist, oder?", lästerte Gregor. Bröker gab darauf nichts zurück. Zum einen war der Junge flink mit der Zunge, zum anderen staunte er immer noch, wie gut dieser kochen konnte. Die Suppe war hervorragend gewürzt und die Bolognese-Soße entpuppte sich als ein Gedicht.

„Wo hast du nur so gut kochen gelernt?", staunte Bröker.

„Ach, Bröker, hacken, kochen, küssen: Die wichtigen Dinge im Leben muss man sich selbst beibringen."

Während des Essens berichtete Bröker von seinem gestrigen Ausflug in das ostwestfälische Umland, von Schwack-meiers Exfrau und der Bezwingung des Wurstebreis.

„Und da wunderst du dich, dass es dir so schlecht geht?" Gregor konnte sein Lachen kaum bezähmen.

„Mir geht es ja schon wieder besser!" Wie um das zu unterstreichen, nahm Bröker noch einen großen Schluck Wein.

„Ich muss ja auch wieder fit werden, um dem armen Palshöfer zu helfen. Der sitzt heute schon seit einer Woche in Untersuchungshaft."

„Und wie willst du das anstellen?"

„Vielleicht war deine Liste nicht die schlechteste Idee. Nur wie ich den Täter da herausfiltern soll, kann ich dir nicht sagen. Man müsste in Schwackmeiers Haus kommen, vielleicht finden sich dort Hinweise auf den Täter", sagte Bröker, während sie begannen, den Tisch abzuräumen.

„Meinst du, er hat eine Visitenkarte hinterlassen, die die Polizei nicht gefunden hat?"

„Nein, natürlich nicht. So genau kann ich dir gar nicht sagen, was ich erhoffe. Vielleicht gibt es Kontoauszüge oder Wertpapiere, die etwas verraten. Wenn Schwackmeier wirklich Gelder von seinen Klienten veruntreut hat, dann muss es doch irgendeinen Hinweis darauf geben."

Inzwischen hatte sich Bröker mit seinem jungen Freund ins Wohnzimmer zurückgezogen. Der Junge nippte an dem Glas Wein, das vom Essen übrig geblieben war, während sich Bröker wieder dem Whisky zugewandt hatte, nur zur Vorbeugung natürlich, denn über Zahn- oder Bauchschmerzen konnte er nicht mehr klagen. Gemeinsam philosophierten sie, was sie an Beweisen benötigen würden und was davon in Schwackmeiers Haus, in einem Schließfach oder vielleicht in einem Versteck im Wald sieben Meter tief unter der Erde zu finden war. Vielleicht hatten ja auch die Zeitungen und der verrückte Anwalt Recht und es gab tatsächlich den berüchtigten Fluchttunnel von der Sparrenburg und er endete direkt in der Schwackmeier'schen Villa.

Allmählich merkte Bröker, wie ihm der Whisky zu Kopfe stieg. Ihm wurde heiß und er konnte sich nur noch schlecht auf logische Argumente konzentrieren. Dafür fand er auch die verwegensten Spekulationen immer plausibler. So würde er den Fall bestimmt nicht lösen!

„Mir ist heiß, ich muss einen kleinen Spaziergang machen, sonst kann ich nicht mehr denken", verkündete er. „Kommst du mit?"

Gregor willigte ein. Staunend sah er, dass Bröker mit der Whiskyflasche in der Hand Richtung Küche verschwand. Wenig später kehrte er grinsend zurück und verstaute einen kleinen Flachmann in seiner hinteren Hosentasche: „Man darf auf Nachtwanderungen den Proviant nicht vergessen", dozierte er vergnügt.

Es war eine laue Nacht. Erstaunlicherweise regnete es nicht. Ein paar Wolken huschten über den schwarzen Himmel, dazwischen blinkten Sterne. Ein Mond war nicht zu sehen. Bröker lief hurtig den Sparrenberg hinauf, Gregor hatte Mühe, Schritt zu halten. Auf der Sparrenburg angekommen blieb Bröker keuchend stehen und genoss den Blick auf die beleuchtete Stadt.

„Bielefeld hat auch seine schönen Seiten, was?", fragte er beim Anblick des Lichtermeers. Gregor lagen gleich mehrere Entgegnungen auf der Zunge. Er hätte zum Beispiel antworten können, dass die schönste Seite in den Augen Brökers doch vermutlich die Imbissbude neben dem Bahnhof war, aber er war lieber still.

Bröker nahm einen großen Schluck aus seinem Flachmann und reichte ihn dann dem Jungen. Der schüttelte nur kurz den Kopf. Schweigend gingen sie wieder bergab. Über den Parkplatz vor der Sparrenburg gelangten sie auf einen

Trampelpfad, der sich parallel zur Straße am Sparrenberg bewegte. Über einen Fußweg und eine Wiese erreichten sie wieder den Asphalt. Schwackmeiers Villa war keine 50 Meter entfernt. Bröker schien einen Einfall zu haben und lief wieder schneller, blieb aber an einem hervorspringenden Stein hängen, geriet ins Straucheln und wäre vermutlich gestürzt, wenn Gregor ihn nicht, so gut es ihm möglich war, gehalten hätte. Bröker kicherte. Gregor schaute ihn besorgt hat: „Du hast ganz schön getankt!"

„Ja, aber sie können mir den Führerschein nicht wegnehmen, weil ich keinen mehr habe." Anscheinend kam sich Bröker in diesem Moment sehr pfiffig vor.

„Ja, aber wenn sie dich schwankend auf der Straße finden, stecken sie dich in eine Ausnüchterungszelle!"

Bei diesen Worten erschreckte sich Bröker so, dass er glaubte, schon wieder nüchtern zu sein. Er hauchte den Jungen an.

„Rieche ich sehr nach Alkohol?", fragte er ein wenig verzweifelt.

„Man merkt schon, dass du getrunken hast."

„Hast du vielleicht ein Kaugummi?"

„Ach Bröker, es sind doch nur noch 300 Meter bis nach Hause."

„Bitte, schau nach."

Gregor gab auf und hielt Bröker ein Kaugummi hin. Der wickelte es aus, steckte es in den Mund und schnippte das Papier in einen Gulli.

„Nun kann es weitergehen!", verkündete er tatendurstig und ging mit konzentrierten Schritten weiter den Sparrenberg hinauf. Als sie vor Schwackmeiers Villa standen, warf er neugierig einen Blick durch den schmiedeeisernen Zaun. Aber dort hatte er ja schon bei Tageslicht nichts gesehen, viel weniger nun im trüben Schein der Straßenlaterne.

„Wenn man nur einen Blick hineinwerfen könnte!", nörgelte er, während er auf einen der steinernen Sockel des Zaunes stieg.

„Bröker, das geht nicht, schon gar nicht in deinem Zustand!"

„Aber ich würde es eben gerne. Schau, in den Garten kommt man kinderleicht!" Mit diesen Worten schwang sich Bröker über den Zaun. Der Alkohol schien ihn leichter zu machen.

„Bröker, komm zurück!" Gregor sprang seinem Freund nach, um ihn vor Dummheiten zu bewahren, die er in nüchternem Zustand nie begangen hätte. Derweil war Bröker schon an das erste Fenster des Hauses gelaufen und lugte hinein.

„Nichts zu sehen!", konstatierte er enttäuscht.

Derweil spähte auch Gregor nach Fenstern, allerdings nach denen der Nachbarn. Glücklicherweise waren nur noch zwei oder drei der Fenster erleuchtet und auch dort war niemand zu sehen.

„Kannst du nicht wenigstens an der Rückseite durchs Fenster schauen, da sieht dich niemand!", schlug der Junge vor.

„Prima Idee!", gluckste Bröker, der das sehr aufregend fand, und lief zur Hinterseite des Hauses.

„Leise!", zischte Gregor, während er hinter Bröker herlief. „Hören kann man dich auch von hier."

Bröker lugte unterdessen ins Wohnzimmerfenster. Doch so sehr er seine Augen auch abschirmte, er sah nur die Umrisse zweier Sessel und eine Stehlampe in der Ecke des Raumes.

„Dass aber auch nichts Interessantes zu erkennen ist!", maulte er.

„Hast du gedacht, dass sie für dich das Licht anstellen und dir schon mal die wichtigsten Bankunterlagen auf den Wohnzimmertisch drapieren? – Bröker, das ganze Haus wurde mit Sicherheit schon von der Polizei gefilzt. Wenn du da nicht drin bist, findest du gar nichts!"

„Du hast Recht! Wir müssen rein!"

„Nein! Ich wollte dir nur sagen, was du hier tust, ist sinnlos!"

Doch Bröker war von seinem neu gefassten Entschluss nicht mehr abzuhalten. Er suchte den Garten nach einem Gegenstand ab, mit dem er das Wohnzimmerfenster öffnen konnte. Es mochte an der Dunkelheit liegen, an Brökers Trunkenheit oder auch daran, dass es in dem Garten wirklich kein brauchbares Werkzeug gab, jedenfalls tappte Bröker im wahrsten Sinne des Wortes im Dunkeln. Schließlich ging er die Kellertreppe hinab.

„Vielleicht findet sich hier etwas!", murmelte er. Derweil flüsterte Gregor die ganze Zeit in scharfem Ton, Bröker möge doch endlich Vernunft annehmen. Dieser aber war viel zu sehr von seinem neuen Plan überzeugt, um sich jetzt eines Besseren belehren zu lassen. Tastend suchte er den pechschwarzen Kellereingang ab. Manchmal stellte man doch dort etwas ab und vergaß es dann in den Keller zu holen. Tatsächlich fand er etwa in Hüfthöhe einen metallenen Gegenstand, vielleicht einen Golfschläger, den Schwackmeier hier hatte stehen lassen. Er versuchte ihn hochzuheben, doch er bewegte sich nicht. Er drückte drauf – und die Kellertür öffnete sich.

„Ich bin drin!", rief er Gregor begeistert zu.

„Psst, sei doch still! Du weckst ja die komplette Nachbarschaft", zischte der Junge zurück. „Und komm sofort da raus!"

„Nein, jetzt wird es doch gerade erst lustig. Komm doch mit!"

„Den Teufel werde ich tun!"

„Dann tu mir wenigstens einen Gefallen. Bitte!"

„Was für einen Gefallen?"

„Kannst du auf zwei Fingern pfeifen?"

„Ja, kann ich."

„Gut, wenn du jemanden siehst, pfeifst du zweimal!"

„Bröker, bleib hier! Es ist doch nicht zu glauben. Wer von uns beiden ist eigentlich der Teenager?"

Aber Bröker hörte schon nichts mehr. Er war in den Tiefen des ersten Kellers, einer Waschküche, verschwunden. Auch hier war es stockdunkel. Er stieß sich an etwas, das sich bei genauerem Betasten als ein Bügelbrett herausstellte.

„Hühnerkacke!", fluchte er so laut, dass er darüber erschrak. Ob er es wagen könnte, vielleicht das Licht anzuschalten? Aber er wusste nicht, wie groß dieser Keller war und zu welchen Seiten er Fenster hatte. Beklemmung erfasste ihn bei dem Gedanken, die Polizei könnte ihn fassen, wie er in dem Haus des toten Schwackmeiers herumschlich. Vermutlich würde er Palshöfer Gesellschaft leisten, bis beiden die Haare und Zähne ausfielen. Für einen kurzen Moment überlegte er, ob er sich nicht lieber wieder davonmachen sollte. Dann nahm er einen weiteren großen Schluck aus dem Flachmann und schlich weiter. Das Gefühl, sich durch die Finsternis eines fremden Hauses zu bewegen, glich der Empfindung, die er gehabt hatte, als er sich als Kind heimlich spät abends vor den Fernseher geschlichen hatte, um einen Edgar-Wallace-Film zu sehen, den ihm der Vater verboten hatte. Er hatte weniger als die Hälfte des Filmes mitbekommen, weil er entweder auf Schritte aus dem Schlafzimmer der Eltern lauschte oder vor Spannung nicht hatte hinsehen können.

Endlich fand Bröker die Tür des Kellerraumes, die zum Rest der Schwackmeier'schen Villa führte. Er gelangte auf einen langen Flur, von dessen Kopfende das Treppenhaus abzweigte. Hier war es ein wenig heller, in eines der oberen Stockwerke fiel Licht ein. Langsam bekam Bröker Übung darin, sich lautlos zu bewegen, und huschte über die Treppe ins Erdgeschoss, das er ebenfalls im Licht der Straßenlaterne inspizierte. Hier befanden sich Wohnzimmer, Esszimmer und Küche. Alles war relativ spärlich eingerichtet. Im Wohnzimmer fanden sich in einem schweren Eichenregal ein paar Bücher eines Buchclubs, daneben ein überdimensionaler Fernseher sowie eine Sofagarnitur aus weißem Leder. Hier war jedenfalls nichts, das aussah, als enthielte es interessante Unterlagen über Schwackmeiers Beratertätigkeiten.

Als Bröker das Esszimmer betrat, überkam ihn ein Schauer. Hier war Schwackmeier tot aufgefunden worden. Noch immer fanden sich Spuren der Henkersmahlzeit. Die Tomatensuppe hatte man zwar ebenso weggeräumt wie die anderen Lebensmittel, ansonsten aber war der Tisch noch gedeckt und die Möbel waren offensichtlich verrückt, wobei Bröker nicht hätte sagen können, ob diese Unordnung bei der eigentlichen Tat entstanden oder von den Ermittlern produziert worden war. An einer besonders hell beleuchteten Stelle des Tisches sah Bröker dunkle Flecken. Er untersuchte sie neugierig, bis er feststellte, dass es Fingerabdrücke waren, die die Polizei mit Fingerabdruckpulver sichtbar gemacht hatte.

„Himmel!", schoss es Bröker durch den Kopf, „an die Fingerabdrücke habe ich überhaupt nicht gedacht!"

Nun waren sie im ganzen Haus, kaum noch zu tilgen, und wenn die Polizei jemals auf die Idee kam, noch einmal alles auf Spuren zu untersuchen, würde man ihn mit Sicherheit als Täter verhaften. Klar! So hatte es ja kommen müssen! Auf was hatte er sich da nur eingelassen?

Wieder überlegte er, ob er das Haus nicht einfach wieder verlassen sollte, dachte dann aber, dass er es vermutlich die restliche Woche bereuen würde, nicht wenigstens einen Blick in die Räume des oberen Stockwerks geworfen zu haben. Noch einmal zog er den Flachmann aus seiner Tasche und nahm einen kräftigen Schluck. Dann huschte er zurück ins Treppenhaus und von dort in den ersten Stock.

Hier befand sich Schwackmeiers Schlafzimmer, eine Art Büro sowie ein weiterer Raum, den Bröker als Gästezimmer ausmachte. Zweifellos war das Arbeitszimmer das interessanteste Zimmer von allen. Hier nahm ein Schreibtisch von zwei Meter fünfzig Länge und anderthalb Meter Breite einen Großteil des Raumes ein. Dahinter stand ein protziger Bürostuhl mit Lederbezug, der ihn an Bödemanns Kanzlei erinnerte. Der Schreibtisch war akkurat aufgeräumt, genau so, wie Bröker es bei Schwackmeier vermutet hatte. An zwei Wänden befanden sich Regale, die bis zur Decke mit Akten gefüllt waren. Bröker stöhnte. Selbst wenn es hier Hinweise auf Unregelmäßigkeiten gab: diese Akten zu durchforsten, würde selbst bei Tageslicht Wochen dauern. Wahllos griff er einen der Ordner und schlug ihn auf. Als er ihn an die hellste Stelle des Zimmers getragen hatte, konnte er mühsam die einzelnen Schriftstücke entziffern. Es handelte sich um eine Sammlung sämtlicher Verkehrsübertretungen Schwackmeiers seit dem Jahr 1955. Das war zweifelsohne ein Fund, aber nicht der, den Bröker sich erhofft hatte. Ein zweiter Ordner enthielt die Scheidungsunterlagen, der nun schon mehr als zehn Jahre zurückliegenden Trennung, ein dritter enthielt sämtliche Immatrikulationsbescheinigungen.

Entnervt schob Bröker die Akten wieder ins Regal. So würde er nie fündig werden, er brauchte eine bessere, ja er brauchte überhaupt eine Strategie. Außerdem bemerkte er, dass ihn seine Blase drückte. Im ersten Stockwerk befand sich ein Badezimmer, das aber mit Whirlpool und Massagedusche so großzügig eingerichtet und gleichzeitig so sauber war, dass sich Bröker nicht traute, hier das Klo zu benutzen. Im Erdgeschoss hatte er noch eine Tür gesehen, hinter der er eine Gästetoilette vermutete. Schnell schlich er wieder zurück und stellte zu seiner Erleichterung fest, dass er Recht gehabt hatte. Er klappte die Toilettenbrille hoch und stellte sich vor das Porzellan.

„Hinsetzen!", hörte er die Stimme seiner Mutter. Doch Schwackmeier war schließlich die letzten Jahre ohne Frau gewesen und hatte sich bestimmt auch nicht hingesetzt, dachte Bröker und erleichterte sich. Das Kaugummi in seinem Mund schmeckte auch schon reichlich fad. Kurz dachte er darüber nach, es einfach seinen Hinterlassenschaften hinterher zu spucken. Dann fiel ihm aber ein, dass diese Dinger schrecklich gut schwammen und vermutlich noch in ein paar Jahren in der Toilette herumdümpeln würden. Wenn schon die Fingerabdrücke ihn nicht verraten würden, dann wäre er mithilfe dieses Kaugummis durch jeden DNA-Test zu überführen. Aber wohin mit ihm? Links über der Toilettenschüssel befand sich ein kleines Fenster. Er wollte es schon öffnen, als er auf der Fensterbank einen Papierschnipsel entdeckte. Den konnte eigentlich nur jemand da abgelegt haben, der wie er vor der Schüssel gestanden hatte.

„Ich wusste doch, dass auch Schwackmeier im Stehen pinkelt!" Bröker freute sich, dass seine eigenen Bedürfnisse und die Sitten des Hauses, in dem er zu Gast war, so gut übereinstimmten.

Er griff sich das Papier, wickelte sein Kaugummi darin ein und schob es in die Hosentasche zu dem Flachmann. Dann zog er ab und fuhr zusammen, als er bemerkte, wie laut die Spülung war.

Auf den Schreck musste er noch einmal etwas trinken. Er zog seinen Flachmann aus der Tasche und wollte sich noch einen Schluck Whisky genehmigen. Doch es kam nichts mehr raus. Er schüttelte die Flasche, sie war leer. Erstaunt drehte er sie auf den Kopf, aber es war wirklich kein Tropfen mehr darin.

Er hatte auf dem Spaziergang den ganzen Flachmann geleert.

Vermutlich fühlte sich Bröker auch deshalb ein wenig schwerfällig, ja, genau betrachtet, war er sogar mit einem Mal richtig müde. Er klappte den Toilettendeckel herunter und setze sich ächzend darauf. Ja, das tat gut, einen Moment verschnaufen. Nach ein paar Minuten schreckte er hoch, war das gerade ein Pfiff von Gregor gewesen? Aber hätte der nicht lauter sein müssen? Bröker stützte seinen Kopf in die Hände und diese auf die Knie. Darüber musste er erst einmal nachdenken.

Kapitel 20
Böses Erwachen

Bröker öffnete die Augen. Wo war er? Er hatte geträumt, er wäre zum König von Bielefeld gekrönt worden, Palshöfer und Bödemann waren seine Hofschranzen, während er auf seinem Thron saß und ihnen zusah, wie sie sich eine schwere Eisenkugel, wie sie früher Gefangene um das Fußgelenk trugen, zuwarfen.

Er zuckte zusammen, als er aus den Augenwinkeln eine Bewegung sah, stellte dann aber fest, dass es nur seine eigene Silhouette im Spiegel war. Er sah sich – wenig königlich – zusammengesunken auf einem Klo sitzen. Oh je, nun dämmerte es ihm. Anscheinend war er auf Schwackmeiers Gästetoilette eingeschlafen. Wie lange mochte er wohl geschlafen haben? Durch das Fenster fiel Tageslicht. Bröker wurde mulmig zumute. Gregor fiel ihm wieder ein. Ob der immer noch im Garten Schmiere stand? Bröker wollte schon die Tür aufreißen und nach draußen hasten, als er ein Geräusch hörte. Da musste jemand im Haus sein! Davon also war er aufgewacht! Wieder ein Geräusch, Schritte. Sie konnten nicht weit von der Tür des Gäste-WCs entfernt sein. Bröker sprang auf und presste sich überflüssigerweise an die Wand. Wenn derjenige, der sich im Flur befand, in die Gästetoilette kam, konnte sich Bröker nicht verstecken, der kleine Unterschrank vom Waschbecken würde Bröker wohl kaum Platz bieten und ein anderes Versteck gab es nicht.

Angestrengt lauschte er, wie sich die Schritte durch das Haus bewegten. Vermutlich war jemand von der Polizei zurückgekehrt. Wenn er nur nicht noch mehr Fingerabdrücke nahm! Bröker hörte, wie die Schritte die Treppe ins Obergeschoss hinaufgingen. Langsam, ganz langsam drückte er die Türklinke der Gästetoilette herunter und spähte durch den Türspalt. Es war niemand zu sehen. Rasch zog Bröker seine Schuhe aus und nahm sie in die Hand. Auf Socken und Zehenspitzen ging er zur Kellertreppe und schlich Stufe für Stufe hinab. Noch ein Schritt fehlte, dann hatte er es geschafft! Doch sein einer Fuß glitt durch die rutschigen Socken über die Vorderkante der Stufe und Bröker stolperte auf den Kellerboden. Es gab einen dumpfen Knall, ein Schuh entglitt ihm, den er, kurz bevor er die Erde berühren konnte, auffing. Sein Fuß schmerzte und Bröker unterdrückte einen Wutschrei.

„Ist da jemand?", hörte er eine weibliche Stimme aus dem ersten Stock rufen. Bröker hielt den Atem an. Auch die Stimme zwei Stockwerke weiter oben war ganz still. Aus dem Wohnzimmer hörte Bröker das Ticken einer Uhr. Die Frau vermutlich auch. Dann entfernten sich ihre Schritte im ersten Stock wieder, sie ging zurück in Schwackmeiers Schlaf- oder Arbeitszimmer. Bröker rieb sich den schmerzenden Fuß und schlüpfte wieder in seine Schuhe. Jetzt hieß es, schnell zu verschwinden. Auch diesmal war der Kellerflur natürlich stockfinster. Kurz bevor er die Waschküchentür erreicht hatte, kam Bröker der Gedanke, dass es vermutlich keine gute Idee war, um diese Zeit mit unschuldigem Blick durch Schwackmeiers Garten zu spazieren. Mit Sicherheit war dieser von oben einsehbar, und wenn er von der Person, die gerade mit ihm in Schwackmeiers Haus war, beobachtet werden wollte, wie er aus dem Kellereingang kroch, hätte er auch fünf Minuten zuvor seinem Wutschrei freien Lauf lassen können.

Vorsichtig tastete er die Wand des Kellerflurs ab, bis er einen weiteren Türgriff spürte. Er öffnete sie. Dahinter befand sich Schwackmeiers Hobbykeller. Das war vermutlich ein gutes Versteck. Wer auch immer gerade außer ihm im Haus war, würde ja hoffentlich nicht gerade einen Hammer benötigen.

Der Raum war schmal. An der einen Längsseite war eine Werkbank und darüber hatte Schwackmeier ein Brett angebracht, an dem sein Werkzeug hing. Neben Schraubenziehern verschiedener Größen, Hämmern, Zangen und Feilen fanden sich dort auch mechanische und elektrische Sägen, Bohrer und Instrumente, die Bröker noch nie zuvor gesehen hatte und deren Zweck er nur erraten konnte. Entweder hatte Schwackmeier sein Haus inklusive sämtlicher Möbel selbst gebaut oder er war ein Werkzeugfetischist. Bröker setzte sich auf den Boden. Nun hieß es warten.

Lange Zeit geschah nichts. Bröker dachte wieder an Gregor und hoffte, dass der Junge nicht die ganze Nacht im Garten gewartet hatte. Er würde ihm eine SMS schicken, damit er sich nicht länger Sorgen machte. Er griff in seine Tasche, fand jedoch sein Handy nicht. Natürlich: Als sie gestern aufgebrochen waren, sollte es ein kleiner Abendspaziergang werden, er hatte das Handy wohl nicht mitgenommen. Oder hatte er es in der Gästetoilette liegen lassen? Kalter Schweiß bildete sich auf Brökers Stirn. Nur nicht gleich das

Schlimmste annehmen, versuchte er sich gut zuzureden, fand sich aber nur mäßig überzeugend.

Plötzlich hörte er wieder Schritte. Sie wurden lauter und kamen tatsächlich in den Keller. Himmel, was wollte die Frau ausgerechnet hier! Bröker saß reglos da und traute sich kaum zu atmen. Die Schritte näherten sich der Tür, hinter der er saß, – und gingen an ihr vorüber. Er hörte, wie jemand in der Waschküche hantierte. Neben ihm begann es zu rauschen. Bröker erschrak, aber es war nur die Wasserleitung, die anscheinend auch durch den Hobbykeller lief. Nun hörte er auch das Summen eines Motors. Die Waschmaschine war angestellt worden. Das konnte doch keine Polizistin sein, die an einen Tatort zurückkehrte und dort Wäsche wusch! Bröker kroch auf allen Vieren zur Tür und spähte durchs Schlüsselloch. Doch außer dem Flur, in den nun ein fader Lichtschein aus der Waschküche fiel, sah er nichts.

Er setzte sich wieder. Wenig später hörte er die Schritte wieder nach oben trippeln. Nun bewegten sie sich in dem Zimmer direkt über ihm, liefen von einer Seite auf die andere. Dann wieder treppauf in den ersten Stock. Bröker hätte eine halbe Flasche seines besten Weins dafür gegeben, um zu sehen, wer da im Haus herumlief, und die andere Hälfte, um zu wissen, warum.

Schließlich hörte er die Haustür ins Schloss fallen. Es schien ihm, als drehe sich ein Schlüssel im Schloss, dann war es ruhig. Bröker zwang sich, langsam bis hundert zu zählen. Dann stand er auf und öffnete vorsichtig die Tür. Die Schritte waren nicht mehr zu hören, die Person schien tatsächlich verschwunden, in der Waschküche drehte sich die Trommel der Waschmaschine monoton. Nun, da alles im gedämpften Tageslicht sichtbar wurde, war es auch einfach, nirgends anzustoßen. Bröker warf dem Bügelbrett noch einen wütenden Blick zu und öffnete die Kellertür. Er schaute, die

Luft schien rein. Geduckt verließ er das Haus in Richtung Garten.

Von hier nutzte er den Hinterausgang, der in ein kleines Wäldchen mündete, lief an zwei Grundstücken entlang und nahm von dort einen kleinen Pfad, der wieder auf die Straße traf, an der Schwackmeiers Haus lag. Er blickte die Straße hinauf, um sich zu vergewissern, dass niemand sein Manöver beobachtet hatte. Er sah nur eine Person, Schwackmeiers Nachbarin, die wieder den Kopf aus dem Fenster steckte und jede Bewegung auf der Straße zu bemerken schien. Bröker dankte seiner Eingebung, das Schwackmeier'sche Anwesen nicht einfach durch den Vordereingang zu verlassen.

Dann kam ihm eine Idee. Er ging die wenigen Meter zu Schwackmeiers Haus zurück und schaute zu der Alten, die sich ein Kissen auf das Fensterbrett gelegt hatte, um bequemer nach draußen gucken zu können. Wie schon vor ein paar Tagen verschwand ihr Gesicht, sobald sie merkte, dass sie jemand entdeckt hatte. Und wie beim letzten Mal wandte sich Bröker ab und ihr Kopf tauchte wieder auf. Doch diesmal war er darauf vorbereitet. Blitzschnell wirbelte er herum: „Guten Morgen!", grüßte er mit einem breiten Lächeln. In ihrem Gesicht konnte er einen interessanten Kampf beobachten. Einerseits schien die Frau wieder verschwinden zu wollen, wie ein Kaninchen, das den Fuchs um den Bau herumschleichen wittert. Auf der anderen Seite war Bröker eine willkommene Abwechslung in ihrem Alltag und sie schien gespannt, was er von ihr wollte. Schließlich siegte die Neugier.

„Guten Morgen!", grüßte sie zurück. Ihre Stimme hatte etwas Meckerndes.

„Ist das nicht das Haus von Herrn Schwackmeier?"

„Ja, das ist es", bestätigte die Alte. „Habe ich Sie nicht neulich schon einmal hier gesehen?"

„Ja, das stimmt. Ich wohne hier gleich um die Ecke. Ich habe gehört, Herr Schwackmeier ist gestorben."

„Ermordet wurde er. Vor schon mehr als einer Woche!" Die Augen der Frau leuchteten vor Freude darüber, diese Information weitergeben zu können.

„Haben Sie denn etwas gesehen?"

„Nein, leider nicht!"

„Sagen Sie, habe ich nicht gerade eine Frau dieses Grundstück verlassen sehen?"

„Ja, vor etwa fünf Minuten. Aber dass Sie sie gesehen haben, ist erstaunlich!"

„Ich habe sehr gute Augen, schon immer gehabt."

„Da haben Sie Glück, ich kann schon seit Jahren nicht mehr so gut sehen."

Nun musste Bröker schnell sein, sonst würde er in die Krankengeschichte von Schwackmeiers Nachbarin verwickelt werden.

„Wie kann es denn sein, dass noch jemand im Haus ist, wenn Schwackmeier tot ist?"

„Ach, das war doch nur die Putzfrau. Die wollte sicher nur noch einmal nach dem Rechten sehen."

„Die Putzfrau!" Bröker unterdrückte im letzten Moment ein „Das erklärt einiges". Stattdessen fragte er: „Sie wissen nicht zufällig, wie sie heißt?"

„Yulenka. Ich glaube, Herr Schwackmeier hat sie meist ‚Frau Kusnezow' genannt. Also heißt sie wohl Yulenka Kusnezow."

„Das klingt, als sei sie nicht aus Deutschland."

„Sie ist Russin, spricht aber tadellos Deutsch." Die Alte murmelte noch etwas über die Qualitäten osteuropäischer Putzfrauen, aber Bröker hörte nicht zu. Darum brauchte er sich glücklicherweise nicht weiter zu kümmern. Was war er froh, dass die Putzfrau ihn nicht in dem Haus entdeckt hatte.

„Danke für das nette Gespräch!", unterbrach er die Alte einfach mitten in ihren Ausführungen und machte sich auf nach Hause.

Wenige Minuten später schloss er seine Haustür auf. Es war schon länger her, dass er das letzte Mal von einem nächtlichen Ausflug erst um zehn Uhr morgens heimgekehrt war, und Bröker fühlte sich ein kleines bisschen verwegen. Er war noch nicht ganz im Haus, als ihm schon Gregor entgegenstürzte: „Bröker, Mensch! Alles in Ordnung? Wo warst du denn nur die ganze Nacht?"

Der Junge schien sich ernsthaft Sorgen gemacht zu haben und Bröker musste lachen. Einerseits, weil ihm auffiel, dass die Situation genau andersherum hätte sein müssen: Er, der Ältere, hätte auf den Jüngeren warten und ihn ins Gebet nehmen müssen, weil er sich die halbe Nacht herumgetrieben hatte. Andererseits auch, weil er sich ein wenig schämte.

„Ist ja gut, nun bin ich wieder da!", versuchte er abzuwiegeln.

„Das sehe ich, aber wo bist du gewesen?"

„Na da, wo du mich zurückgelassen hast, in Schwackmeiers Haus natürlich!"

„Und wieso bist du nicht nach draußen gekommen, als ich gepfiffen habe?"

„Du hast gepfiffen?"

„Ja, sogar mehrfach, bis ich Angst hatte, ich wecke die komplette Nachbarschaft auf."

„Da muss ich schon geschlafen haben." Bröker senkte den Blick.

„Du hast was?"

„Na ja, ich wurde plötzlich so müde und habe mich nur für einen Moment auf der Gästetoilette auf den Klodeckel gesetzt. Dabei sind mir wohl die Augen zugefallen."

„Bröker, du bist echt unglaublich!" Gregor prustete laut.

„Das ist das Senilste, was ich je von einem Menschen gehört habe. Bist du sicher, dass du erst 41 bist? Du solltest dich mal untersuchen lassen!" Nach einer Pause setzte er hinzu: „Hast du denn da drinnen wenigstens irgendetwas entdeckt, was uns helfen könnte, Palshöfer aus der U-Haft zu befreien?"

Bröker druckste herum. Aber es blieb ihm nichts anderes übrig, als es zuzugeben.

„Nein, leider nicht. Es war ja auch stockfinster und ich konnte kein Licht machen. Aber warum hast du denn gepfiffen?" Bröker versuchte das Gespräch auf ein anderes Thema zu bringen, sonst würde der Junge noch am Abend über ihn lästern und er hätte dem nichts entgegenzusetzen.

„Ach, es war mal wieder wegen Anna."

„Was ist mit Anna?"

„Die üblichen Geschichten. Ich scheine ja Menschen magisch anzuziehen, denen es schwerfällt, mit dem Eigentum anderer Leute angemessen umzugehen."

„Na ja, als Hacker bist du ja auch nicht viel besser … "

„Aber ich steige nicht in fremder Menschen Wohnungen ein, Bröker!"

„Anna ist eingebrochen?" Bröker versuchte abermals, von seiner eigenen nächtlichen Eskapade abzulenken.

„Nein, Anna ist noch etwas durchgeknallter als du!"

„Was hat sie gemacht?"

„Ach, sie macht gerade von der Schule aus ein Praktikum. Das heißt, sie hat es bis gestern gemacht. Da sie sich sehr für Pflegeberufe interessiert, wollte sie das Praktikum gern in einem Krankenhaus machen und das *Franziskus-Hospital,* du weißt schon, das *Klösterchen,* hat sie auch genommen und sie zu den Krebspatienten auf die Onkologie gesteckt. Gestern hatte sie die Abendschicht. Deshalb hatte ich ja auch den ganzen Abend Zeit."

„Und wo liegt das Problem?"

„Als sie nach Hause gehen wollte, ist ihr im Schwesternzimmer ihre Tasche heruntergefallen und drei Perücken von Patienten, denen durch Bestrahlung die Haare ausgegangen sind, purzelten den anderen Schwestern vor die Füße."

Bröker schluckte. Er wollte zunächst von dem verschwundenen Gebiss seiner Mutter berichten, fand aber dann, dass Gregor für den Moment genügend skurrile Geschichten über seine Freundin gehört hatte.

„Jedenfalls hat sie mich völlig aufgelöst angerufen, während ich vor Schwackmeiers Haus Schmiere stand, und mir gesagt, dass sie meine Hilfe braucht", fuhr der Junge fort. „Darum habe ich auch versucht, dich aus Schwackmeiers Haus zu pfeifen."

„Und was hast du gemacht, als ich nicht gekommen bin?"

„Irgendwann bin ich gegangen, hab meinen Roller geholt und bin zum *Klösterchen* gefahren. Dort hatten sie schon begonnen, Anna zu verhören. Ich habe ihnen erklärt, dass sie Kleptomanin ist."

„Und nun?"

„Sie haben sie schließlich um ein Uhr nachts nach Hause gefahren. Natürlich haben ihre Eltern dadurch alles mitgekriegt und haben wieder einmal einen Aufstand gemacht, obwohl sie doch wissen, was mit ihr los ist. Sie verstehen einfach nicht, dass Anna das nicht aus Spaß macht. Es ist doch kein Zufall, dass sie ständig solche Dinge mitgehen lässt, mit denen sie aus materieller Sicht überhaupt nichts anfangen kann – es hat ganz andere Gründe, warum sie das macht ... Aber ich habe manchmal das Gefühl, dass mein Verständnis ihr auch nicht hilft, ich komm einfach nicht nah genug an sie ran."

Bröker war das Gespräch etwas unangenehm. Ihm fehlte das Gespür dafür, sich in Annas Situation hineinversetzen zu können, er war einfach außer Übung in solchen Dingen, andererseits sah er, wie nah das Ganze Gregor ging. So stand er etwas verlegen herum und wusste nicht richtig, was er auf all das antworten sollte.

„Und wie geht es denn nun mit ihr weiter?"

„Ich weiß es nicht. Sie ist ja schon in Behandlung wegen ihrer Kleptomanie. Jedenfalls werde ich gleich zu ihr fahren, um sie und auch ihre Eltern ein wenig zu beruhigen."

„Ja, mach das, das hört sich richtig an."

„Aber versprich mir eins, Bröker."

„Was?"

„Brich in der Zwischenzeit nicht wieder in fremder Leute Häuser ein und wenn doch, dann penn wenigstens nicht auf dem Klo ein!"

Bröker musste lachen: „Dazu bin ich viel zu müde!"

Aber da hatte der Junge sich schon seinen Helm geschnappt und war aus dem Haus gelaufen.

Kapitel 21
Brainstorming

Alle wachen Tage waren für Bröker unterschiedlich, aber an allen müden Tagen war er auf dieselbe Art müde. Und dieser Tag war ein müder Tag. Er fühlte sich wattig an. Auch wenn er auf Schwackmeiers Gästetoilette wohl gut und gerne neun Stunden geschlafen hatte, so war dies kein erholsamer Schlaf gewesen. Und so beschloss er, dass ein Nickerchen ihm an diesem Tag, der so aufregend begonnen hatte, nun gut tun würde. Er war zu faul, nach oben zu gehen und legte sich daher gleich im Wohnzimmer in einen der Cordsessel. Draußen zog mal wieder ein Tiefdruckgebiet auf. Bröker wickelte sich in eine alte Kamelhaardecke ein und Uli sprang auf seinen Schoß und die beiden schliefen ein.

Bröker erwachte ein paar Stunden später. Zum einen, weil inzwischen ein kräftiger Wind ums Haus pfiff und der Regen an die Scheiben des Wohnzimmerfensters prasselte, zum anderen weil sein Magen knurrte. Uli lag noch immer auf seinem Schoß. Bröker blinzelte. Die Uhr an der alten Stereoanlage zeigte 14:40 Uhr. Kein Wunder, dass er Hunger hatte, er hatte den ganzen Tag noch nichts gegessen!

„Uli, aufstehen!", rief er in der Hoffnung, dadurch nicht nur den Kater, sondern auch sich selbst zu motivieren. Dann schälte er sich aus der Decke und schlurfte zum Kühlschrank. Dessen Innenleben bot ein trauriges Bild. Da er den Vortag über im Bett verbracht hatte, war nur das vorhanden, was Gregor eingekauft hatte, und das meiste davon hatte der schon für seine Bolognese-Soße verbraucht. Nur ein paar Eier waren noch da, ein halber Liter Milch, ein wenig Schinken und drei Scheiben Käse. Ein halber Laib Brot lag in einem Korb auf dem Kühlschrank. Bröker überlegte, in der *Wunderbar* ein ausgedehntes Frühstück zu sich zu nehmen, etwas, was dort zu beinahe jeder Uhrzeit serviert wurde. Ein Blick auf die Fensterscheiben, an denen der Regen in breiten Bächen hinunterlief, überzeugte ihn jedoch, lieber zu Hause zu bleiben. Also schlug er sich die Eier in die Pfanne, verfeinerte das Ganze mit Milch, schnitt den Schinken und ein paar Zwiebeln hinein und pfiff schon fröhlicher, als ihm der Duft angebratener Zwiebeln in die Nase kroch. Er würzte sein Rührei und brühte sich nebenbei einen Kaffee auf. Dann würde er eben seinen Sonntag hier verbringen! Sonntag, war es wirklich schon wieder Sonntag? Dann war Palshöfer nun schon seit acht Tagen in Untersuchungshaft. Bröker dachte an sein Gespräch mit Mütze vor einer Woche, während sein Rührei goldgelb wurde. Da war ja auch das denkwürdige 6:6 der Arminia gewesen. Himmel!

Heute spielte die Arminia ja auch. Er schaute zur Uhr und

riss sofort das Rührei vom Herd. Das Spiel hatte vor fünf Minuten begonnen. Er kippte das Rührei auf seinen Teller und schnitt sich eine dicke Scheibe Brot dazu ab. Nun noch schnell den Kaffee in einen Becher! Jeden anderen, der so mit einer Mahlzeit umgegangen wäre, hätte Bröker schwer getadelt. Dies aber war ein Fall höherer Gewalt. Bröker stapelte alles auf ein Tablett und lief ins Wohnzimmer, wo er beinahe über Uli gestolpert wäre, der sich quer vor die Wohnzimmertür gelegt hatte. Hastig platzierte er alles auf dem Couchtisch und stellte die Anlage an. Erst als das Radio lief, legte sich seine Aufregung ein wenig – nur um gleich darauf zurückzukehren. Der Lokalsender *Radio Bielefeld*, der das Spiel aus Fürth live übertrug, meldete, dass die Arminia schon in der dritten Minute durch ein Eigentor des Innenverteidigers in Rückstand geraten war. Auch sonst war das Spiel in den Augen des Reporters nicht sonderlich ansehnlich. Bröker stöhnte. Natürlich ging es um nichts mehr, die Arminia würde mit jedem Spielergebnis irgendwo im Tabellenmittelfeld der zweiten Liga landen, was für sich genommen schon schlimm genug war. Dennoch schmerzte Bröker jede Niederlage seines Clubs und er hatte auch schon dunkle Vorahnungen bezüglich der nächsten Saison, denn die Geldgeber, die es erlauben würden, dass sich der Kader der Arminia deutlich verbesserte, sah er nicht. Manchmal fragte er sich, warum er ausgerechnet in einer Stadt hatte zur Welt kommen müssen, deren Fußballverein wie ein Jo-Jo zwischen den beiden Bundesligen auf und ab hüpfte. Einzig sein spätes Frühstück half ihm aus diesen betrüblichen Gedanken. Das Rührei war ihm gut gelungen und der gebratene Schinken darin verströmte ein köstliches Aroma, wenn er ihn knackend zwischen seinen Zähnen zerbiss. Das änderte allerdings nichts am Spiel der Bielefelder Fußballer, die mit einem Rückstand in die Pause gingen.

Immerhin war die Halbzeit eine Möglichkeit, sich noch einen Kaffee zu holen. Bröker hatte gerade die Küche betreten, als im Flur das Telefon klingelte. Er überlegte, nicht abzunehmen, wie er es sonst immer während der Fußballübertragungen hielt, doch nun konnte es um etwas gehen, das Palshöfer vielleicht half, und nach dem dritten Klingeln hielt er es nicht mehr aus.

„Bröker!", meldete er sich in dem Versuch, seine Stimme möglichst unhöflich klingen zu lassen.

„Hallo B., hier ist Charly!", antwortete die Stimme am anderen Ende der Leitung.

„Mensch, Charly, weißt du denn nicht, wann die Arminia spielt!" Dabei wunderte es ihn, dass er sich Charly gegenüber so verhielt.

Doch sie nahm es ihm nicht krumm. „Ich weiß nicht nur, wann sie spielen, ich weiß auch, wann sie Pause haben! Und das, obwohl ich mich nicht mal für Fußball interessiere." Bröker konnte Charlys triumphierendes Lächeln geradezu sehen.

„Und da war dir ein bisschen langweilig und du hast gedacht: Rufst du mal den guten, alten Bröker an, ja?"

„Genau, ich dachte mir, du hast bestimmt in der Halbzeit nichts zu tun."

„Weit gefehlt. Ich koche gerade!" Dass es nur Kaffee war, musste er Charly ja nicht direkt auf die Nase binden. Immerhin fühlte er sich nicht wirklich schlecht bei dieser kleinen Lüge, da er das Telefon zwischen Schulter und Kinn eingeklemmt hatte und gerade die Kaffeemaschine befüllte.

„Ach komm, B., wer soll das glauben? Na ja, du weißt ja, die Pause ist nicht lang, darum lass mich zur Sache kommen."

„Ja, bitte!" In diesem Moment nahm die Kaffeemaschine ihren Betrieb auf, was nicht nur Charlys Stimme schwerer verständlich machte, sondern diese auch laut zum Lachen brachte.

„Ach, du kochst Kaffee! – Du bist wirklich unglaublich! Aber lass mich erzählen, warum ich anrufe. Ich möchte in der morgigen Ausgabe noch etwas über Schwackmeier beziehungsweise Palshöfer bringen. Gibt es denn da etwas Neues zu berichten?"

Bröker stockte einen Moment. Beinahe hätte er ihr von seiner Nacht in Schwackmeiers Villa berichtet. Er musste immer noch etwas verschlafen sein, schließlich war eine Journalistin bestimmt nicht der Hort der Verschwiegenheit, dem man seine Geheimnisse anvertrauen wollte. Wobei Charly da eigentlich schon eine Ausnahme bildete, soweit er sich erinnerte. Aber die ganze Sache schien ihm zu heiß, um auf diese alten Empfindungen zu vertrauen, und er hatte ja auch noch nicht einmal etwas herausgefunden.

„Ich hatte zwischendurch Schwackmeiers Exfrau in Verdacht. Du weißt, da gab es vor zehn Jahren eine sehr schmutzige Scheidung."

„Ja, ich erinnere mich. Gute Idee. Hast du etwas herausgefunden?"

„Ich bin nicht sicher, ob sie es gewesen sein könnte. Sie hat zwar ein ganz gutes Motiv, nicht nur die Trennung vor zehn Jahren, sie profitiert auch finanziell vom Tod Schwackmeiers und erbt wohl noch einiges. Aber ich würde es ihr nicht wirklich zutrauen." Bröker berichtete von Frau Bollmanns zweiter Ehe, dem Tod ihres letzten Mannes und seinem Besuch in Avenwedde, wobei er allerdings seinen Versuch, eine Portion Wurstebrei zu bezwingen, ausließ. Charly schien sich am anderen Ende der Leitung wieder Notizen zu machen.

„Danke, B.!", sagte sie dann. „Ich werde mal sehen, was sich daraus machen lässt. Und gib mir Bescheid, wenn du etwas Neues hörst."

„Mache ich." Bröker schaute auf die Uhr: „Charly, die zweite Halbzeit hat schon begonnen."

„Dann viel Glück und noch einmal danke!"

Bröker lief ins Wohnzimmer zurück, in dem Uli der Reportage von *Radio Bielefeld* teilnahmslos zuhörte. Er hatte sich in Brökers Sessel gefläzt und war dort eingeschlafen. Und auch Brökers Freude hielt sich anfänglich sehr in Grenzen: Wieder hatte das Spiel schon begonnen und wieder hatte die Arminia in den ersten Minuten ein Gegentor kassiert. Missmutig verscheuchte Bröker Uli aus dem Sessel und setzte sich. Er wusste nicht, ob er sich freuen oder ärgern sollte, die einzigen beiden Treffer des Spiels verpasst zu haben. Alles an diesem Tag schien zu dem stürmischen Regenwetter draußen zu passen.

Anders als das Wetter wurde das Spiel oder zumindest das Ergebnis aber im Laufe der zweiten Halbzeit besser. Eine Viertelstunde vor Schluss erzielte die Arminia den Anschlusstreffer und in der Nachspielzeit bekamen die Bielefelder sogar noch einen Foulelfmeter zugesprochen, den der Verteidiger, der mit seinem Eigentor den frühen Rückstand verschuldet hatte, knallhart in die Mitte des Tores versenkte. 2:2 in Fürth, das war ein würdiger Abschluss einer durchwachsenen Saison, fand Bröker. Er schaltete das Radio aus.

In der Küche stellte er fest, dass er nichts mehr übrig gelassen hatte, aus dem er sich ein Abendessen zubereiten konnte. Ins Restaurant zu gehen, fiel jedoch buchstäblich ins Wasser. Er hörte, dass der Regen inzwischen um sein Haus herum große Pfützen gebildet hatte, in die es kräftig weiter hineinschüttete. Dazu war es so dunkel, dass Bröker das Licht anschalten musste. Nein, bei diesem Wetter wollte er nicht essen gehen. Blieb noch das Pizzataxi. Jedoch war Bröker bei der Vorstellung, alleine essen zu müssen, insgesamt schlecht gelaunt. Er hätte es ihm gegenüber nicht zugegeben, aber er vermisste den Jungen. Mit ihm hätte er auch beratschlagen können, wie er denn dem armen Palshöfer noch helfen konnte. Aber es schien, als sei Gregor an diesem Tag ganz mit den Problemen seiner Freundin beschäftigt.

Bröker schimpfte innerlich ein wenig, dass Charly nicht jetzt anrief. Stattdessen drängte sie ihm ein rasches Gespräch in der Halbzeit auf. Nun, nach dem Spiel, hätten sie alle Zeit der Welt gehabt, ihre Mutmaßungen über den Tathergang auszutauschen.

Missmutig setzte sich Bröker ins Wohnzimmer und zog ein Buch hervor. Aber er wollte ja eigentlich nicht lesen, er wollte sich unterhalten. Nur ungern gestand er sich ein, dass er sich einsam fühlte. Vielleicht würde der Junge bald kommen, dann könnten sie eine Pizza bestellen. Aber den Gedanken hatte er ja schon gehabt. Zur Pizza würde am besten ein kräftiger Rotwein aus Italien passen. Bröker ging in den Weinkeller. Der Anblick seines Weinregals, in dem gut 200 Flaschen lagerten, hob seine Laune ein wenig. Er wählte einen Vino nobile di Montepulciano aus dem Jahre 2005 und trug ihn nach oben. Eigentlich könnte er ihn auch schon öffnen und dekantieren, umso besser wäre der Geschmack nachher.

Bröker hielt inne. Nein, er würde ihn nicht öffnen. Wenn er ihn erst geöffnet hatte, das wusste er, würde er es auch eine gute Idee finden, ihn schon einmal zu probieren, und schnell wäre die erste Flasche leer, bevor die Pizza überhaupt bestellt war. Der Wein sollte warten, er müsste dann später eben etwas kräftiger atmen, das würde ihm bestimmt nicht zu sehr schaden. Bröker fand es beruhigend, dass er auf den Wein verzichten konnte. Er war also dem Alkohol doch noch nicht gänzlich verfallen.

Um sich abzulenken, ging er noch einmal alle Fakten durch, die er zu Schwackmeier gesammelt hatte. Leider hatte sein Besuch in der Villa in der gestrigen Nacht ja wenig ergeben. Gut zumindest, dass er nicht erwischt worden war. Schon verrückt, welche Gefahren er bereit war, auf sich zu nehmen, um Palshöfer aus der Untersuchungshaft zu befreien. Hätte ihn jemand gesehen, er wäre ins Gefängnis gewandert – und im Gegensatz zu Palshöfer sogar zu Recht. Andererseits hatte er ja auch Palshöfer erst in diese Lage gebracht. Hätte er Mütze gegenüber bloß nichts von Palshöfer erwähnt! Dennoch, war es nicht auch die Sache seines Anwalts, ihn da rauszuhauen? Der streute stattdessen merkwürdige Gerüchte über den Fluchttunnel von der Sparrenburg. Dieser Bödemann!

Aber vielleicht war es eine gute Idee, Bödemann anzurufen, um zu hören, wie weit er denn mit seiner Verteidigungsstrategie für Palshöfer gekommen war. Irgendwas musste er ja in den letzten Tagen gemacht haben. Bröker holte das Telefon und ließ sich die zuletzt gewählten Nummern anzeigen. Bei Bödemanns Nummer drückte er auf Wahlwiederholung. Er ließ es fünf Mal schellen, bis sich ein Anrufbeantworter meldete. Richtig, das war ja Bödemanns Büronummer, selbst dieser saß vermutlich am Sonntagabend nicht an seinem Schreibtisch, zumindest nicht in der Kanzlei. Aber viele Freunde hatte Bödemann bestimmt auch nicht. Wo hatte sich Bröker nur Bödemanns Handynummer notiert? Er wollte im Adressbuch seines Mobiltelefons schauen, fand es aber nicht. Ach ja, das war ja sowieso ausgefallen, als er mit ihm gesprochen hatte. Bröker wühlte in seinem Portemonnaie, in dem er alles sammelte, von dem er glaubte, dass es irgendwann noch einmal wichtig sein könnte. Auf der Rückseite einer Caférechnung fand er die Nummer eines Handys. Er tippte sie in sein schnurloses Telefon. Nach dem zweiten Klingeln meldete sich Bödemann.

„Bröker hier, guten Abend!"

„Guten Abend, Bröker. Ein Anruf am Sonntagabend? Hat man Sie in die Zelle neben Palshöfer gesetzt oder ist Ihnen einfach langweilig?"

Bröker erschrak, konnte man seinen Gemütszustand schon an der Begrüßung ablesen? Er hielt das Telefon ein wenig von seinem Kopf entfernt, als könne er so unerwünschte Gedankenübertragung vermeiden. Außerdem hatte er den Eindruck, als verströme Bödemanns Stimme einen unangenehmen Geruch.

„Nichts von alledem. Ich denke nur gerade an Palshöfer und ich wollte fragen, wie Ihre Verteidigung gedeiht?"

„Ich versuche, Zweifel an seiner Schuld zu säen. Er hat ja für die Tatzeit kein Alibi."

„Indem Sie in den Zeitungen drucken lassen, der Täter sei über den Fluchttunnel der Sparrenburg in Schwackmeiers Haus gekommen?"

„Nun ja, so etwas wäre doch zumindest denkbar. Darauf kommt es doch an, dass die Polizei und Staatsanwaltschaft auch andere Möglichkeiten in Betracht ziehen, wie Schwackmeier ums Leben gekommen sein könnte."

Bödemann lachte gekünstelt, wieder roch es seltsam und Bröker hatte den Eindruck, es wäre besser, das Telefon noch ein wenig weiter von sich wegzuhalten.

„Nein, es wäre nicht denkbar. Ich habe es ja gesehen!"

„Wie?"

Bröker fluchte innerlich. Wieder war ihm etwas herausgerutscht, was er besser nicht gesagt hätte. Dass es ihm auch nicht einmal gelang, die Klappe im richtigen Augenblick zu halten!

„Ich wollte nur sagen, ich kenne Schwackmeiers Haus von früher. Ich wüsste nicht, wo da ein Zugang zu einem Tunnel sein sollte."

„Ach so."

Er hatte die Situation gerade noch einmal gerettet.

„Haben Sie denn einen Verdacht, wer Schwackmeiers Mörder sein könnte?"

Zum zweiten Mal an diesem Tag berichtete Bröker von seinem Besuch bei Schwackmeiers Exfrau und davon, dass seine bisherigen Bemühungen eher dazu geführt hatten, potenzielle Täter zu entlasten. Seinen Besuch bei Achim Großkreutz verschwieg er aber, da er nach seinem Besuch dort fand, er müsse mehr in der Hand haben als nur den Namen auf einer Liste, die Gregor im Internet gefunden hatte. Bei diesem Großkreutz befürchtete er ansonsten einige Gegenwehr.

„Trotzdem finde ich seine Exfrau eine gute Spur. Dass ihre beiden Ehemänner beinahe gleichzeitig starben, ist doch auffällig."

„Ja, das stimmt schon. Dennoch fand ich ihr Verhalten eher unverdächtig, glauben Sie mir, Bödemann!"

„Darauf kommt es ja nicht an. Wir müssen nicht den Mörder Schwackmeiers präsentieren, sondern nur berechtigte Zweifel daran streuen, dass es Palshöfer gewesen ist."

„Nun gut, Ihr Wort in Gottes Gehörgang, wenn ich mich recht entsinne, haben Sie mir neulich bei meinem Besuch in Ihrer Kanzlei noch etwas anderes gepredigt."

Bröker fand nach wie vor, dass der überzeugendste Beweis für Palshöfers Unschuld wäre, den richtigen Mörder vorzuführen, aber er wollte, dass dieses Telefonat mit Bödemann ausnahmsweise einmal nicht abrupt endete. Darum schloss er friedlich: „Es scheint, als hätten wir beide noch ein paar Hausaufgaben zu machen."

„Ja, ich würde sagen: an die Arbeit. Auf Wiederhören, Bröker!"

Kernig wollte Bödemann das Telefonat beenden.

„Einen Moment noch, Bödemann."

„Ja, bitte?"

„Sagen Sie, Sie haben nicht zufällig heute Abend Knoblauch gegessen?"

„Doch natürlich, ich habe gerade Gyros gegessen. Wie kommen Sie darauf?"

„Ach, es war nur so eine Idee, auf Wiederhören!", murmelte Bröker und hörte noch, wie Bödemann einhängte.

Nachdenklich schaute Bröker auf den Notizzettel, den er vorhin erstellt hatte. Alle Verdachtsmomente schienen in eine Sackgasse zu führen.

Immerhin könnte er vielleicht noch einmal die Putzfrau befragen. Wenn sie auch nach Schwackmeiers Tod noch sauber gemacht hatte, war ihr vielleicht etwas aufgefallen. Wie hieß sie noch gleich? Yulenka Kusnezow oder so ähnlich. Plötzlich dämmerte Bröker etwas. Der Name Kusnezow war ihm doch in letzter Zeit schon einmal aufgefallen. Ja, jetzt erinnerte er sich. Auf der Liste, die ihm Gregor gegeben hatte, hieß jemand Kusnezow. Bröker ging in das Bücherzimmer, wo die Liste noch immer auf dem Drucker lag. Da, auf der zweiten Seite fand er gleich viermal den Namen „Kusnezow", aber niemand davon hieß Yulenka mit Vornamen. Vermutlich war Kusnezow in Russland so häufig wie „Schmidt" in Deutschland. Schlimm musste es sein, wenn man einen Chinesen suchte, dachte er. Bröker hatte einmal gelesen, dass sich beinahe alle Chinesen auf 20 Familiennamen verteilten. Es gab Namen, beispielsweise Li, die mehr als einhundert Millionen Chinesen trugen. Bröker schauderte bei dem Gedanken, er müsse jemanden mit diesem Namen aufspüren, und steckte die Liste in seine Hosentasche.

So in Gedanken vertieft, erschrak Bröker, als mit einem Male Gregor wie so oft von Geisterhand in der Tür stand.

„Na Bröker, was brütest du schon wieder aus?", grinste er. Bröker lachte zurück. Nun konnte er Pizza bestellen. Der Abend war gerettet.

Kapitel 22
Klein-Chicago

Bröker erwachte am Montag mit einem guten Gefühl. Er erinnerte sich nicht mehr, ob er und wenn ja, was er geträumt hatte, und war angesichts dessen, wie seine letzten Träume geartet waren, auch nicht unglücklich darüber. Ausgeschlafen schwang er sich aus dem Bett: Es wartete eine Aufgabe auf ihn! Heute, so hatte er sich vorgenommen, würde er Yulenka besuchen. Natürlich war es übertrieben, große Hoffnungen darauf zu setzen, dass sie zur Aufklärung des Mordes an Schwackmeier beitragen konnte, aber im Moment war sie der einzige Anhaltspunkt, dem Bröker überhaupt noch nachgehen konnte. Gregor hatte ihm noch am Abend zuvor geholfen, ihre Adresse zu finden. Im elektronischen Telefonbuch war sie zwar nicht verzeichnet gewesen, das hatte Bröker zuerst festgestellt, aber Gregor hatte sich umstandslos in das Melderegister des Einwohnermeldeamts eingehackt und wenig später eine Adresse im Bielefelder Osten im Stadtteil Baumheide gefunden, wo Yulenka noch bei ihren Eltern gemeldet war. Das hatte Bröker einen erneuten Gang zum Bürgeramt erspart. Die sieben Euro für die Adresse hätte er wohl bezahlt, er fürchtete aber, dass man sich dort die kleine Lüge um das Klassentreffen, das er angeblich organisierte, gemerkt hatte.

Dank seines Plans fiel Brökers Frühstück vergleichsweise karg aus. Er verzichtete auf das obligatorische Rührei, schon allein deshalb, weil keine Eier im Haus waren, und beschränkte sich auf einen starken Kaffee und zwei Scheiben Brot. Dazu überflog er die Schlagzeilen der Bielefelder Lokalblätter. Charly hatte die Frage „Wer ermordete Schwackmeier?" am Köcheln gehalten. Allerdings wirkte ihr Artikel aufgrund der spärlichen neuen Verdachtsmomente ein wenig fad. Dazu las Bröker den Spielbericht des gestrigen Spiels der Arminia. Sowohl die *Neue Westfälische* als auch das *Westfalen-Blatt*, das auf Sport besonderen Wert legte, waren sich einig, dass den Bielefeldern mit den schon angekündigten Abgängen für die nächste Saison eine schwere Spielzeit bevorstand. Bröker seufzte: Er würde wohl noch ein paar Jahre lang leiden müssen, bis die Arminia wieder erstligatauglichen Fußball bot. Dann machte er sich auf den Weg, um Schwackmeiers Putzfrau aufzusuchen.

Glücklicherweise hatte der Starkregen des letzten Tages aufgehört, Bielefeld lag nur noch unter einer dichten Wolkendecke.

Beinahe schönes Wetter, dachte Bröker zufrieden.

Für den Besuch bei Yulenka hatte er sich diesmal auch schon vorher zurechtgelegt, in welcher Rolle er auftreten wollte. Nach kurzem Überlegen hatte er beschlossen, sich nicht wieder als Journalist auszugeben. Er hatte sich bei Schwackmeiers Exfrau zu unwohl dabei gefühlt und außerdem fiel ihm kein guter Grund ein, warum denn ausgerechnet die Putzfrau des ehemaligen Bankdirektors zu seinem Tod interviewt werden sollte. Er würde sich also nicht verstellen, sondern als der erscheinen, der er war: Bröker, ein Freund des Hauptverdächtigen in diesem Fall, der fest von dessen Unschuld überzeugt war.

Beim Verlassen des Hauses dachte Bröker noch, dass es heute vermutlich eine gute Idee gewesen wäre, einen Regenschirm mitzunehmen. Aber um dafür noch einmal umzukehren, war er zu faul. So hoffte er einfach, dass der Wettergott dieses Mal ein Einsehen haben würde, auch wenn der definitiv kein Bielefelder war. Außerdem würde er ja sowieso vornehmlich mit der Stadtbahn fahren.

Er bestieg am Landgericht die Linie 2 in Richtung Milse und verließ sie eine knappe Viertelstunde später an der Haltestelle „Baumheide" wieder. Hier hatte Bielefeld einen ganz anderen Charakter als in Brökers Wohngegend am Sparrenberg. Im Charme der Architektur der 60er und 70er Jahre des letzten Jahrhunderts waren zu jener Zeit dort bis zu zehnstöckige Hochhäuser errichtet worden, die in der Umgebung Berlins oder Frankfurts nicht weiter aufgefallen wären. In Bielefeld aber hatten sie genügt, um dem Stadtteil Baumheide in Brökers Jugend den Beinamen „Klein Chicago" und einen Hauch von sozialem Brennpunkt zu verleihen. Bröker war noch nicht oft hier gewesen und er erinnerte sich nicht, ob ihm jemals aufgefallen war, dass es in Baumheide neben den weithin sichtbaren Wohntürmen auch Reihen- und Einfamilienhäuser gab. Er orientierte sich rasch und ging dann auf eine Hochhaussiedlung dicht an der Herforder Straße zu. Laut Hausnummer und Gregors Recherchen wohnten die Kusnezows im mittleren der drei Wohnsilos. Die Eingangstür stand offen. Bröker überflog die Klingelschilder. In dem achtstöckigen Gebäude wohnten 48 Parteien, die Kusnezows fand er im sechsten Stock.

Natürlich hing vor dem Aufzug ein Pappschild „auser Betrib".

Bröker begann fluchend die Treppen nach oben zu steigen. Wenn es Gott gab, schien der einen verteufelt schwarzen Sinn für Humor zu besitzen – und Bröker schien eines seiner liebsten Opfer zu sein. Wahrscheinlich war er einfach aufgrund seiner Körperfülle von da oben aus besonders gut zu sehen.

Das Treppenhaus war von einem intensiven Geruch nach gebratenem Fisch erfüllt. Oder genauer: Es roch, als habe jemand am Vortag Fisch gebraten. Oder noch genauer: Es roch, als habe jemand die ganze vergangene Woche über Fisch gebraten, und zwar direkt im Treppenhaus.

Im ersten Stock sah Bröker eine Tür, vor der ein Kehr-

blech samt Besen im Miniaturformat hing. Auf dem Kehr-
blech stand „Heute kehre ich".

„Bestimmt eine Schwäbin!", war sich Bröker sicher. Im
vierten Stock hatte Bröker, der mittlerweile ein wenig kurz-
atmig geworden war, das Gefühl, beobachtet zu werden.
Tatsächlich öffnete sich eine der Türen, als er sich schon auf
den Stufen in den fünften Stock befand, und eine Frau mit
einem magentafarbenen Morgenmantel und Lockenwick-
lern im Haar schaute hinaus.

„Bringen Sie das *Goldene Blatt*?"

„Nein, ich trage nur die *Bäckerblume* aus", antwortete Bröker.

„Oh, die lese ich auch gerne. Haben Sie noch eine für
mich?"

„Leider ist das letzte Exemplar schon vorbestellt!"

Im sechsten Stock angekommen hielt er einen Moment
inne und holte dreimal tief Luft. Dann drückte er die Klingel unter dem Namensschild „Kusnezow". Hinter der braunen Wohnungstür hörte er einen Gong. Irgendwo im Haus
kläffte ein Hund. Aus der Wohnung näherten sich schlur-
fende Schritte, eine Frau von Ende 50 öffnete die Haustür.
Auch hier schlugen Bröker Essensgerüche entgegen, allerdings kam der durchdringende Fischgeruch wohl nicht aus
diesem Appartement, denn der Duft, den Bröker gerade vernahm, war eigentlich recht verlockend.

„Guten Tag!", begrüßte ihn die Frau mit deutlich russischem Akzent.

„Guten Tag, mein Name ist Bröker."

„Bitte, können nichts kaufen."

„Ich will auch nichts verkaufen", beeilte sich Bröker zu versichern. „Ich würde gerne mit Yulenka sprechen."

„Yulenka ist meine Tochter."

„Ja und die hätte ich gern gesprochen."

„Yulenka arbeiten, immer kellnern und putzen, ganze Tag."

Daran hatte Bröker nicht gedacht: Natürlich arbeitete Yulenka.

„Wann kommt sie denn wieder?"

„Erst abends. Aber sie essen hier immer Mittag. Vielleicht sie kommt in halbe Stunde."

„Dann komme ich dann wieder, wenn ich darf."

„Können gern hier warten."

„Ja, wenn Ihnen das nichts ausmacht, gerne."

Bröker betrat die Wohnung, die so altertümlich eingerichtet war, dass ihm dies auffiel, obwohl ja auch seine Einrichtung nicht gerade aus dem Werbeprospekt eines Möbelhauses stammte. Frau Kusnezow schien seinen Blick bemerkt zu haben.

„Alle Möbel aus Heimat. Noch von Hand gemacht", erklärte sie.

„Ja, sehr schön", schwindelte Bröker ohne schlechtes Gewissen, denn im Grunde seines Herzens war es ihm ziemlich egal, wie eine Wohnung eingerichtet war.

„Bitte kommen hier in Kiche!", führte ihn Yulenkas Mutter weiter. „Ich koche gerade."

„Ja, es duftet auch schon."

„Ist Borschtsch. Gut."

„Aha?", sagte Bröker neugierig, der eigentlich nur wusste, dass Borschtsch rot war und hinten acht Konsonanten hatte. Bevor er sich allerdings genauer erkundigen konnte, hörten beide einen Ruf oder Schrei aus einem der Nebenzimmer. Bröker konnte kein Wort identifizieren, es klang eher, als versuche jemand mit einem Schwamm im Mund zu rufen.

„Moment bitte!", entschuldigte sich Frau Kusnezow und verschwand. Bröker hörte, wie sie die Tür eines anderen Zimmers öffnete und mit jemandem Russisch sprach. Eigentlich sprach nur sie Russisch, die Sprache des anderen, von der

Stimmlage her eindeutig ein Mann, könnte Bröker nicht bestimmen. Schließlich kam Yulenkas Mutter wieder aus dem Zimmer und ließ die Tür angelehnt.

„Mein Mann", erklärte sie.

„Oh, der ist zu Hause? Darf ich mich ihm kurz vorstellen?"

„Nein, ist krank. Entschuldigung."

„Da müssen Sie sich doch nicht entschuldigen. Das kann ja vorkommen. Was hat er denn?"

„Hat Schlaganfall."

„Um Gottes willen. Das ist ja schrecklich. Ist es schlimm. Ist er gelähmt?"

„Ja, muss liegen in Bett die ganze Tag."

„Oh, das tut mir leid. Aber sprechen kann er, oder?"

„Erst nicht. Nun wird besser. Aber ist sehr schwer zu verstehen." Frau Kusnezow hatte bei diesem Satz Tränen in den Augen. Bröker wurde verlegen.

„Seit wann ist er denn schon bettlägerig?"

„Ist was?"

„Ich meine: Wann hat er den Schlaganfall bekommen?"

„Fast zwei Wochen. Dienstag vorletzter Woche am Abend."

„Ach, erst vor kurzem also." Dann fiel Bröker ein, dass dies der gleiche Abend war, an dem Schwackmeier angeblich seinen Infarkt gehabt haben sollte, und nun lag hier jemand, der genau am gleichen Tag tatsächlich einen solchen erlitten hatte, wenn auch einen Hirninfarkt. Es war wohl kein guter Abend gewesen.

„Ja, vor kurzem."

„Können Sie ihn denn hier alleine pflegen, ohne fremde Hilfe?"

„Ist kein Problem. Ich weiß mit Medikamenten. In Russland habe gearbeitet in Apotheke."

„Ach Sie sind Apothekenhelferin?"

„Habe studiert. Pharmazie. Und jemand muss doch helfen meine Mann." Nun weinte Frau Kusnezow richtig. Sie schnäuzte sich und erklärte: „Ich muss meinem Mann ein wenig Suppe bringen. Wollen Sie auch? Wir haben genug."

Bröker war in der Tat neugierig auf die russische Spezialität und ließ sich eine kleine Schüssel auftischen. Während er sie sich schmecken ließ, verschwand Frau Kusnezow wieder im Schlafzimmer ihres Mannes. Interessiert analysierte Bröker die Bestandteile der Suppe. Von der Roten Beete hatte er gewusst, vielleicht hätte er sich auch an den Weißkohl oder das Rindfleisch erinnert. Außerdem sah er Kartoffeln und Möhren und meinte auch Kümmel, Zwiebeln und ein wenig Knoblauch zu schmecken. Auch wenn die Suppe eher unansehnlich war, so war sie geschmacklich doch ausgezeichnet.

Während er sich langsam dem Boden der Schale entgegen löffelte, hörte er, wie im Flur das Telefon schellte. Nach dem dritten Läuten meldete sich Frau Kusnezow zunächst auf Deutsch, um dann auf Russisch fortzufahren: „Privjet, Yulenka, kak djela?"

Dann folgte eine längere Unterhaltung auf Russisch, die schließlich abrupt von einem Schrei von Herrn Kusnezow unterbrochen wurde. Nach einiger Zeit öffnete sich die Küchentür wieder und Frau Kusnezow kehrte zurück.

„Entschuldigung, Herr Breker", sagte sie. „War Yulenka am Telefon. Hat gesagt, dass sie nicht kann kommen heute Mittag."

„Oh, wieso nicht?"

„Muss arbeiten."

„Wo arbeitet sie denn heute?"

„Ist Kellnerin, in Café in Schildesche."

„Meinen Sie, ich könnte dort mit ihr sprechen?"

„Ja, geht bestimmt." Frau Kusnezow gab Bröker den Namen eines Cafés im Herzen Schildesches.

„Herzlichen Dank!", bedankte sich Bröker. „Ob ich Sie noch bitten dürfte, mir ein Taxi zu rufen?" Er hatte gerade noch rechtzeitig bemerkt, dass er ansonsten mit der Stadtbahn ins Zentrum zurückfahren müsste, um dann wieder die Linie 1 stadtauswärts nach Schildesche zu nehmen.

„Natürlich!", entgegnete Frau Kusnezow. „Können gerne auch hier warten auf Taxi."

„Nein, kein Problem, ich warte gerne unten. Haben Sie herzlichen Dank für den Borschtsch. Es war das Beste, was ich in den letzten Tagen bekommen habe."

„Das freut mich, Herr Breker", bedankte sich Frau Kusnezow für das Kompliment und begleitete ihn zur Wohnungstür.

„Danke für die freundliche Aufnahme!", verabschiedete sich Bröker.

„Gern geschehen, wie man sagt auf Deutsch!"

Die Wohnungstür schloss sich hinter ihm. Im Treppenhaus empfing ihn wieder der Geruch von altem Bratfisch.

Kapitel 23
Man sieht sich immer zweimal

Der Taxisammelpunkt musste sich ganz in der Nähe befinden, denn als Bröker vor die Tür trat, stand das Taxi schon bereit. Der Fahrer, der aussah, wie ein zu klein geratener Boxer, war ausgestiegen und rauchte. Wenn er aus Porzellan wäre, könnte ich ihn zu den anderen Nippesfiguren in der Schrankwand stellen, dachte Bröker. Als der Taxifahrer ihn auf sich zukommen sah, warf er die Zigarette auf den Boden, trat sie aus und stemmte seine aufgepumpten Arme in die Seite. „Kein Gepäck dabei?"

„Nein."

„Schade, ich schlepp ganz gern, das hält in Form. Man muss immer bereit sein, wissen Sie."

„Bereit für was?"

Der Taxifahrer grinste und eine breite Zahnlücke zwischen seinen oberen, mittleren Schneidezähnen wurde sichtbar. „Das kann keiner wissen. Das ist ja gerade der Witz."

Bröker zuckte so zustimmend mit den Schultern, wie es ihm möglich war. Den Taxifahrer schien das fürs Erste zufrieden zu stimmen, denn er öffnete die hintere rechte Wagentür. Bröker, der lieber vorne saß, hatte derweil schon die Beifahrertür aufgezogen. Für einen Moment lieferte er sich mit dem Taxifahrer ein wortloses Blickduell, dann gab er klein bei und stieg in den Wagenfond.

„Wohin fahren wir?", fragte der Chauffeur.

Bröker gab ihm die Adresse des Cafés, in dem er hoffte, Yulenka Kusnezow zu treffen.

Kaum hatte der Fahrer den Motor angelassen, fing er wieder von dem an, was sein Lieblingsthema zu sein schien:

„Ich sage Ihnen, man muss in Bewegung bleiben. Keiner weiß, wo das Schicksal als nächstes zuschlägt."

Bröker wollte anmerken, dass man, blieb man in Bewegung, auch nicht an mehr als einem Ort zur gleichen Zeit sein konnte, und man also, blieb man einfach sitzen, wo man saß, die gleichen Chancen hatte, vom Schicksal getroffen zu werden. Aber er fürchtete sich vor den weiteren Belehrungsversuchen seines Gegenübers. Daher sah er auf dessen stierartigen Nacken und ignorierte die Floskeln einfach, in der Hoffnung, dass dies auch schon andere Fahrgäste vor ihm getan hatten und der Taxifahrer es aus Gewohnheit gut sein ließ.

Brökers Plan schien für kurze Zeit aufzugehen, doch gerade als sie die Brücke, die der Talbrückenstraße ihren Namen gab, unterquerten, hörte Bröker aus unmittelbarer Nähe ein Reifenquietschen. Instinktiv duckte er sich, bemerkte dann aber, dass es sich bei dem Geräusch um den Handyklingelton seines Chauffeurs handelte. Der Taxifahrer sprach ohne Freisprechanlage munter drauflos. Das Gespräch dauerte eine ganze Weile, doch alles, was der Fahrer immer wieder zu seinem Gesprächspartner am anderen Ende der Leitung sagte, war „Mh" und „Mh mh". Als er das Gespräch beendet hatte, wandte er sich kurz zu Bröker um.

„Sehen Sie, so schnell kann das gehen. Das war mein Bruder, Max. Er fährt Taxi wie ich. Na ja, nun eben gerade nicht. Sein Keilriemen ist gerissen. Man sagt ja immer, dass jeder das mit einer Damenstrumpfhose reparieren kann. Aber Max trägt nun mal keine Nylons. Da ist es gut, dass wir beide Taxi fahren. So kann ich jetzt zu ihm fahren und ihn abschleppen."

„Sie setzen mich aber noch vorher in Schildesche ab?"

„Natürlich, ich war doch auf die Situation vorbereitet! Wissen Sie nicht mehr ... "

„Doch, doch. Man muss in Bewegung bleiben!", nickte Bröker schnell.

Bei diesen Worten quietschten wieder Reifen, diesmal aber war es das Taxi, das mit überhöhter Geschwindigkeit in eine Kurve bog. Der Fahrer nahm auch auf das Kopfsteinpflaster keine Rücksicht, ließ den Wagen noch zweimal um eine Kurve gleiten und bremste dann abrupt. Er schien nun ganz in seinem Element und keinen Gesprächspartner mehr zu brauchen.

„Da sind wir", verkündete er.

Bröker rundete den Betrag, den das Taxameter anzeigte, auf, bezahlte und ließ sich erleichtert ins Freie gleiten. Der Fahrer kurbelte das Fenster herunter. „Max und ich, wir sind Zwillinge. Wir machen uns immer einen kleinen Spaß damit. Weil wir doch beide Taxi fahren. Sollten Sie also jemals zu meinem Bruder ins Taxi steigen und seinen Namen noch wissen, können Sie eine Fahrt umsonst genießen! Bisher hat das noch keiner geschafft." Mit diesen Worten ruckte das Taxi wieder an und Bröker sah, dass er tatsächlich im Herzen von Schildesche stand, soweit es eines hatte.

Das Café, das ihm Frau Kusnezow genannt hatte, befand sich auf der gegenüberliegenden Straßenseite. Er linste zunächst durch die Scheibe.

Es war ein Bäckereicafé und die Torten, die sich in einer gut vier Meter langen Vitrine aufreihten, ließen Bröker das Wasser im Munde zusammenlaufen. Er suchte sich einen freien Tisch und sah sich um. Erst dann wurde ihm bewusst, dass er Yulenka Kusnezow bislang nur gehört hatte, es ihm also schwerfallen würde, sie zu identifizieren. Die Kellnerin, die an seinen Tisch trat, hatte zumindest das richtige Alter. Außerdem konnte er an ihr ein klassisch slawisches Profil sowie eine gewisse Ähnlichkeit zu der älteren Frau Kusnezow erkennen.

„Was darf ich Ihnen bringen?"

„Frau Kusnezow?" Bröker versuchte ein gewinnendes Lächeln aufzusetzen.

„Nein, tut mir leid, das bin ich nicht", lächelte die junge Frau zurück und zeigte dabei auf ihr Namensschild. „Frau Kusnezow sitzt gerade da drüben am Tisch." Sie deutete einmal quer durch das Café.

„Oh, entschuldigen Sie bitte. Könnten Sie mir bitte dann erst einmal einen Milchkaffee bringen?"

„Selbstverständlich!", nickte die Kellnerin und verschwand.

Brökers Blick wanderte zu Yulenka. Obgleich in der Arbeitsbekleidung einer Kellnerin saß sie an einem der Cafétische. Bröker halb zugewandt diskutierte sie mit ihrem Gegenüber, einem etwa gleichaltrigen Mann, soweit Bröker das von schräg hinten erkennen konnte. Beide gestikulierten recht lebhaft und auch wenn Bröker das Thema der Unterhaltung nicht heraushören konnte, ja, obwohl er noch nicht einmal einzelne Wörter verstand, so schienen die beiden sich nicht immer einig zu sein. Irgendetwas an den Gesten von Yulenkas Gesprächspartner kam Bröker bekannt vor, als habe er sie erst vor Kurzem gesehen. Er konzentrierte sich und starrte den jungen Mann so intensiv an, dass er fürchtete aufzufallen. Gerade meinte Bröker sich zu erinnern, da tauchte seine Kellnerin wieder auf, servierte ihm seinen Milchkaffee und verdeckte so die Sicht auf Yulenkas Tisch.

„Bitte schön!", lächelte sie. „Darf es auch noch ein Stück Kuchen sein?"

Bröker lehnte so unwirsch ab, wie er vermutlich noch nie auf ein Stück Torte verzichtet hatte, doch als sich die Kellnerin wieder entfernt hatte, war Yulenka mit ihrem Begleiter aufgestanden und hatte diesen bereits zum Ausgang begleitet. Bröker erhaschte noch einen letzten Blick auf den jungen Mann, der ihm so bekannt vorkam. Endlich sah er ihn von vorne: Der Mann, mit dem sich Yulenka Kusnezow gerade so angeregt unterhalten hatte, war Achim Großkreutz.

Als Yulenka wieder ins Café zurückkam, machte Bröker ihr ein Zeichen. Doch statt ihrer kam nur seine eigene Kellnerin an seinen Tisch.

„Darf es nun doch noch ein Stückchen Torte sein?", fragte sie höflich.

„Nein, entschuldigen Sie, ich hätte gerne fünf Minuten mit Frau Kusnezow gesprochen."

Seine Kellnerin hob die Augenbrauen. „Die scheint ja heute sehr beliebt zu sein." Dennoch gab sie Yulenka einen Wink, die kurz darauf zu Bröker an den Tisch trat.

„Meine Kollegin sagt, Sie wollen mich sprechen?"

Nun, da sie unmittelbar an Brökers Tisch stand, fand er

die dunkelhaarige Frau auffallend hübsch. Sie sah ihrer Mutter eher weniger ähnlich.

„Sind Sie Yulenka Kusnezow?"

„Genau die bin ich."

„Mein Name ist Bröker. Ich würde Ihnen gerne ein paar Fragen stellen."

„Mir? Und worüber, wenn ich fragen darf?"

Bröker bemerkte, dass Yulenka nur einen ganz schwachen russischen Akzent hatte.

„Es geht um den Tod von Wilfried Schwackmeier."

Yulenka schaute überrascht. „Und was wollen Sie da von mir?"

„Sie haben doch bei Schwackmeier geputzt? Ich kannte ihn und der Hauptverdächtige, Herr Palshöfer, ist ein guter Freund von mir."

„Ja, das stimmt, ich habe bei Herrn Schwackmeier geputzt. Und was wollen Sie nun genau von mir?"

„Ich habe gesehen, wie Sie gestern aus Schwackmeiers Haus kamen."

„Ja und? – Ich habe dort noch einmal geputzt und Wäsche gewaschen. Herr Schwackmeier hatte niemanden mehr, der ihm nahestand, und es muss ja nun dort nicht alles verkommen."

Die junge Frau wirkte ein wenig unhöflich, aber das war zugegebenermaßen nicht weiter verwunderlich, schließlich stand sie Bröker nicht nur recht unvermittelt gegenüber und wusste nicht, warum gerade er ihr all diese Fragen stellte, sondern vermutlich sahen es auch ihre Kollegen nicht besonders gern, dass sie in ihrer Arbeitszeit ein Privatgespräch nach dem anderen führte. Unsichere Blicke in Richtung Theke ließen das zumindest vermuten. „Ich habe mich nur gefragt, ob Sie vielleicht dabei etwas entdeckt haben, das mir helfen könnte, meinen Freund zu entlasten."

„Ihren Freund entlasten? Was denn zum Beispiel?"

„Ich weiß es nicht, haben Sie denn gar nichts gefunden, was vielleicht auf einen möglichen Täter hindeuten könnte?"

„Den Raum, in dem der Mord geschehen ist, habe ich gar nicht betreten. Ich hatte Angst, dort vielleicht irgendwelche Spuren zu verwischen. Und mir war das auch unheimlich."

Bröker überlegte: „Wann haben Sie denn Schwackmeier zuletzt gesprochen?"

„An dem Tag, an dem er gestorben ist, hat er mich noch angerufen."

„Und was hat er da gesagt?"

„Er wollte nur wissen, ob ich am nächsten Tag komme. Aber ich bin ja immer mittwochs gekommen. Er war manchmal so, wollte alles kontrollieren."

„Sollten Sie vielleicht auch kommen, weil er am Dienstagabend Gäste erwartete?"

„Er hat davon gesprochen, dass Herr Palshöfer kommen würde."

„Sonst niemand?"

„Nein, nicht dass ich wüsste."

Das war natürlich genau die falsche Auskunft. Enttäuscht löffelte Bröker einen letzten Löffel Milchschaum aus seiner Tasse.

„Herr Bröker, seien Sie mir nicht böse, aber wenn Sie sonst keine Fragen haben ... Ich muss wieder an die Arbeit. Die anderen schauen mich schon die ganze Zeit dringlich an."

„Ja, eine letzte Frage noch."

Yulenka nickte ungeduldig.

„Der junge Mann, mit dem Sie sich eben unterhalten haben, war das nicht Achim Großkreutz?"

„Ja, das war Achim. Wieso ... "

„Darf ich fragen, woher Sie ihn kennen?"

Yulenka seufzte. Bröker spürte, dass sie fand, dass ihn das

eigentlich nichts anging. Doch dann gab sie sich einen Ruck, wahrscheinlich weil sie wusste, dass sie Bröker auf diese Weise am schnellsten loswurde. „Ich war mal mit Achim zusammen, aber wir haben uns schon vor einer ganzen Weile getrennt. Aber das ist eine längere Geschichte, zu lang jedenfalls, dass ich Sie Ihnen jetzt erzählen könnte."

Bröker nickte.

„Gut", beendete Yulenka das Gespräch. „Wenn Sie noch etwas trinken möchten, geben Sie Bescheid."

„Vielen Dank, ich zahle lieber gleich."

Nachdenklich verließ Bröker kurz darauf das Café. Über den Abend, an dem Schwackmeier ermordet worden war, hatte er von dessen Putzfrau wenig erfahren. Dafür hatten sich neue Perspektiven hinsichtlich Achim Großkreutz ergeben. So wenig, wie er vorgab, konnte er Schwackmeier nicht gekannt haben. Zumindest hätte er erwähnen können, dass sein Exfreundin für den Bankier geputzt hatte. Sprach das nicht dafür, dass Großkreutz doch in den Fall verwickelt war?

Grübelnd lenkte Bröker seine Schritte zur nächsten Haltestelle der Stadtbahn. Taxi war er fürs Erste genug gefahren.

Kapitel 24
Zähe Ermittlungen

Auf dem Rückweg verließ Bröker die Stadtbahn schon am Jahnplatz. Da kein Wochenmarkt war, wählte er ein Feinkostgeschäft, um seine Vorräte wieder aufzufrischen. Neben frischem Brot, ein paar Scheiben Schinken und zwei Stückchen Käse kaufte er auch Eier für das nächste Frühstück und, weil ihm das Wasser schon beim Anblick im Munde zusammenlief, ein frisches Huhn. Auch wenn er für den Moment von dem Teller Borschtsch satt war, er würde am Abend Pollo al limone zubereiten. In Gedanken sah er schon, wie er Zitronen auspresste, Knoblauch in Stifte schnitt und das Huhn mit Rosmarin spickte.

„Was grinsen Sie denn so?", riss ihn die hagere Verkäuferin aus seinen Gedanken. Bröker lag schon eine unhöfliche Bemerkung über ihr Aussehen auf der Zunge, aber dann dachte er, dass sie weder für ihr fliehendes Kinn noch für ihren westfälischen Charme etwas konnte, und antwortete einfach: „Ich habe mir vorgestellt, was ich aus diesem Hühnchen mache."

„Und was machen Sie daraus?"

„Zitronenhuhn."

„Dann fehlen Ihnen vielleicht noch Zitronen? Die hätten wir da drüben."

„Richtig, die Zitronen! Vielen Dank. Und ein frisches Baguette bräuchte ich auch noch!" Nun kam ihm die Verkäuferin schon fast freundlich vor und Bröker ahnte, dass das Verhalten seines Gegenübers von seinem eigenen Auftreten nicht ganz unbeeinflusst war.

Er packte auch diese beiden Zutaten noch zu seinem Einkauf, bezahlte und begab sich gut gelaunt auf den Heimweg.

Als er eine Viertelstunde später die Haustür öffnete, ahnte er bereits, dass Gregor daheim war. Seine Vespa war auf dem Gehsteig geparkt und von drinnen hörte er ein Lachen, das ihn mutmaßen ließ, dass der Junge nicht alleine war. Über das dunkle Lachen des Jungen perlte immer wieder ein glucksendes Mädchenlachen.

Anna, dachte Bröker und war sich nicht ganz sicher, ob er sich über die gute Laune des Jungen freuen oder über seine Freundin besorgt sein sollte. Sicher hatte beides seine Berechtigung. Er öffnete die Wohnungstür und fuhr zusammen. Am Ende des Flurs sah er im Gegenlicht seine Mutter.

Nein, das konnte doch nicht sein. Aus dem Wohnzimmer hörte er das zweistimmige Kichern von Gregor und Anna. Was ging hier vor? Bröker schaltete das Flurlicht ein, um in dem fensterlosen Raum besser sehen zu können. Natürlich stand dort nicht seine Mutter! Gregor und Anna hatten am Ende des Flurs eine Schneiderpuppe aufgestellt, von der Bröker nicht hätte sagen können, ob sie diese irgendwo im Haus aufgetrieben hatten. Die Puppe trug ein altes, geblümtes Hauskleid seiner Mutter, das diese oft zum Kochen getragen hatte, und dazu eine rotbraune Perücke. Über die Schulter hatte man ihr Brökers Leinenbeutel vom *Wein-Anton* geworfen und auf ihrem Kopf trug sie wie eine Krone ein Gebiss, von dem Bröker annahm, dass dies die verschwundenen dritten Zähne seiner Mutter waren. In diesem Augenblick öffnete sich die Wohnzimmertür und Anna kam herausgestürzt. In der Hand hielt sie einen dunkelroten Lippenstift. Gregor folgte ihr auf dem Fuß.

„Warte, ich male ihr noch Augen und einen Mund!", kreischte sie, ohne dabei Bröker zu bemerken. Gregor hingegen hatte seinen älteren Freund sofort gesehen.

„Hallo Bröker!", begrüßte er ihn. Auf seinem Gesicht mischten sich verschiedene Ausdrücke, von denen Bröker einen als schlechtes Gewissen identifizierte. Bröker selbst sagte nichts. Er war nicht wütend, jedenfalls nicht nur. In ihm stieg ein Lachen auf, aber auch gleichzeitig das Gefühl, dass seine Mutter mit dem Ganzen wenig einverstanden gewesen wäre. Die Puppe dort im Flur hatte etwas Skurriles, aber die Ähnlichkeit zu seiner Mutter, deren Haar auch rotbraun gewesen war, die aber vor allem durch das geblümte Hauskleid unterstrichen wurde, ließ ihn unwillkürlich an eine Voodoo-Puppe denken. Beinahe bekam er Angst, dass seine Mutter auch mit rot angemalten Lippen durchs Jenseits wandeln müsste, wenn Anna die Schneiderpuppe schminkte.

„Ach komm, Bröker, Anna macht Kunst", versuchte Gregor einzulenken.

„Ja, das ist eine Installation!", kreischte seine Freundin aufgedreht. „Ich nenne sie ,Mama mag Mätzchen'."

„Ja, ich sehe es." Nun hatte auch Bröker seine Stimme wiedergefunden. „Nur weiß ich nicht, ob meine Mama diese Mätzchen gemocht hätte."

„Ach Bröker, komm. Es ist so lustig!" Anna wandte sich Bröker zu. „Kriegst auch 'nen Kuss!"

Bevor Bröker etwas sagen konnte, hatte sie ihre Arme um seinen Hals geschlungen und ihm einen Kuss auf die Lippen gedrückt. Bröker spürte etwas Klebriges auf seinem Mund und roch, dass sie Wein oder Sekt getrunken hatte.

„Anna, bist du jetzt total übergeschnappt?" Gregor reagierte deutlich angespannter, als Bröker das erwartet hätte. Es konnte doch nicht sein, dass der Junge auf Bröker eifersüchtig war. Allerdings war diese Reaktion Bröker nicht unlieb, so schön waren Annas Küsse nun auch wieder nicht. Jedoch zeigte Gregors Ansprache nicht die erhoffte Wirkung.

„Ach Gregor, sei doch nicht so spießig! Ich werde doch noch ein wenig mit dem netten Herrn Bröker knutschen dürfen." Kaum hatte Anna das gesagt, spürte Bröker schon wieder ihre Lippen auf den seinen. Diesmal versuchte sie sogar, ihre Zunge in seinen Mund zu schieben. Bröker biss die Zähne fest aufeinander, um die stürmische Künstlerin abzuwehren.

„Anna, jetzt reicht es aber!" Gregor zerrte seine Freundin von Bröker weg. „Ich glaube, es ist besser, wenn du jetzt gehst!"

„Gregor, nun sei doch nicht so uncool. Dem Herrn Bröker gefällt das doch bestimmt." Dabei versuchte sie Bröker mit einem verschwörerischen Zwinkern für sich zu gewinnen. Ihr Freund aber war schon im Wohnzimmer verschwunden und kehrte mit einer schwarzen Stofftasche wieder, die

Anna zu gehören schien. Im Vorübergehen riss er der Puppe die Perücke vom Kopf und stopfte sie mitsamt den dritten Zähnen in den Stoffbeutel. Bröker wollte einwenden, dass die dritten Zähne vermutlich seiner Mutter gehört hatten, fand aber dann, dass das die Situation nur unnötig verkomplizieren würde.

„Vergiss deine Beute nicht!", sagte Gregor, als er seiner Freundin die Tasche in die Hand drückte, wobei es Bröker vorkam, als ringe er um Beherrschung. „Wir sprechen, wenn du wieder klar denken kannst."

Dann hatte er Anna schon vor die Tür gesetzt. Bröker sah dem Treiben tatenlos zu. Er kam sich vor, als sei er mit dem Betreten des Hauses, seines eigenen Hauses in eine andere Welt gefallen.

Als Gregor wiederkam, sagte er nichts. Auch Bröker sagte nichts. Er trug seine Einkäufe in die Küche und räumte sie in den Kühlschrank. Ob er sich entschuldigen sollte? Aber er wusste nicht, wofür. Schließlich hatte nicht er Anna geküsst, sondern sie ihn. Bestimmt ließ sich alles mit einem guten Essen wieder einrenken. Zufrieden streichelte er das Huhn, das er am Abend zubereiten wollte. Gregor schien ähnliche Gedanken zu haben. Wortlos räumte er die Schneiderpuppe ab, zog ihr das Hauskleid aus und hängte es wieder in den Schrank und den Leinenbeutel zurück an die Garderobe. Als er die noch zu einem Drittel gefüllte Sektflasche in die Küche trug, schaute ihn Bröker lange an. Gregor schaute zurück.

„Scheiße!", sagte Gregor.

„Scheiße!", murmelte Bröker. Und irgendwie war die Sache damit aus der Welt.

„Ich koche uns nachher etwas Schönes!", kündigte Bröker an.

„Ach, Bröker, ich wünschte, ich könnte so an die Kraft guter Mahlzeiten glauben wie du."

„Willst du gar nicht wissen, was es gibt?"

„Doch natürlich!" Trotz seiner schlechten Laune musste Gregor grinsen, als er Brökers Begeisterung sah.

„Pollo al limone, Zitronenhuhn! Das muss man mit Rosmarin spicken und ein bisschen Knoblauch ... "

„Ist ja gut, ich weiß, du wirst das schon machen."

Trotzdem blieb Gregor bei Bröker in der Küche und schaute ihm bei seinen Vorbereitungen zu, betrachtete, wie er das Huhn wusch und mit Gewürzen einrieb, hackte selbst Knoblauch und zerteilte Kartoffeln in Spalten, die Bröker im Ofen briet. Über den Vorfall mit Anna verloren beide weiterhin kein Wort.

Erst als Bröker sein Zitronenhuhn mit Kartoffelspalten auftrug und sich beide an den Tisch setzten und, viel zu früh, wie Bröker fand, war es doch erst 16 Uhr nachmittags, kommentierte Gregor den nachmittäglichen Vorfall: „Ich weiß nicht, wie lange das mit Anna noch gut geht."

Bröker nickte, weil er nicht wusste, wie er sonst reagieren sollte, und zerteilte dabei das Hühnchen.

„Ich meine, ich mag sie ja, sehr sogar", fuhr der Junge fort, wobei er gar nicht auf Brökers Antwort zu achten schien, „ich finde sie interessant und auch, dass es gut ist, wenn nicht alles nach Konvention abläuft. Aber manchmal übertreibt sie es auch."

Wieder nickte Bröker. Diesmal fiel es dem Jungen auf.

„Sag mal, hast du eigentlich keine Freundin?"

„Sieht nicht so aus, oder?"

„Ich dachte, eventuell habe ich sie nur noch nicht zu Gesicht bekommen."

„Nein, ich habe wirklich keine."

„Aber du hattest schon mal eine?"

„Ja, natürlich hatte ich schon mal eine Freundin. Herrgott, Gregor, ich bin über 40."

„Ist es dir unangenehm? Wir müssen nicht darüber sprechen."

Obwohl es Bröker wirklich unangenehm war, beeilte er sich zu versichern: „Keinesfalls! Wie kommst du darauf?"

„Ich meine, du bist doch nicht schwul, oder so?"

„Nein, ich bin nicht schwul."

„Wenn es so wäre, könntest du mir das ruhig sagen. Ich bin da tolerant." Gregor lachte ein wenig unsicher.

„Ich bin ein nicht praktizierender Heterosexueller."

„Ah so." Gregor musste kichern, versuchte es aber zu unterdrücken, bis er sah, dass auch Bröker gluckste. Danach lief das Gespräch entspannter, auch wenn es sich während des gesamten Essens um das Thema „Frauen" drehte. Bröker spürte, dass Gregor gerne den einen oder anderen Ratschlag von ihm bekommen hätte, aber er fühlte sich nicht in der Position, ausgerechnet bei diesem Thema Tipps zu geben.

Als das Huhn vertilgt und der Tisch wieder abgeräumt war, setzten sich beide ins Wohnzimmer.

„Und jetzt einen kleinen Verdauungswhisky", seufzte Bröker, während er in einen der beiden orangefarbenen Sessel sank.

„Bröker, du hast schon eine ganz rote Nase vom Trinken!", lästerte Gregor.

„Wirklich? – Na ja, wie gesagt, ich bin nicht auf Brautschau, da darf ich mir auch eine rote Nase leisten."

Bröker griff nach der Flasche mit dem Single Malt und stellte sie enttäuscht wieder weg.

„Sie ist leer!", stellte er fest. „Sag mal, Gregor, weißt du, ob ich noch etwas in dem Flachmann habe?"

„Woher soll ich das wissen, schließlich hattest du ihn mit, nicht ich."

Bröker ging zurück in die Küche und angelte den Flachmann aus dem Regal, in dem er ihn wieder verstaut hatte.

„Auch leer", konstatierte er unzufrieden. Und kurz danach: „Igitt!" Er hatte in eine klebrige Masse auf der Rückseite des Fläschchens gegriffen. Angeekelt betrachtete er, wie diese teils an seinen Fingern, teils an der leeren Flasche klebte. Er erkannte sein Kaugummi, das er vor zwei Tagen anscheinend in die gleiche Hosentasche gesteckt hatte, in der auch der Flachmann gesteckt hatte, und fand es komisch, dass ihn etwas, das er noch vor zwei Tagen im Mund gehabt hatte, nun so anwidern konnte.

„Was ist los?", rief Gregor, der im Wohnzimmer nur die Geräuschkulisse mitbekam. „Bist du mit einem Mal abstinent geworden?"

„Nein, ich habe nur in ein altes Kaugummi gegriffen. Und das Papier, in das ich es gewickelt hatte, klebt auch noch dran." Bröker löste das Kaugummi mitsamt Papier von dem Flachmann, wickelte es wieder ein und warf es in den Mülleimer. Moment mal. Was war das denn für ein komisches Papier gewesen? Neugierig holte Bröker das alte Kaugummi noch einmal hervor.

„Bröker, was machst du da eigentlich?" Gregor wurde allmählich ungeduldig.

„Guck mal, was ich hier habe!"

Gregor schaute auf, als Bröker zurück ins Wohnzimmer kam: „Dein altes Kaugummi, Bröker, das ist ekelhaft!"

„Nein, ich meine nicht das Kaugummi, aber sieh mal, in was für Papier ich es eingewickelt habe!"

„Was ist mit dem Papier?"

„Es ist die Verpackung einer Spritze."

„Bröker, bist du jetzt auch noch zum Junkie geworden?"

„Es ist nicht meine Verpackung und es war nicht meine Spritze."

„Und wie kommst du dann an das Papier?"

„Ja, das habe ich mich auch gerade gefragt."

„Und was ist die Antwort?"

„Ich habe es bei Schwackmeier gefunden. Ich erinnere mich noch genau: Es lag auf der Fensterbank in der Gästetoilette."

„Aber was wollte Schwackmeier damit? – War er vielleicht Diabetiker?"

„Ich habe keine Ahnung. Wenn ich tippen sollte, würde ich sagen: Nein."

„Vielleicht kann man an der Verpackung erkennen, ob es eine Insulinspritze ist, gib mal her!"

Bröker reichte dem Jungen das Papier.

„Bröker, das ist ja scharf!"

„Was ist denn?"

„Diese Spritze hat Schwackmeier nicht hier gekauft, ich schätze mal, er hat sie gar nicht gekauft."

„Wie kommst du darauf?"

„Hier guck mal, die Aufschrift. Das sind kyrillische Buchstaben. Hier ist sogar noch ein Preisschild – auch kyrillisch. Die Spritze wurde in Russland verkauft."

„Oder der Ukraine, Weißrussland, Serbien, Bulgarien ..."

„Ja, Besserwisserei hilft uns da jetzt auch nicht weiter. Immerhin haben wir das Herkunftsland der Spritze eingeschränkt."

„Ja, auf ein Gebiet mit weniger als 500 Millionen Einwohnern." Plötzlich hielt Bröker inne. „Sag mal, Gregor, denkst du auch, was ich gerade denke?"

„Normalerweise würde ich ja sagen: hoffentlich nicht!"

„Sehr witzig!"

„Also, was denkst du?"

„Na, überleg mal, woran ist Schwackmeier gestorben?"

„Er wurde mit einer Überdosis Pen-irgendwas vergiftet."

„Ja, und das Barbiturat wurde ihm mit einer Spritze über die Halsschlagader injiziert."

„Heiliger Gott, Bröker, du meinst, das ist die Verpackung der Spritze, mit der Schwackmeier ermordet wurde?"

„Man kann sich natürlich nicht sicher sein, aber ich halte es für sehr wahrscheinlich."

Gregor warf die Verpackung auf den Tisch: „Mensch, dann sind da ja vielleicht die Fingerabdrücke des Mörders drauf! Und wir fassen das an!"

„Beruhig dich, nachdem ich mein Kaugummi darin eingewickelt habe, wird die Polizei sowieso keinen Fingerabdruck mehr erkennen können."

„Polizei ist ein gutes Stichwort. Wir müssen sofort die Bullen rufen!"

„Und was erzählen wir denen? Dass ich bei Schwackmeier eingestiegen, auf der Toilette eingeschlafen bin und dass ich bei der Aktion die Verpackung einer russischen Spritze gefunden habe? – Mann, ich bin der Erste und Einzige, den die daraufhin verhaften."

„Nun hab dich mal nicht so, die paar Jahre Gefängnis sitzt du doch auf einer Arschbacke ab!" Gregor zwinkerte.

„Ich fürchte, den Fall müssen wir jetzt alleine aufklären."

„Na, dann mal viel Spaß!"

„Na ja, etwas anderes haben wir ja bislang auch nicht gemacht."

„Stimmt – weißt du, was ich gerade denke?"

„Ich hätte eine gute Antwort drauf."

„Ja, von wem wohl. Aber ich denke, dass ich vielleicht mit meiner Liste der Personen, die von Schwackmeier betrogen wurden, nicht so schlecht lag."

„Da magst du Recht haben. Aber dann bleiben mindestens 50 Leute, die wir überprüfen müssen."

„Das ist im Vergleich zu den 500 Millionen eben doch gar nicht schlecht. Aber vielleicht können wir den Kreis ja noch etwas einengen."

„Ja, daran habe ich auch gerade gedacht."

„Und weißt du schon wie?"

Bröker dachte einen Moment nach. „Wir brauchen jemanden, der vermutlich russischer Herkunft ist."

„Na, da eignet sich meine Liste doch hervorragend. Außerdem hätte jeder auf der Liste ein Motiv, was vielleicht auch nicht ganz unwichtig ist."

„Zweitens musste derjenige sich Zutritt zu Schwackmeiers Haus verschaffen und zwar so, dass niemand hinterher den Einbruch bemerkt."

„Wie wir gesehen haben, war das ja nicht schwer, schließlich bist du ja auch reingekommen."

„Ja, nur konnte derjenige nicht wissen, dass die Kellertür offensteht. Und anders als ich wollte er unbedingt ins Haus, wenn er schon eine Spritze dabeihatte."

„Gut, da gebe ich dir Recht. Und drittens?"

„Drittens muss derjenige sich mit Medikamenten auskennen und irgendwie an das Pentobarbital dran gekommen sein."

„Tja, Bröker, dann müssen wir denjenigen ja nur noch finden."

Wieder überlegte Bröker. Dann schien ihm mit einem Mal die Lösung so deutlich vor Augen zu stehen, dass er sich fragte, warum er sie nicht schon viel früher gesehen hatte.

„Na klar. Vielleicht haben wir ihn schon – oder besser: sie!"

„Sie?"

„Ja, sie. Yulenka, Schwackmeiers Putzfrau."

„Wie kommst du ausgerechnet auf sie?"

„Erstens ist sie Russin. Zweitens hat sie einen Schlüssel für Schwackmeiers Haus. Ich habe es ja am Sonntag selbst miterlebt. Darum war ich ja heute bei ihr."

„Ach, du warst bei Yulenka?"

„Ja und da habe ich auch ein Drittes herausgefunden: Ihre Mutter war in Russland Apothekerin. – Sie wusste mit Sicherheit, dass das Barbiturat in hoher Konzentration tödlich ist, eventuell kannte sie auch noch eine Quelle, bei der sie es beziehen konnte. Und sie kann auch die Spritze geliefert haben."

„Mensch Bröker!" Dann legte sich Gregors Stirn in Falten: „Aber welchen Grund sollte sie haben, ihren Arbeitgeber umzubringen?"

„Das ist eine gute Frage. Ich habe noch keine Antwort."

„Steht sie denn auf der Liste, die ich dir gegeben habe?"

„Eben nicht."

„Hm, das ist schlecht. Vielleicht hat er sie belästigt."

„Und deshalb hat sie ihn gleich umgebracht?"

„Ach, Bröker, ich weiß es doch auch nicht. Aber alles andere scheint doch zu passen!"

„Ja schon."

„Was ‚schon'?"

„Sie kam mir gar nicht vor wie eine Mörderin."

„Bröker, wenn man Mördern ansehen würde, dass sie Mörder sind, könnten selbst Harry und Derrick sie fangen. Die Polizei hält aber immer noch Palshöfer für den Hauptverdächtigen."

„Du hast Recht, Gregor. Am besten wird sein, ich frage Yulenka selbst, warum sie Schwackmeier umgebracht hat."

„Das ist schon deine zweite geniale Idee heute Abend", lachte Gregor. „Bestimmt wird sie es dir sagen, wenn du sie mit deinen schönen Augen bezirzt."

„Warte es nur ab!", gab Bröker schnippisch zurück. „Kannst du vielleicht das Geschirr in die Spülmaschine räumen? Ich muss noch mal weg."

„Wohin willst du denn?"

„Habe ich doch gesagt, ich werde Yulenka fragen." Bröker

schnappte sich den Haustürschlüssel, griff sich eine Strickjacke von der Garderobe und verließ das Haus.

Kapitel 25
Zwei Schritte vor und zwei zurück

Als Bröker an der Stadtbahnhaltestelle „Landgericht" auf einen Zug der Linie 1 wartete, kam es ihm vor, als sei er noch nie so viel mit den öffentlichen Verkehrsmitteln gereist wie in den letzten Tagen. Oft kam es ihm so vor, als habe er seine Monatskarte nur deshalb, weil er zu faul war, sich vor jeder Fahrt ein neues Ticket zu besorgen. Nun aber schien ihm, als habe sich die monatliche Gebühr schon binnen einer Woche amortisiert. Die Bahn näherte sich und bog um die Ecke in den Niederwall ein. Bröker bestieg einen der orange-weißen Waggons und kurz darauf ertönte das ihm so vertraute Warnsignal beim Schließen der Türen. In nostalgischer Gemütsverfassung schaute er dabei zu, wie seine Stadt an den Fenstern des Waggons vorbeiflog. Zwei Stopps später war dann schon weniger zu sehen, nun war die Bahn unterirdisch. Doch an der Haltestelle am Jahnplatz zeigten einige Bilder, wie Bielefeld sich in den letzten 150 Jahren verändert hatte. Und diese Fotos wiederum hingen hier nun selbst schon seit über zehn Jahren. Bröker fand, dass die Ausschnitte eine Stadt zeigten, die eher aussah wie ein Stadtteil Berlins, beinahe urban, und er erkannte Bielefeld auf keinem der Bilder mit Ausnahme dessen aus dem Jahr 1963 wieder. Vielleicht waren die anderen tatsächlich Aufnahmen des alten Berlin. Irgendein verwirrter Architekt konnte sie aufgehängt haben und keiner hatte es bisher bemerkt. Er hätte so etwas vielleicht auch schon früher für möglich gehalten, aber seit er in Schwackmeiers Mordfall verwickelt war, schien ihm langsam das Irrsinnige wahrscheinlicher als das Normale.

Bei seinen ersten Fahrten waren ihm solche Gedanken mit Sicherheit nicht in den Kopf gekommen. Damals war die Bielefelder Stadtbahn noch eine klassische Straßenbahn gewesen und hatte dem Vier- oder Fünfjährigen trotzdem das Gefühl gegeben, in einer Großstadt zu wohnen. Erst seitdem er ein paar Mal in Berlin gewesen war, wusste Bröker, dass zwar die U-Bahnen ähnlich rochen, die beiden Städte selbst sich aber nur in Bezug auf den Anfangsbuchstaben ähnelten.

Der Gong und die weibliche Bandstimme: „Schildesche – Ausstieg rechts. Dieser Zug endet hier. Wir bitten alle Fahrgäste auszusteigen! MoBiel sagt: ‚Tschüss, bis zum nächsten Mal!'", rissen Bröker aus seinen Gedanken. Zielstrebig lenkte er seine Schritte in Richtung des Bäckereicafés, in dem Yulenka arbeitete. Inzwischen waren nur noch zwei Tische besetzt und der Großteil der Belegschaft bereitete sich auf den nahenden Feierabend vor. Die junge Russin fing Bröker ab, bevor dieser das eigentliche Café betreten hatte.

„Hallo, Herr Bröker!", grüßte sie diesmal erstaunlich offenherzig. „Haben Sie etwas vergessen?"

„Ganz wie man es nimmt!", antwortete Bröker und versuchte dabei möglichst undurchsichtig dreinzublicken.

„Wir haben nichts gefunden", entgegnete Yulenka und sah prompt etwas beunruhigt aus.

„Haben Sie einen Raum, in dem wir uns kurz ungestört unterhalten können?"

Yulenka schaute sich zögernd um. „Aber nur kurz, wir räumen gerade zusammen, da kann ich nicht fehlen."

„Versprochen."

„Gut. Kommen Sie, hier ist unser Pausenraum."

Yulenka lenkte Bröker in einen kleinen Raum, der bei den

Toiletten lag. Dabei handelte es sich um ein etwa zehn Quadratmeter großes Zimmer, das mit einem Tisch, auf dem sich zwei zerlesene Zeitschriften und drei benutzte Kaffeetassen befanden, einigen Stühlen und einer Anrichte eingerichtet war.

„Bitte, setzen Sie sich!", forderte ihn Yulenka auf und schloss die Tür. Bröker setze sich auf einen der rot gepolsterten Stühle, Yulenka blieb stehen.

„Also, worum geht es denn?"

Ja, worum ging es? Wie fragte man jemanden, ob er einen Mord begangen hat? Bröker war ratlos. Dann beschloss er, die junge Frau einfach mit seinem Verdacht zu konfrontieren, um zu sehen, wie sie reagierte: „Frau Kusnezow, Yulenka, ich darf doch Yulenka sagen?"

Bröker wusste selbst nicht, warum er gerade in diesem Augenblick das Bedürfnis verspürte, sie bei ihrem Vornamen zu nennen.

Doch seine Gesprächspartnerin nickte.

„Also, Yulenka, haben Sie Herrn Schwackmeier umgebracht?"

„Ich? Wie kommen Sie denn darauf?"

Das war nicht die von Bröker erhoffte Reaktion. Im Idealfall wäre die junge Frau in Tränen ausgebrochen und hätte schluchzend den Mord gestanden. Aber in Brökers Alter rechnete man nicht mehr damit, dass sich das Leben nach dem Idealfall richtete, sodass er tapfer fortfuhr. Schließlich hatte er ja auch noch ein paar Trümpfe im Ärmel. „Wir wissen über den Täter, dass er ins Haus kommen konnte, ohne Spuren zu hinterlassen. Das konnten Sie. Wir wissen, dass er zumindest jemanden kennt, der medizinische Kenntnisse besessen haben muss: Ihre Mutter war Apothekerin. Und wir wissen, dass der Täter Kontakte zu Russland hat. Sie sind Russin!"

Yulenka hatte mit unveränderter Miene zugehört. Bröker

versuchte zu beurteilen, ob es sich dabei um echte Gleichgültigkeit oder nur um eine Fassade der Unschuld handelte, konnte sich aber nicht eindeutig für eines von beiden entscheiden. „Woher wissen Sie, dass der Täter Russisch spricht?", fragte sie. Er griff in seine Tasche und zog die stark in Mitleidenschaft gezogene Verpackung der Spritze hervor.

„Kennen Sie das hier?"

„Was ist das?"

Bröker reichte ihr die Hülle. „Eine Spritzenverpackung."

„Was ist damit?"

„Ich habe sie in Schwackmeiers Mülltonne gefunden."

Yulenka schien noch immer wenig beeindruckt. „Ich will Sie jetzt nicht fragen, was Sie an Herrn Schwackmeiers Mülltonne zu suchen hatten, aber was wollen Sie mir damit sagen, wenn Sie mir die Verpackung zeigen?"

„Schauen Sie sich den Aufdruck an, das ist doch Russisch, oder?"

Die Kellnerin untersuchte die Verpackung nun genauer und reichte sie dann an Bröker zurück. „Ja, das ist Russisch, aber was sagt das schon?"

„Dass der Täter die Spritze in Russland gekauft hat, vermute ich."

„Eigentlich doch nur, dass irgendjemand eine Spritze in Russland gekauft hat", gab Yulenka spitzfindig zurück. „Aber selbst wenn es der Täter war: Um eine Spritze in Russland zu kaufen, muss er noch nicht einmal Russe sein. Dazu genügt es, sie im Internet dort zu bestellen. Und selbst wenn Herr Schwackmeier von einem Russen umgebracht wurde, wissen Sie, wie viele Russen es in Bielefeld gibt?"

Bröker zuckte mit den Schultern.

„Zusammen mit den Spätaussiedlern mehr als 1.000."

„Aber nicht alle von ihnen wären auch in Schwackmeiers Haus gekommen."

„Ach, das war doch nie besonders schwer. Herr Schwackmeier war so nachlässig, was das Verschließen des Hauses anging. Wie oft habe ich bemerkt, dass die Kellertür nicht verschlossen war."

Nun war es an Bröker, ein Pokerface aufzusetzen.

Yulenka hingegen schien richtig in Fahrt zu kommen. „Und überhaupt, warum um Gottes willen hätte ich Herrn Schwackmeier überhaupt umbringen wollen?"

Langsam wurde Bröker die Sache unangenehm. Denn dies war sein eigentlicher Schwachpunkt – trotz all der Hinweise konnte er einfach keinen plausiblen Beweggrund vorweisen, der Yulenka zu dem Mord veranlasst haben könnte. Und so konnte er nur noch seine vagen Vermutungen ins Spiel bringen.

„Es ist doch allzu seltsam, dass Großkreutz Schwackmeier nicht gekannt haben will, aber als einziger Deutscher auf einer Liste von Osteuropäern steht, die Schwackmeier alle um ihr Geld gebracht hat. Und ... "

„Was für eine Liste ... woher haben Sie ...", fragte Yulenka das erste Mal sichtlich verunsichert.

Bröker unterbrach Yulenkas Nachfragen abrupt. „Und es ist noch seltsamer, dass Sie wiederum Schwackmeier und Großkreutz gekannt haben. Und am allerseltsamsten ist, dass Sie Russin sind, aber nicht auf der Liste auftauchen! Wie man es dreht und wendet, Yulenka, Sie sind es, bei der alle Fäden zusammenlaufen, und irgendwo in diesen Verstrickungen schlummert Ihr Motiv. Es muss nur zu Tage gefördert werden!"

Bröker war selbst davon überrascht, wie er alles so zusammenfügte, dass es tatsächlich aussah, als müsse es einen Zusammenhang geben. Ihm selbst schien es jetzt geradezu glasklar auf der Hand zu liegen. Brökers Herz begann wild zu klopfen. Würde Yulenka nun gestehen? Würde er jetzt, im nächsten Augenblick das Geständnis einer Mörderin hören?

Yulenkas Unterlippe zitterte und sie biss sich darauf. Dann senkte sie den Kopf.

„Wenn Sie wüssten, wie falsch Sie liegen!"

Dass Yulenka einerseits so verunsichert war, aber immer noch dabei blieb, dass sie es nicht war, irritierte nun wiederum Bröker.

„Aber Sie werden mir doch zustimmen, dass das alles etwas komisch ist? Haben Sie es vielleicht für Großkreutz getan? Sie haben doch angedeutet, dass sie beide mal ein Paar waren. War sein Geldverlust durch Schwackmeier der Grund dafür, dass Sie sich getrennt haben? Sie müssen ihm den Kontakt zu Schwackmeier vermittelt haben, ist es nicht so?"

„Ja, das stimmt." Yulenka hielt den Kopf immer noch gesenkt und sprach mit unterdrückter Stimme. „Ich war schuld daran, dass Achim sein Geld verloren hat. Herr Schwackmeier hat Geld von ihm angelegt. Nicht furchtbar viel, so 10.000 Euro, aber eben alles, was Achim hatte. Für einen Studenten ist das ja auch nicht mal so wenig. Das Geld stammte aus einem Ausbildungsvertrag." Dann hob sie den Kopf und sah Bröker fest an. „Aber wenn Sie wüssten, wie Achim mich wegen dieser Sache gedemütigt hat. Er hat sogar mit mir Schluss gemacht. Nur wegen diesem blöden Geld. Mir stand ganz bestimmt nicht der Sinn danach, für ihn den Racheengel zu spielen!"

Bröker war geneigt, Yulenka Glauben zu schenken, doch er misstraute seinem eigenen Instinkt und fürchtete, von ihrem unschuldigen Eindruck ebenso eingewickelt zu werden, wie er von Großkreutz Art angestachelt wurde. Doch konnte er Yulenka nicht einfach noch einmal des Mordes beschuldigen. Außerdem gab es ja tatsächlich noch einen weiteren Verdächtigen und vielleicht war Yulenka jetzt gerade in der richtigen Stimmung, einiges über ihn auszuplaudern.

„Und Großkreutz, trauen Sie ihm den Mord zu?", schwenkte er über.

Yulenka zögerte und zuckte schließlich mit den Schultern.

„Vor einigen Monaten hätte ich ‚Nein' gesagt, aber inzwischen ... ich kann es Ihnen nicht sagen."

„Geld spielt eine wichtige Rolle für ihn?"

„Ja, seine Eltern waren nicht reich, haben ihn aber immer verwöhnt, wo sie nur konnten. Den Ausbildungsvertrag haben auch sie für ih n abgeschlossen. Entsprechend geschockt waren sie, als sie davon hörten, dass Achim das ganze Geld verloren hatte. Natürlich versuchen sie, ihn nun weiter zu unterstützen und ihm anderweitig das Studium zu finanzieren, aber so viel Geld haben sie dann auch wieder nicht. Und so lebt Achim jetzt schon anders, als er sich das wohl vorgestellt hat, arbeitet nebenbei, wohnt in einem Wohnheim und so was."

„Und warum ist er mit der ganzen Geschichte nicht zur Polizei gegangen?"

„Ich weiß nicht genau, aber ich glaube, das alles war nicht ganz legal. Die Zinsen sollten nicht angegeben werden oder so etwas."

„Aber selbst wenn Großkreutz es gewesen ist, wie sollte er an die Spritze gekommen sein? Dazu brauchte er doch Ihre Hilfe!"

„Ich weiß nicht, woher er die Spritze hatte."

„Das glaube ich einfach nicht. Die Welt ist nicht so kompliziert. Sie sind Russin und Großkreutz hat Schwackmeier mit einer russischen Spritze vergiftet. Er wird sie wohl kaum auf einem anderen Weg bekommen haben! Wenn ich Appetit auf eine Pizza habe, dann bestelle ich sie auch beim Italiener um die Ecke und lasse sie nicht aus Italien kommen."

Yulenka zögerte und biss wieder auf ihrer Lippe herum.

Ihr schien etwas eingefallen zu sein, doch war sie unsicher, ob sie es erzählen sollte.

„Yulenka, wenn Sie etwas wissen, dann müssen Sie es sagen!"

„Achim und ich waren mehrmals zusammen in Russland, da hätte er die Spritze ohne Probleme besorgen können."

Bröker kam wieder in den Sinn, dass Großkreutz sich als Chemiestudent auch die nötigen Kenntnisse über Barbiturate leicht hätte aneignen können. Dieser Typ war ihm von Anfang an unsympathisch gewesen!

Plötzlich klopfte es an der Tür.

„Yulenka, wir wollen jetzt abschließen, kommst du?"

Aufgescheucht antwortete sie: „Ja, einen Moment, bitte!" Mit einer Handbewegung in Richtung Tür deutete Yulenka an, wo sie Bröker nun am liebsten sähe. Der war jedoch viel zu sehr in seinen Gedanken vertieft, um darauf zu achten, wie unangenehm das alles für Yulenka sein musste. Immerhin ließ er sich aus dem Café hinausschieben. Erst als er ein paar Schritte gegangen war, begann er wieder klarer zu sehen. Konnte es wirklich so einfach sein? War Großkreutz der Mörder und er hatte es nur die ganze Zeit nicht begriffen, hatte all die Hinweise übersehen? Auf jeden Fall musste er noch einmal mit diesem Ekelpaket reden. Noch immer war ihm beim Gedanken daran nicht ganz wohl und er beschloss, Gregor zu bitten, ihn zu begleiten. Er fingerte wieder nach seinem Mobiltelefon, erinnerte sich dann aber, dass er es schon am Sonntag nicht hatte finden können. Zum Glück sah er in der Nähe eine der wenigen noch existierenden öffentlichen Telefonzellen magentafarben schimmern. Natürlich war die Bezeichnung „Telefonzelle" ein Euphemismus. Palshöfer wäre vermutlich froh gewesen, in so einer Zelle ganz ohne Wände zu sitzen, zum Telefonieren an befahrenen Straßen aber war sie denkbar ungeeignet. Bröker schimpfte. Sein Handy hätte nicht nur den Vorteil geboten, dass er damit einen besser geeigneten Ort zum Telefonieren hätte aufsuchen können, sondern dort hatte er auch Gregors Nummer gespeichert, die Bröker nicht auswendig kannte. Das war doch ein Fluch mit diesem ganzen neumodischen Technikgedöns! Man hörte auf zu denken, nicht einmal eine einfache Nummer merkte man sich mehr. Ob es eine Auskunft für Handynummern gab? Vermutlich nicht. Dann aber fiel Bröker ein, dass Gregor vermutlich noch bei ihm zu Hause war, und seine eigene Nummer kannte er natürlich. Er zog etwas Kleingeld aus seiner Hosentasche, warf es in den Automaten und wählte. Dreimal ertönte das Freizeichen, dann nahm jemand ab. In exakt dem gleichen Moment passierte auch ein PKW die Telefonzelle, sodass Bröker nur mutmaßen konnte, dass es sein junger Untermieter war, der sich gemeldet hatte. „Gregor?"

„Hallo Bröker! Stehst du auf dem Ostwestfalendamm?"

„Nein, nur mitten in Schildesche. Sag mal, hast du heute Abend schon was vor?"

„Bröker, wir haben erst vor einer Stunde dein Limonenhuhn vertilgt – ich geh nicht schon wieder mit dir essen."

„Nein, darum geht es auch gar nicht."

Mit knappen Worten schilderte Bröker, wie sich das Gespräch mit Yulenka entwickelt hatte und dass er plante, Achim Großkreutz noch einmal aufzusuchen. Dabei wurde er mehrfach von vorbeifahrenden Lastwagen übertönt und er fragte sich, was von seinen Informationen wohl am anderen Ende der Leitung ankam.

„Und darum wollte ich dich fragen, ob du mich zu diesem Großkreutz begleitest."

„Ja sicher, das mache ich. Wie war noch seine Adresse."

Bröker schrie den Straßennamen und versuchte dabei den Lärm eines vorbeifahrenden Traktors zu übertönen.

Anschließend beendete er mit einem „Ich werde so in 15 Minuten da sein" das Gespräch.

Nun musste er nur noch die Taxizentrale anrufen. Noch einmal durchwühlte Bröker seine Taschen, doch anscheinend hatte das vorangegangene Gespräch seine letzten Kleingeldvorräte erschöpft. Er wollte einen Fluch ausstoßen, sah jedoch in eben diesem Moment ein Taxi um die Ecke biegen, das er sogleich herbeiwinkte. Als der Wagen näherkam, kam ihm der Fahrer bekannt vor. War das nicht sein Chauffeur von heute Nachmittag?

„Guten Tag, einmal in die Jakob-Kaiser-Straße 16, bitte!", gab Bröker beim Einsteigen das Fahrziel an.

„Aber gerne doch!", antwortete der Fahrer, ohne ein Zeichen des Wiedererkennens zu geben. Bröker schaute sich seinen Chauffeur noch einmal an und erinnerte sich an das Gespräch vom Nachmittag.

„Sie haben einen Zwillingsbruder, der auch Taxi fährt. Und Ihr Name ist Max!", grinste er den Taxifahrer triumphierend an und wünschte sich, der Fall um den toten Schwackmeier ließe sich auch mit so viel Leichtigkeit und Eleganz lösen.

„Falsch!", grinste der Chauffeur zurück. „Ich erzähle immer nur, ich hätte einen Zwillingsbruder und hoffe, dass ich einen Gast zweimal fahre und der drauf reinfällt. Das passiert selten genug. Aber dass das an ein und demselben Tag geschieht, das Glück hatte ich noch nie."

Bröker ließ sich erschöpft in die Rückbank aus Leder sinken. „Fahren Sie mich bitte trotzdem in die Jakob-Kaiser-Straße!" Verstimmt schwieg er für den Rest der Fahrt.

Als er am Studentenwohnheim in der Jakob-Kaiser-Straße ankam, sah er Gregors Roller schon auf dem Bürgersteig davor stehen. Der Junge selbst versuchte gerade festzustellen, in welchem der beiden Wohnheime sich Achim Großkreutz eingemietet hatte.

„Gregor, schön dich zu sehen!", begrüßte er seinen jungen Freund.

„Bröker, ja, ich wollte dich doch nicht allein in die Höhle des Löwen gehen lassen!"

Bröker musste angesichts der schmächtigen Gestalt Gregors lachen, fühlte sich aber dennoch sicherer und dieses Gefühl ließ auch nicht nach, als sie kurze Zeit später vor der Tür des Appartements mit der Nummer 402 standen. Wieder klopfte Bröker und wie schon wenige Tage zuvor, machte niemand auf. Auf Brökers zweites Klopfen öffnete sich allerdings die Küchentür hinter Gregor und Achim Großkreutz schaute hinaus.

„Sie schon wieder!", stöhnte er, als er Bröker erblickte, wobei es diesem vorkam, als habe Großkreutz eine ziemliche Fahne. Diese musste auch Gregor gestreift haben, denn er schaute den Studenten mit vorwurfsvollem Blick an: „Mann, was hast du denn da zu dir genommen! Es riecht wie Terpentin, ich hoffe nur, es schmeckt besser!"

„Macht euch mal nicht in die Hosen! Wir trinken nicht, ich habe nur einen kleinen Rumtopf aufgesetzt."

„Dabei stören wir natürlich nur ungern", entgegnete Bröker, „trotzdem hätten wir noch ein paar Fragen zum Tod von Wilfried Schwackmeier."

„Oh nee, nicht schon wieder!", meuterte der Student, ergänzte dann aber mit großzügiger Geste: „Ach wisst ihr was, ihr seid doch eigentlich ganz witzig. Kommt, setzt euch zu uns in die Küche!"

Bröker und Gregor traten in eine von einer 15 Watt Birne erleuchtete Küche, in der sich noch ein zweiter Student befand. Auf dem Küchentisch, den eine Wachstuchdecke mit braunen Bärchen schmückte, stand eine Flasche Rum, verschiedene Früchte sowie ein Steinguttopf, in den schon einige Früchte und eine halbe Flasche Rum gewandert waren.

„Das ist Jörg, mein Mitbewohner", stellte ihn Großkreutz vor. „Und das ist Bötcher, ein Privatschnüffler mit seinem ... ja wer bist du eigentlich?" Seine Augen ruhten fragend auf Gregor.

„Ich bin Gregor, Brökers Freund."

„Ich wollte gerade noch mal mit meiner Freundin telefonieren", drängte sich Jörg aus der Küche, dem die Situation offensichtlich unangenehm war.

„Und was wollt ihr zwei Freunde nun von mir, Bötcher?", fragte Großkreutz, den der Alkohol offensichtlich entspannt hatte. Bröker atmete einmal tief ein und beschloss dann, auch Großkreutz direkt mit dem Vorwurf zu konfrontieren: „Herr Großkreutz, haben Sie den Bankier Wilfried Schwackmeier umgebracht?"

Großkreutz setzte sich auf einen der Küchenstühle. „Ach Bötcher, hören Sie doch auf! Haben Sie diesmal wenigstens ein stichhaltiges Motiv, warum ich es getan haben sollte?" Der Student gab sich nicht nur selbstsicher, er schien seinen Argumenten wirklich zu vertrauen.

„Sie stehen nicht zu Unrecht auf der ominösen Liste, Großkreutz!", fuhr Bröker daher schwere Geschütze auf. „Sie haben versucht, über Schwackmeier Geld anzulegen und er hat diese Gelder veruntreut."

Großkreutz rollte mit den Augen. „Das haben Sie mir schon das letzte Mal erzählt und ich bat Sie, nicht eher wieder hierher zu kommen, bevor Sie mir nicht erklären können, woher Sie Ihre Informationen beziehen – also: Woher haben Sie das?"

„Ihre Exfreundin hat für Schwackmeier geputzt und Ihnen den Kontakt zu ihm vermittelt. Und sagen Sie nicht, dass sie Frau Kusnezow nicht kennen, ich habe Sie beide erst heute zusammen gesehen."

Großkreutz fuhr sich durch die schmierigen Haare. „Ja

O.K., das stimmt so weit. Diese dumme Kuh hat mir alles vermasselt. Dank ihr bin ich auf Schwackmeiers Deal eingegangen."

„Also, hast du Schwackmeier umgebracht?", machte nun auch Gregor Druck.

Aber Achim blieb unbeeindruckt: „Blödsinn! Ich kann zwar nicht mit so einer tollen Liste angeben, wie Sie vorgeben zu besitzen, aber ich hab schon mitbekommen, dass ich nicht der Einzige war, den Schwackmeier gelinkt hat."

„Nur weil noch andere genauso dumm waren wie du, heißt das nicht, dass du weniger Grund gehabt hast, Schwackmeier umzubringen!", sagte Gregor wütend und schob sich zwischen ihn und Bröker. Ihn schien Großkreutz' windige Art ebenso aufzubringen wie Bröker. Bröker kam dies gelegen, denn es versetzte ihn in die richtige Stimmung, um einen gegenteiligen Charakter zu spielen. Ruhig legte er Gregor für einen Moment eine Hand auf die Schulter und gab seiner Stimme einen überlegenen Ton. „Sie haben nicht nur ein Motiv, sondern auch die nötige Sachkenntnis, die zu der Art, wie Schwackmeier getötet wurde, wie die Faust aufs Auge passt."

„Wieso?" Großkreutz sah Bröker so überrascht an, wie es ihm in seinem alkoholisierten Zustand nur möglich war.

„Sie haben mir selbst erzählt, dass Sie Chemie studieren. Schwackmeier wurde mithilfe eines Barbiturats vergiftet. Und der Mörder verwendete dazu nicht irgendeine Spritze, sondern ein russisches Fabrikat. Und nicht ganz zufällig waren Sie und Frau Kusnezow einige Male in Russland, als sie noch ein Paar waren. Oder etwa nicht?"

Das alles schien zu viel für den Studenten zu sein. „Warten Sie, ich muss nachdenken. Bei mir dreht sich alles …"

Gregor warf Bröker einen triumphierenden Blick zu. Er schien davon auszugehen, dass Großkreutz kurz davor war, ein Geständnis abzulegen. Doch Großkreutz erhob sich nur und legte eine Hand vor seinen Mund. „Nehmt es mir nicht übel Leute, aber mir ist schlecht."

Als er seine Schritte unsicher auf sein Zimmer zu lenkte, merkten Bröker und Gregor, dass der Student wohl noch mehr Alkohol getrunken haben musste, als sie vermutet hatten. Kurz darauf hörten die beiden charakteristische Geräusche aus seinem Badezimmer.

„Mann ist das ein schmieriger Typ, Bröker. Der muss es doch einfach gewesen sein. Ich kann mir bei ihm richtig vorstellen, wie er das alles geplant hat."

„Ja, ich bin auch unbedingt dafür! Wenn schon einer Schwackmeier umgebracht haben muss, dann bitte der! Aber ich muss zugeben, Gregor, dass mir ein wenig die Mittel ausgehen, ihn dazu zu bringen, den Mord zu gestehen. Das ist dann in Wirklichkeit doch etwas anders, als ich es mir vorgestellt habe. Wir haben alles aufgefahren, wovon wir wissen, aber anstatt dass dieser Großkreutz wimmernd ein Geständnis ablegt, hängt er über dem Klo und übergibt sich!"

Gregor sah Bröker ratlos an. Auch ihm schien nichts mehr einzufallen. Dann kam Großkreutz wieder in die Küche. Von seinem Gesicht und seinen Haaren tropfe noch Wasser und Bröker hoffte inständig, dass dieses aus dem Wasserhahn und nicht aus anderer Quelle stammte. Aber davon abgesehen, dass der Student ziemlich blass aussah, schien er wieder etwas klarer zu sehen.

„Kommen Sie bitte mit in mein Zimmer", sagte er.

Gregor und Bröker sahen sich fragend an und hofften, dass sie vielleicht doch genug Geschütze aufgefahren hatten.

Als sie in das Zimmer von Großkreutz traten, stand dieser schon an dem Regal mit den vielen Ordnern und zog etwas heraus.

„So, das hier ist mein Reisepass. Wie Sie vielleicht wissen, kann man nicht mal eben so nach Russland reisen. Man braucht dafür ein Visum und bekommt das auch jedes Mal hübsch in seinen Reisepass gestempelt. Dann sagen Sie mir doch einfach mal, wann taucht mein Name denn auf Ihrer tollen Liste auf? Ist da irgendein Datum vermerkt? Sie haben die Liste doch diesmal dabei?"

Bröker durchfuhr es. Doch dann fiel ihm ein, dass er die Liste erst kürzlich in seine Hosentasche gesteckt hatte. Wenn er jetzt noch dieselbe Hose anhatte, und die Chancen standen gut, dass dies der Fall war, war er gerettet. Möglichst unauffällig sah er an sich herab und atmete auf. Er trug immer noch die gleiche braune Cordhose. Souverän zog er die Liste hervor, die ihm der Junge einige Tage zuvor ausgedruckt hatte. Doch sie hatte dadurch, dass Bröker sie nun schon einige Zeit in der Hosentasche mit sich herumtrug, ein wenig gelitten. Daher behandelte Bröker sie mit großer Vorsicht, was seine Souveränität wiederum etwas untergrub. Gregor war das Ganze allerdings ein wenig zu umständlich: „Bröker, wenn du nicht ein wenig schneller machst, ist das Papier durch seinen natürlichen Zerfallsprozess Vergangenheit, bevor du es gelesen hast."

„Es wird aber auch nichts helfen, wenn ich es vor Aufregung zerreiße."

Gregor linste kurzerhand auf die Liste, um Achims Kopfschütteln ein Ende zu bereiten. „Hier ist vermerkt, dass dein Name im Zusammenhang mit Schwackmeiers Betrügereien erstmals vor drei Jahren aufgetaucht ist. Vor einem knappen Jahr im August kam dann ans Licht, dass das Geld verloren war."

„Im Gegensatz zu euch beiden scheint die Quelle dieser Liste ziemlich gut recherchiert zu haben. Ich habe von Schwackmeiers Betrug gut zwei Wochen vorher erfahren, also vor weniger als einem Jahr. Und jetzt schauen Sie sich bitte die Stempel in meinem Reisepass an."

Bröker nahm den Pass in die Hand und blätterte in ihm herum. Es fanden sich nur zwei Stempel darin, die auf einen Russlandaufenthalt schließen ließen. Einer war gut zwei Jahre alt, der andere mehr als drei.

„Da hat meine süße Antonella Ihnen wohl einen ganz schönen Bären aufgebunden. Denn es würde wenig Sinn gemacht haben, wenn ich die Spritze aus Russland mitgebracht hätte, bevor ich überhaupt von dem Betrug gewusst habe. Da stimmen Sie doch mit mir überein? Und dass ich nicht früher davon gewusst habe, geht ja aus der Liste hervor. Wenn Ihnen das nicht als Beweis reicht, kann ich Ihnen auch nicht mehr helfen. Ich bitte Sie allerdings darum, wenn Ihnen noch einmal einfallen sollte, dass ich ein Mörder sein soll, den offiziellen Weg zu beschreiten. Ich bin zwar alles andere als heiß darauf, dass mein nicht ganz koscherer Handel mit Schwackmeier irgendwelchen Behörden bekannt wird, aber viel schlimmer als das, was ich gerade hier erlebe, kann es auch nicht werden!" Großkreutz fuhr sich wieder wie so oft durch seine nun nassen Haare.

Bröker und Gregor sahen betroffen drein.

„Wenn ich Sie also jetzt bitten dürfte zu gehen."

Bröker nickte und Gregor und er verließen die Wohnung.

„Da haben wir aber nicht gerade eine Glanzleistung hingelegt", sagte Gregor, als sie wieder unten angekommen waren, und nahm den Helm von seiner Vespa. „Mann, dabei hätte ich drauf wetten können, dass dieser gelackte Affe es gewesen ist! Hast du gehört, wie er von seiner Exfreundin gesprochen hat? Dass sie eine dumme Kuh ist und dann dieser Spitzname, ‚meine süße Antonella' das ist einfach nur arm."

„Warte mal, Gregor. Wie hat Großkreutz Yulenka genannt? Antonella?"

„Ja, ich glaub ganz genau so."

Bröker kramte noch einmal umständlich die Liste hervor

und hielt sie in das Licht der tiefer stehenden Sonne, das über die Dächer eines angrenzenden Wohnheims fiel, und versuchte etwas zu entziffern. Dann erhellte sich sein Gesicht und sah mit einem Mal höchst vergnügt aus.

„Hast du mal was von Dostojewski gelesen, Gregor?"

„Wie bitte?"

„Na, ob du schon mal was von Dostojewski gelesen hast. Ich nämlich schon."

„Bröker, ich passe." Gregor konnte seinem Freund einfach nicht mehr folgen. Wieso dachte der jetzt um Himmels willen gerade an Dostojewski.

„Nicht nur, dass der werte Herr ein Werk mit dem Namen *Erniedrigte und Beleidigte* geschrieben hat, was vielleicht zu unserem Gemütszustand gerade sehr gut passt, nein, ich erinnere mich auch an ein Detail, das mich bei den ersten dicken Romanen, die ich von ihm gelesen habe, immer ganz verrückt gemacht hat!"

„Und das wäre?"

„Es betrifft die russischen Nachnamen. In Russland hat jeder zwei davon."

„Wie das?"

„Na, neben dem normalen Familiennamen wie Müller oder Schmidt hat jeder dort noch einen Vatersnamen. Wenn also Igor der Sohn von Pjotr ist, so heißt er Igor Pjotrwitsch und wenn Katharina die Tochter von Iwan ist, so darf sie sich auch Katharina Iwanowna nennen. Dieser Vatersname ist in Russland ebenso geläufig wie der eigentliche Familienname."

„Und weiter?" Gregor verstand immer noch nicht, worauf Bröker hinauswollte.

„Na du hast doch eben selbst gesagt, dass Großkreutz Yulenka Antonella genannt hat. Demnach würde ich drauf wetten, dass ihr Vater Anton heißt. Und jetzt schau mal bitte auf die Liste."

Gregor hing den Helm wieder an den Lenker der Vespa und ging die Liste durch. Dann schrie er auf.

„Ah! Du meinst den Namen hier, ja? Anton Kusnezow?"

„Ja, die Familienverhältnisse sind zwar auf der Liste nicht vermerkt, aber ich würde drauf wetten, dass es sich bei ihm um Yulenkas Vater handelt!"

„Bröker, dann ist das unser Mann. – Komm wir müssen sofort dahin fahren!"

„Einverstanden. Kannst du mir gerade mal dein Handy leihen?"

„Willst du Yulenka etwa vorwarnen?"

„Quatsch, ich will uns ein Taxi rufen!"

„Unsinn, wir fahren mit der Vespa. Ich habe im Rucksack extra den zweiten Helm dabei. Los, Bröker, steig auf!"

Kapitel 26
Ende gut, alles ...

Gregor raste auf seiner Vespa stadtauswärts. Bröker krallte sich an den hinteren Bügel. Er hatte noch einmal vorgeschlagen, ein Taxi zu nehmen, aber Gregor war zu ungeduldig gewesen: „Bis das Taxi hier ist, sind wir doch mit dem Roller schon bei Yulenka!"

So umkurvte er nun die Autos auf der Westerfeldstraße, die in dem dichten Gedränge des Spätfeierabends nicht so schnell vorankamen. Bröker hätte dem Jungen gerne gesagt, dass es auf zwei Minuten nun sicher auch nicht ankomme, aber er ahnte, dass seine Worte entweder von den beiden Helmen geschluckt oder vom Fahrtwind verweht werden würden. Sie fuhren kurz an dem Café vorbei, in dem Yulenka arbeitete, aber dort waren wie erwartet schon alle Türen geschlossen und alle Lichter gelöscht.

Als sie wenig später auf der Talbrückenstraße Richtung Baumheide eine Radarkontrolle passierten, blendeten Bröker zwei rote Lichtblitze und ihm fiel auf, dass dies seit zehn Jahren das erste Mal war, dass er geblitzt wurde, denn genauso lange war es her, dass er beschlossen hatte, nicht mehr Auto zu fahren. Gregor holte weiter aus dem Roller heraus, was der an Geschwindigkeit hergab, als sei er sich keiner Schuld bewusst. Wahrscheinlich hielt er es einfach für unwahrscheinlich, dass nun noch eine weitere Geschwindigkeitskontrolle auf ihrer Fahrt auf sie wartete, und wollte die Gunst der Stunde nutzen.

Als er schließlich in die Hochhaussiedlung in Baumheide einbog, war die Fahrt sicher deutlich schneller gewesen als mit einem Taxi, aber sie war Bröker doppelt so lang vorgekommen.

„Wir sind geblitzt worden!", sagte er als Erstes, nachdem er sich den Helm vom Kopf gezogen hatte. „Hast du es bemerkt?"

„Ja, cool, oder?"

„Seit wann ist es cool, geblitzt zu werden. Bekommst du keine Punkte?"

„Wie denn? Das war ein ganz normaler Starenkasten, die blitzen nur von vorn. Und anders als ein Auto hat ein Roller doch nur hinten ein Nummernschild. Jetzt komm!"

Schon hatte Gregor das Haus betreten, dessen Tür noch immer offenstand. Bröker folgte ihm und tauchte in den wohlbekannten Bratfischgeruch ein wie in einen See. Natürlich hatte noch niemand den Aufzug repariert, sodass sich Bröker zum zweiten Mal an diesem Tag zu Fuß auf den Weg in den sechsten Stock begab. Immer zwei Stufen auf einmal nehmend flog Gregor voran. Bröker schnappte schon im ersten Stock nach Luft, versuchte dem Jungen aber auf den Fersen zu bleiben. Auch dieses Mal öffnete sich die Tür im vierten Stock und der mangentafarbene Morgenmantel kam heraus. Aber nun war es Gregor, den die Lockenwicklerträgerin als Erstes erspäht hatte. Ihre Haare sahen immer noch ganz genauso aus, wie am Mittag, obwohl sie inzwischen die Lockenwickler nicht mehr trug. Ihr „Bringen Sie das *Goldene Blatt*?" erwischte ihn, als er schon auf dem Zwischenabsatz zum fünften Stock war.

„Nein, er hat mir das letzte Exemplar der *Bäckerblume* geklaut, aber gleich habe ich ihn!", schnaufte Bröker, der in diesem Moment an ihrer Tür vorbeikam. Verdutzt schaute die Frau dem Duo nach.

Als Bröker den sechsten Stock erreichte, hatte Gregor schon geschellt.

„Mensch, Gregor, lass mir doch wenigstens Zeit, erst einmal durchzuatmen!", keuchte Bröker.

„Ach was, wenn wir noch ein Dutzend solcher Fälle haben, wirst du noch zu einer richtigen Sportskanone!"

In diesem Moment öffnete sich die Wohnungstür. Yulenka stand vor ihnen.

„Sie schon wieder?", fragte sie wenig begeistert. „Und wer ist der Junge, den Sie da mitgebracht haben?"

Gregor warf ihr einen vernichtenden Blick zu und Bröker antwortete: „Nicht ich habe ihn mitgebracht, sondern er mich, und wir müssen Sie noch einmal sprechen. Geht das?" Er war sich bewusst, dass diese Nachfrage eher der Form genüge tat, denn gleichzeitig betrat er von Gregor gefolgt die Wohnung.

Es war deutlich zu spüren, dass Yulenka eigentlich einem weiteren Gespräch abgeneigt war, aber anscheinend wusste sie nicht, wie sie die beiden abwimmeln sollte.

„Dann kommen Sie eben herein! Hier um die Ecke ist mein Zimmer. Bitte lassen Sie uns dahin gehen. Meine Mutter hat mich vorhin schon wegen Ihres Besuches heute Mittag ausgefragt und ich möchte nicht, dass sie mitbekommt, weshalb Sie hier sind, das würde sie nur unnötig aufregen und Aufregung hatte sie seit Vaters Schlaganfall nun wirklich genug."

Yulenka führte Bröker und Gregor durch den Flur, der hinter einem Knick noch zu zwei weiteren Zimmern führte. Sie bat die beiden mit einer Geste hinein. Kurz bevor sie die Tür wieder schließen konnte, hörte man ihre Mutter auf Russisch etwas rufen. Yulenka antwortete ebenfalls auf Russisch und schloss dann die Tür. Die drei befanden sich in einem Raum, dem man anmerkte, dass er einmal ein Kinderzimmer gewesen war. Die Möbel und ein paar der Dekorationsgegenstände in den Regalen waren aus dieser Zeit geblieben, die Poster, deren Schatten man noch an der Tapete sah, hatte Yulenka hingegen abgehängt.

„Worum geht es denn nun genau?", wollte die junge Russin wissen. „Was habe ich denn heute Nachmittag nicht zu Ihrer Zufriedenheit beantworten können? Ehrlich gesagt machen Sie mir langsam Angst."

„Es ist immer noch dieselbe Frage." Bröker gab sich beharrlich. „Haben Sie Schwackmeier umgebracht?"

„Meine Antwort ist auch immer noch dieselbe", wehrte sich Yulenka. „Es gibt einige Menschen, die ebenso die Möglichkeit gehabt hätten, ihn umzubringen wie ich. Und einige haben ein besseres Motiv."

„Eben da bin ich mir nicht mehr so sicher."

„Was soll das heißen? Warum hätte ich meinen Arbeitgeber denn umbringen sollen?"

„Aus dem gleichen Grund, den Sie Ihrem Exfreund unterstellt haben: Schwackmeier hat auch Ihre Eltern um einiges Geld erleichtert."

Bröker und Gregor sahen nun, dass es Yulenka zum ersten Mal schwer fiel, die Fassung zu bewahren.

„Woher haben Sie das?", flüsterte sie.

Bröker wollte schon mit einem Satz auftrumpfen, den er aus jedem zweiten Krimi kannte: „Das spielt jetzt keine Rolle." Nach ein wenig Nachdenken entschloss er sich aber für das weniger großspurige: „Wir haben mit der Hilfe von Herrn Großkreutz sowohl herausgefunden, dass er es nicht gewesen sein kann, als auch, dass der Name Ihres Vaters auf besagter Liste steht, die angibt, wer alles von Schwackmeier betrogen wurde."

„Das ist doch nicht möglich", murmelte die junge Russin. „Wie ..."

Gregor und Bröker sahen sie an. Nun kamen ihr doch die Tränen. Schließlich fiel sie in sich zusammen. „Ja, ich war es – ich habe ihn umgebracht", gestand sie und es war genau so, wie Bröker sich das vorgestellt hatte.

„Weil er Ihre Eltern betrogen hat?" Gregor wollte nun auch bestätigt hören, dass seine Liste den richtigen Hinweis geliefert hatte.

„Ja ..."

In diesem Augenblick öffnete sich die Tür. Yulenkas Mutter trat ein: „Unsinn! Meine Tochter hat nicht umgebracht diese Schwackmeier."

„Mama, ich habe doch gesagt, du sollst dich hier raushalten!" Yulenka war aufgesprungen. „Hast du gelauscht?"

Frau Kusnezow nahm von ihrer Tochter keinerlei Notiz. Auch Bröker redete auf sie ein: „Aber Frau Kusnezow, dass Ihre Tochter Schwackmeier ermordet hat, scheint mir mehr als bewiesen. Sie hat es ja sogar schon zugegeben."

„Aber stimmt nicht."

Yulenka fiel ihrer Mutter auf Russisch ins Wort. Beide diskutierten erregt. Auch wenn Bröker bei Dialogen in einer Fremdsprache häufig dachte, dass es sich um einen Streit handelte, hatte er diesmal mit seiner Mutmaßung sicherlich

Recht. Gregor und er schauten sich ein wenig ratlos an, währenddessen schienen Mutter und Tochter nicht nur die Gesichtszüge zu ändern, sondern auch immer wieder die Farbe von blass zu rot und wieder zu blass zu wechseln. Endlich hielten sie ein. Yulenkas Mutter sah Bröker ernst an: „Ist Unsinn, was Yulenka sagt. Sie nicht hat Schwackmeier ermordet. Ich habe getan."

„Sie?" Bröker war ein wenig fassungslos, ob dieser neuerlichen Wendung der Lage.

„Nicht nur ich. Ich habe gemacht mit meine Mann."

„Mit Ihrem Mann?" Bröker musste lachen. „Ich dachte, Ihr Mann liegt im Bett und hatte einen Schlafanfall."

„Liegt auch in Bett, aber erst seit 13 Tagen."

„Sie meinen, als Schwackmeier getötet wurde, war er noch gesund?"

„Ja, ist da passiert!"

„Wo?"

„In Haus von Herrn Schwackmeier."

„Moment! Ich weiß, dass Schwackmeier angeblich einen Herzinfarkt bekam. Nun behaupten Sie, Ihr Mann habe am gleichen Ort und zur gleichen Zeit einen Schlaganfall gehabt?"

„Ja, ist so."

„Bevor oder nachdem er angeblich geholfen hat, Schwackmeier umzubringen?"

„Nachdem natürlich." Frau Kusnezow schaute Bröker an, als sei dieser nicht ganz bei Trost, und so ähnlich fühlte er sich auch.

„Also, vielleicht erzählen Sie mir noch einmal ganz langsam und von vorne. Was ist passiert und vor allem warum."

„Habe ich doch gesagt, wir haben Schwackmeier umgebracht."

„Zu dritt?"

„Nein, Yulenka hat erst später gewusst."

„Später?" Allmählich fühlt Bröker Zorn in sich aufsteigen. Egal, wie er die Frau befragte, stets bekam er eine Antwort, der nichts zu entnehmen war.

„Hat begonnen, als wir nach Deutschland gekommen sind."

„Sie werden doch nicht nach Deutschland gekommen sein mit dem festen Vorsatz, Schwackmeier umzubringen, Herrgott noch mal!"

„Nein ... Ist so: Wir sind vor acht Jahren nach Deutschland gekommen."

Nun schaltete sich glücklicherweise Yulenka ein. „Deutschland war für uns, vor allem für meine Eltern, das gelobte Land. Darum waren sie froh, als sie entdeckt haben, dass mein Vater einen deutschen Onkel besitzt. So konnten sie beantragen, nach Deutschland einwandern zu dürfen. Ich fand das damals gar nicht so toll. Ich habe meine Freunde, meine Schule, meine Sprache zurückgelassen."

„Kann ich mir vorstellen", pflichtete Gregor bei.

„Sie haben erst hier Deutsch gelernt?", interessierte sich Bröker.

„Meine Eltern konnten es ein bisschen, ich gar nicht. Auch wenn es immer der Wunsch meiner Eltern war, nach Deutschland zu ziehen, richtig überlegt und vorbereitet war es nicht."

„Dafür sprechen Sie jetzt aber hervorragend Deutsch!" Bröker merkte, wie unpassend sein Kompliment an dieser Stelle wirken musste. Aus eigener Erfahrung wusste er, dass man zum einen eine Sprache erst dann gut spricht, wenn einem Muttersprachler dieses Kompliment gerade nicht mehr machen. Zum anderen hatte er soeben Yulenkas Eltern eines Mordes überführt. Vermutlich war ihr da Brökers Meinung über ihr Deutsch herzlich egal. Entsprechend wenig reagierte Yulenka auch auf seinen Kommentar, sondern fuhr fort zu erzählen: „Das Einzige, was meine Eltern wirklich gut vorbereitet hatten, war die finanzielle Seite. Das war in Russland zu Zeiten der Sowjetunion auch gar nicht so schwer. Meine Mutter war Apothekerin, wie Sie ja schon wissen, mein Vater Agraringenieur. Beides Berufe, in denen man ganz gut verdiente. Nur konnte man das Geld in der Sowjetunion ja nicht ausgeben, es gab ja nichts, was man kaufen konnte. Also haben sie es gespart und hatten, als die Sowjetunion auseinanderbrach, ein recht ansehnliches Bankkonto."

„Und das haben sie mit hierher gebracht?"

„Ja, ihr Traum, unser Traum war es, hier in Deutschland ein Häuschen zu kaufen. Außerdem war da der Wunsch, dass ich studieren kann." Yulenka zuckte mit den Schultern. „Die Hoffnungen der Eltern für ihre Kinder eben."

Bröker sah sich um. Nach einem eigenen Häuschen sah das um ihn herum nicht gerade aus. Doch bevor er etwas sagen konnte, hörte er einen Schrei aus dem Schlafzimmer. Herr Kusnezow meldete sich.

„Mein Mann. Ich habe vergessen. Bitte, ist möglich, dass wir alle zu ihm gehen?" Bröker und Gregor nickten.

Wenig später hatten sich alle auf den Stühlen niedergelassen, die Yulenka mit ihrer Mutter um das Bett gruppiert hatte. Herr Kusnezow sah elend aus, fand Bröker. Seine grauen Harre standen wirr vom Kopf ab, sein Gesicht, das mindestens seit drei Tagen nicht mehr rasiert worden war, bedeckten weiße Bartstoppeln und sein magerer Körper steckte in einem Schlafanzug, der langsam anfing, ihm zu weit zu werden. Wenn er den Mund öffnete, drangen aus ihm Laute, die Bröker an die Schreie eines Tiers erinnerten. Dennoch schien seine Frau ihn zu verstehen, denn sie redete nicht nur auf ihn ein, sondern schien auch richtig auf seine Antworten zu reagieren.

„Sie hat meinem Vater gesagt, dass ihr die Verpackung der Spritze gefunden habt", dolmetschte Yulenka. „Und auch, dass ich begonnen habe, alles zuzugeben."

„Öjjöj", machte Herr Kusnezow und seine Augen weiteten sich. Da aber auch seine Frau ihn diesmal nicht zu verstehen schien, fuhr Yulenka mit ihrem Bericht fort.

„Da meine Eltern kaum Geld ausgegeben hatten, hatten sie einiges gespart, als wir hierher nach Deutschland kamen. Trotzdem mussten sie feststellen, dass sie sich den Traum von einem eigenen Haus nicht erfüllen konnten. Sie hatten fast 25.000 Euro zurückgelegt, aber ein Haus hier kostete fast zehn Mal so viel und keine Bank wollte uns einen Kredit geben. Den hatten meine Eltern fest in ihre Hauspläne einkalkuliert. Wir waren ja neu hier, hatten keine Arbeit, die den Banken genug Sicherheit lieferte, und so hatten sie wohl Sorge, dass wir das Geld nicht zurückzahlen würden. Da halfen auch die 15.000 Euro, die Verwandte uns leihen wollten, wenig."

„Ja, schlimme Situation, ganz schlimm", meldete sich Frau Kusnezow wieder zu Wort.

„Ich habe gleich, als wir hier waren, neben der Schule kleine Nebenjobs angenommen, Zeitungen ausgetragen und eben all das, was man als Jugendliche machen kann. Und irgendwann hab ich bei Herrn Schwackmeier die Putzstelle bekommen. Natürlich haben meine Eltern mich in dem Alter nicht einfach bei jemanden, der ihnen unbekannt war, putzen lassen, sondern sich alles angeschaut. Und so trafen meine Eltern dann eben auf Herrn Schwackmeier. Er war der finanzielle Berater eines Vereins für Deutschrussen, an den sie sich schließlich wandten. Ich weiß nicht, wie er an diese Position gekommen ist, aber er hat sie missbraucht."

„Ja, er war Verbrecher!" Yulenkas Mutter unterstrich ihre Aussage mit einer Geste, als wolle sie Schwackmeier noch einmal umbringen. Die ganze Szene wurde untermalt von ihrem Mann, der vor Erregung schrie.

„Beruhige dich, Papitschka. Er ist ja tot. – Jedenfalls hat Herr Schwackmeier meinen Eltern gesagt, sie müssten ihr Geld anlegen, damit es sich vermehrt. Das Geld müsse arbeiten und er könne sich darum kümmern."

„In Deutschland alle müssen immer arbeiten", meldete sich ihre Mutter wieder zu Wort. „Menschen müssen arbeiten und Geld muss auch arbeiten."

„Ja, er hat gesagt, er würde es für sieben Jahre fest anlegen und danach hätte es sich verdoppelt. Und wenn wir in der Zwischenzeit noch etwas zurücklegen, könnten wir uns vielleicht eine Wohnung oder ein kleines Häuschen auf dem Land kaufen. Sicher gäben uns dann auch die Banken einen Kredit."

„Oaah", schrie ihr Vater wieder wütend, bei der Erinnerung an diese Geschichte.

„Dann hieß es jedoch plötzlich, die Börse sei schlecht gelaufen und die Wertpapiere, die meine Eltern angeblich gekauft hatten, seien nichts mehr wert."

„Ja, ist Betrüger, diese Schwackmeier! Hat Geld für sich genommen. Wir waren nicht Einzige, die viel Geld verloren haben."

„Und dann haben Sie mit Yulenka beschlossen, ihn umzubringen." Bröker bemühte sich, die Geschichte zu rekonstruieren.

„Nein, war so nicht." Wieder nahm Frau Kusnezow ihre Tochter in Schutz. „Yulenka hat nicht gewusst. Sie hatte ja eigene Probleme. Mit Studium und Freund, der nicht mehr Freund sein wollte."

„Was haben Sie denn studiert?"

„Wirtschaftsmathematik. Aber das war ein kurzes Vergnügen. Als das Geld, mit dem meine Familie die nächsten Jahre geplant hatte, komplett verloren war, musste ich wieder zu meinen Eltern ziehen und neben der Putzstelle bei Herrn Schwackmeier noch andere Nebenjobs annehmen. Dadurch hat dann die Zeit für das Studium nicht mehr gereicht, mich hat das einfach alles so müde gemacht. Und für Wirtschaftsmathematik muss man hart arbeiten, viele Übungen machen und dergleichen. Ich habe da einfach nicht mehr mithalten können. Und Achim konnte mit mir in diesem Zustand einfach nichts mehr anfangen. Er ist daran gewöhnt, dass man seine Leistung bringt, und menschliche Abgründe sind ihm suspekt. Da ist er auch rigoros: Bevor einem andere Probleme bereiten, bereitet man lieber anderen Probleme. Ich habe ihm auch deshalb nie erzählt, was bei mir zu Hause los ist."

„Aber der Hauptgrund für die Trennung wird doch Ihr Anlagetipp für ihn gewesen sein, oder?", mutmaßte Bröker.

„Ja, das hat sich sowieso alles so unglücklich überschnitten. Denn obwohl meine Eltern ihr Geld früher angelegt hatten, flog zuerst auf, dass Achims Geld verloren war – einfach weil er keine so lange Laufzeit wollte und Herr Schwackmeier ihn nicht hinhalten konnte. Ab dem Zeitpunkt haben wir uns eigentlich nur noch gestritten, Achim konnte einfach nicht den Gedanken loswerden, dass er das ganze Geld noch besitzen würde, wenn er mich nicht getroffen hätte. Ich habe natürlich dann geahnt, dass auch das Geld meiner Eltern verloren sein wird, und es ihnen gesagt. Schnell war klar, dass wir nichts davon wiedersehen würden. Ja, und ab da ging dann endgültig alles bergab. Und als ich das Studium dann vor einem Jahr aufgeben musste, hat mich Achim fallen gelassen – wie sagt man auf Deutsch: wie eine heiße Kartoffel."

„Ist eine schlechte Mensch, diese Achim, genauso wie Schwackmeier!", entschied Yulenkas Mutter und schluchzte dabei. Auch ihr Mann gab einen Laut von sich, der zwar wieder sehr seltsam klang, aber Bröker seinen Schmerz erahnen ließ.

„Ja, aber dann haben gesehen, wie viel Geld wir haben verloren und dass Yulenka muss putzen. Ich immer habe das Beste für meine Tochter gewollt", erklärte ihre Mutter. „Da habe ich gedacht: Muss sterben, die Schwein."

„Aber wie ist das abgelaufen?", schaltete sich nun auch Gregor ein.

„Es muss wohl gewesen sein, als ich mein Studium aufgegeben habe, dass meine Eltern den Plan gefasst haben, Herrn Schwackmeier zu vergiften. Meine Mutter ist zwar Apothekerin, aber so ganz einfach ist es auch für sie nicht, an ein genügend starkes Gift zu kommen, besonders, weil sie ja hier nicht in einer Apotheke arbeitet. Aber sie kennt sich natürlich mit Medikamenten aus und wusste aus ihrer aktiven Zeit in Russland noch von einem starken Schlafmittel, das tödlich wirkt, wenn man es in zu hoher Konzentration einnimmt."

„Pentobarbital, ich weiß", nickte Bröker.

„Ja. Sie hat das mehrfach mitbekommen, weil in Selbstmordfällen in Russland oft auch die Apotheker, die das Medikament ausgegeben haben, befragt wurden. Als meine Eltern das letzte Mal in Russland waren, hat meine Mutter das Medikament besorgt."

„Und das haben Ihre Eltern dann Schwackmeier in die Halsschlagader gespritzt?"

„Das war eher ein Unfall."

„Ich dachte, sie wollten Schwackmeier umbringen."

„Wollten schon, aber anders", meldete sich Frau Kusnezow zu Wort.

„Und wie?"

„Meine Eltern haben Herrn Schwackmeier wochenlang

unregelmäßig beobachtet. Es hat sie wahnsinnig gemacht, dass er so gut wie nie das Haus verließ. Denn sie konnten ja nur losziehen, wenn ich abends unterwegs war, damit ich keinen Verdacht schöpfte. An besagtem Dienstag sah meine Mutter jemanden, vermutlich diesen Palshöfer, aus Schwackmeiers Haus gehen und hielt ihn für Herrn Schwackmeier. Sie hat wohl nicht so genau hingeschaut, aber das war, wie wir inzwischen alle wissen, beileibe nicht die größte Unachtsamkeit meiner Eltern. Jedenfalls beschloss sie, die Luft sei rein, rief meinen Vater an, der zu Hause war, meine Schlüssel zu Herrn Schwackmeiers Haus einsteckte und zu meiner Mutter fuhr, die so lange das Haus beobachtet hatte. Und dann drangen beide schließlich zusammen in Herrn Schwackmeiers Haus ein."

„Um was zu tun?" Bröker war nun aufs Äußerste gespannt.

„Sie hatten das Barbiturat dabei und auch die Spritze, die sie mit dem Mittel zusammen in Russland besorgt hatte, einfach weil sie dachte, es sei sicherer, weil so nicht nachweisbar wäre, dass sie irgendwo hier eine Spritze gekauft hatte. An solchen Details wiederum haben sie wochenlang getüftelt. Als sie in Herrn Schwackmeiers Küche waren, packte mein Vater die Spritze aus und zog sie mit dem Pentobarbital auf. Sie wollten es hochdosiert in abgepackte Lebensmittel injizieren. Wenn Herr Schwackmeier sie dann gegessen hätte, wäre er binnen kurzer Zeit gestorben, alles hätte nach einem Herzinfarkt ausgesehen und niemand hätte uns verdächtigt."

„So war das eigentlich geplant!" Auch Gregor hörte Yulenkas Erzählung gebannt zu.

„Nun ja, sie hatten aber nicht mitbekommen, dass Herr Schwackmeier eben doch im Hause war. Er war im oberen Stockwerk und muss gehört haben, wie mein Vater zwischendurch vor Aufregung auf die Toilette gegangen ist. So haben wir es uns nachher zusammengereimt. Jedenfalls betrat er die Küche gerade, als meine Eltern den Kühlschrank geöffnet hatten."

„Ja, hat gleich Riesentheater gemacht. Hat geschrien und gesagt, er ruft Polizei", beschrieb Yulenkas Mutter das Geschehen weiter.

„Ja und mein Vater ist in Panik geraten."

„Ist aufgesprungen und hat sich auf Schwackmeier gestürzt."

„Ja, und dabei hat er ihm die Spritze in den Hals gerammt. Das war in dem Moment nicht geplant. Schon gar nicht, dass er dabei die Halsschlagader erwischt hat."

„Ja und Schwackmeier sofort ohnmächtig. Hat kaum geatmet."

Bröker hielt inne und überlegte einen Moment. „Aber wie kommt es, dass Ihr Mann nun mit einem Schlaganfall im Bett liegt. Und wieso wurde Schwackmeier im Esszimmer gefunden und nicht in der Küche?"

„Kam so ...", begann Frau Kusnezow.

„Lass mich mal erzählen, Mama!", unterbrach ihre Tochter sie. „Als mein Vater begriff, dass er tatsächlich einen Menschen angegriffen hatte und mit ansehen musste, wie dieser mit dem Tode rang, regte er sich furchtbar auf, obwohl das wenige Minuten zuvor ja noch sein Plan gewesen war. Er schrie meine Mutter an, dann brach er zusammen."

„Das war der Schlaganfall?"

„Genau, das war der Schlaganfall. Meine Mutter geriet nun auch endgültig in Panik und wusste nicht mehr, was sie tun sollte. Sie stand zwischen meinem Vater, der mit einem Schlaganfall am Boden lag, und Schwackmeier, der währenddessen immer flacher atmete. Schließlich rief sie mich völlig aufgelöst an. Noch während unseres Telefonats starb Schwackmeier."

„Und wie haben Sie reagiert?", wollte Bröker wissen.

„Ich war entsetzt! Schließlich war es das erste Mal, dass ich von den Plänen meiner Eltern hörte, ich konnte das alles gar nicht glauben. Trotzdem habe ich mich in die nächste Bahn gesetzt, das einzige Auto, das meine Eltern besitzen, hatten sie ja schon benutzt, und bin zu Herrn Schwackmeiers Haus gefahren. Dort fand ich meine Mutter zwischen zwei Männern kniend, die auf dem Boden lagen: meinem Vater und Herrn Schwackmeier. Mein Vater schaute uns mit großen Augen an, sagte aber nichts und Herr Schwackmeier sagte auch nichts, denn der war ja schon tot."

„Ooooah", machte ihr Vater wie zur Bestätigung. Vielleicht war es auch ein Laut der nachträglichen Befriedigung darüber, es Schwackmeier gezeigt zu haben, wer konnte das wissen.

„Ich habe mich kurz mit meiner Mutter beratschlagt, dann haben wir meinen Vater ins Auto getragen und ins Städtische Krankenhaus gefahren. Dort haben wir erst in der Notaufnahme gewartet. Es kam uns ewig vor. Mein Vater sah schrecklich aus und hat gestöhnt. Außerdem waren wir auch wegen Herrn Schwackmeier nervös. Den konnten wir ja auch nicht einfach in seinem Haus liegen lassen."

„Ja, war furchtbar." Yulenkas Mutter hatte Tränen in den Augen. „Arzt hat gesagt, hat Schlaganfall. Muss in Krankenhaus bleiben. Wollte doch bei ihm bleiben, aber ging nicht wegen diese verdammte Schwackmeier."

„Ja, wir mussten zurück. Also haben wir gesagt, wir würden noch ein paar Sachen für meinen Vater holen, sind aber direkt zu Herrn Schwackmeier gefahren. Da haben wir erst wirklich begriffen, dass wir ihn umgebracht haben. Wir mussten uns etwas ausdenken. Dass er nicht eines natürlichen Todes gestorben war, sah man ja, so wie er dalag. Ihm steckte sogar noch die Spritze im Hals. Aber selbst, als wir die herausgezogen hatten, sah man natürlich die Einstichstelle, um die herum sich ein kleines Hämatom gebildet hatte. Schließlich hatte meine Mutter die Idee, wir könnten sie kaschieren, wenn wir so täten, als sei er beim Essen gestorben und mit dem Kopf hineingefallen. Wir haben Herrn Schwackmeier ins Esszimmer getragen und in einen Stuhl gesetzt. Meine Mutter hat zum Glück in seinem Schrank noch eine Dose Tomatensuppe gefunden und sie wirklich noch gekocht, damit alles echter wirkt, dann in einen Teller gefüllt und Herrn Schwackmeiers Kopf hineinfallen lassen. Wir waren beide noch froh, wie gut die Tomatensuppe die Einstichstelle verdeckte."

„Ja, ich habe mich gekümmert um Schwackmeier." So wie Frau Kusnezow das sagte, klang es eher nach Krankenpflege als nach der Vertuschung eines Verbrechens.

„Und ich bin in der Zwischenzeit nach Hause gerast, habe ein paar Sachen für meinen Vater eingepackt und bin wieder zu ihm ins Krankenhaus gefahren. Die Ärzte dort sollten ja auch keinen Verdacht schöpfen und denken, dass wir uns als seine Angehörigen nicht um meinen Vater kümmern."

„Und ich habe Tisch gedeckt für Schwackmeier."

„Ja, meine Mutter hat eine richtige Festtafel für ihn aufgebaut. Allerdings kannte sie ihn ja auch nicht so gut. So ist auch dieser Fehler mit dem Wein passiert. Sie konnte ja nicht wissen, dass der Wein, den sie in Herrn Schwackmeiers Wohnzimmer fand, auf keinen Fall von ihm sein konnte."

„Ja, Palshöfer hatte ihn mitgebracht", bestätigte Bröker.

„Und ich habe gedacht, passt gut zu eine gute Essen", fiel Frau Kusnezow ein.

„Und ich habe auch nicht mehr darauf geachtet, als ich dann wieder zu ihr gefahren bin", ergänzte Yulenka. „Ich war müde und stand noch immer unter Schock. Darum habe ich nur einen raschen Blick auf alles geworfen und meine Mutter dann ins Krankenhaus gebracht."

„Und Sie waren dann auch diejenige, die Schwackmeier ein paar Stunden später gefunden hat?"

„Ja, ich hatte meinen normalen Termin um neun Uhr morgens. Ich wollte, dass alles möglichst so ist wie immer. Also habe ich um Punkt neun vor Herrn Schwackmeiers Tür gestanden. Seine Nachbarin, die tagsüber ja berühmt dafür ist, alles mitzubekommen, aber nachts anscheinend dafür einen umso gesegneteren Schlaf zu besitzen scheint, hat mich noch gegrüßt, als ich aufschloss. Ich bin wie sonst auch durchs Haus gegangen und habe dann sofort Doktor Geringhoff angerufen. Ich wusste, dass das der Hausarzt von Herrn Schwackmeier war, und ich dachte, der übersieht die Einstichstelle vielleicht eher als ein Gerichtsmediziner. Tatsächlich hat er wenig später ja auch den Totenschein aufgrund eines Herzinfarkts ausgestellt."

„Aber Sie haben auch die Polizei gerufen."

„Ja, das war vielleicht ein weiterer Fehler. Ich habe in diesem Moment wenig nachgedacht und meinte, es sei so üblich."

„Vermutlich haben Sie Recht und Geringhoff hätte es ansonsten getan."

„Zuerst lief ja auch alles genau so, wie wir uns das vorgestellt hatten. Doktor Geringhoff diagnostizierte einen Herzinfarkt und die Polizei glaubte ihm. Bis dann jemand darauf kam, dass Herr Schwackmeier ja keinen Wein trank."

Bröker hüstelte verlegen und auch Gregor, dem es auf der Zunge lag zu sagen, dass dieser jemand Bröker gewesen war, erkannte, dass er wohl besser zu diesem Thema schwieg. Stattdessen stellte er eine andere Frage, die ihm ebenso auf der Zunge lag: „Wie kommt es eigentlich, dass man weder von Ihnen, Frau Kusnezow, noch von Ihrem Mann Fingerabdrücke gefunden hat?"

„Wir waren doch vorbereitet!" Das Gesicht von Yulenkas

Mutter leuchtete stolz. „Wir durften ja sowieso keine Abdrücke hinterlassen. Also habe ich Handschuhe besorgt."

„Ja, das hat auch zu einem ganz seltsamen Blick des Arztes geführt, als wir meinen Vater in die Notaufnahme brachten", bestätigte Yulenka. „Wir hatten nämlich in der ganzen Aufregung vergessen, ihm die Handschuhe wieder auszuziehen."

Gregor unterdrückte ein Lachen und auch Bröker hätte beinahe losgeprustet.

„Eine Frage habe ich noch", sagte er schließlich. „Wieso sind Sie am Sonntag noch einmal in Schwackmeiers Haus zurückgekehrt? Wenn ich Sie dabei nicht gesehen hätte, wäre ich vielleicht gar nicht so schnell darauf gekommen, mich an Sie zu wenden und Sie dann sogar zu verdächtigen."

„Das hängt mit meinem Vater zusammen", erklärte die junge Frau. „Er hat vor drei Tagen begonnen, wieder erste Worte zu sprechen. Seine Aphasie bessert sich."

Wie zur Bestätigung gab ihr Vater wieder einen undefinierbaren Laut von sich.

„Meine Mutter versteht ihn inzwischen ganz gut. Ihr hat er auch mitgeteilt, dass er die Verpackung der Spritze hat liegenlassen. Aber er wusste einfach nicht mehr, wo. Deshalb bin ich am Sonntag noch einmal zu Herrn Schwackmeiers Villa gefahren und habe so getan, als würde ich aufräumen, habe ein bisschen geputzt und Wäsche gewaschen, für den Fall, dass mir jemand genau die Frage stellt, die Sie jetzt gestellt haben. Dabei habe ich alles durchsucht. Die Verpackung der Spritze habe ich aber nicht gefunden, sie schien wie vom Erdboden verschluckt. Dass Sie sie in der Mülltonne vor dem Haus entdeckt haben, ist für mich ein Rätsel. Ich dachte, da hätte ich auch nachgesehen – und das, obwohl ich nicht weiß, wie sie dorthin hat kommen können. Meine Eltern waren ja die ganze Zeit drinnen im Haus."

Sie schaute Bröker fragend an. Der tat so, als sei er ebenfalls in tiefes Nachdenken verfallen, sagte aber nichts. Als er zu Gregor linste, fand er ihn in einer ähnlichen Pose. Beinahe hätte er gelacht.

Was war nun zu tun? Eigentlich taten ihm die Kusnezows leid. Sie hatten nicht nur ihre Ersparnisse an Schwackmeier verloren, ihr ganzes Leben war aus den Fugen geraten. Ihr Hass auf ihn war nachvollziehbar. Dann dachte er an Palshöfer, der unschuldig in Untersuchungshaft saß. Wenn er nun nichts tat, würde Palshöfer eventuell unschuldig verurteilt werden und das wäre dann auch Brökers Schuld.

„Wir müssen die Polizei rufen", sagte er schließlich mit belegter Stimme. Yulenka vergrub ihr Gesicht in den Händen, ihrer Mutter standen erneut die Tränen in den Augen, doch sie nickte. „Ich habe gedacht: wird nicht gut ausgehen, von die Anfang an."

Ihr Mann stieß einen heiseren Schrei aus.

Bröker wollte erneut sein Telefon aus der Tasche ziehen, aber das war auch jetzt noch verschwunden.

„Jetzt brauch ich wirklich mal dein Handy", sagte er zu Gregor. Der hielt ihm ein silbern blinkendes Handy hin. Bröker wählte die Nummer der Auskunft und ließ sich ins Polizeipräsidium weiter verbinden.

„Guten Abend, mein Name ist Bröker, ich würde gerne Herrn Schikowski sprechen", meldete sich Bröker stolz darüber, dass ihm diesmal Mützes richtiger Name sofort eingefallen war.

„Herr Schikowski ist nicht mehr im Dienst", kam die Antwort.

„Wie, haben Sie ihn rausgeworfen?"

„Nein, er hat Feierabend." Die Frau am anderen Ende der Leitung gluckste vernehmbar.

„Dann geben Sie mir bitte seine Privatnummer, es ist wichtig. Es geht um die Aufklärung eines Mordes!" Erstaunlicherweise schien das zu wirken, denn die Frau gab ihm anstandslos Mützes Nummer heraus.

Wenig später hatte er seinen alten Polizistenfreund am Apparat.

„Mütze, ich habe den Mord an Schwackmeier aufgeklärt."

„Du hast was? Bröker, bist du sicher, dass du nicht einfach nur einen über den Durst getrunken hast?"

„Nein, Mütze, ich sitz hier bei den geständigen Tätern und kann es selbst nicht glauben, also bitte komm schnell hierher!" Bröker nannte ihm die Adresse in Baumheide.

„Nicht zu glauben, Bröker, du machst uns alle arbeitslos. Oder wenn du dich doch irrst, zumindest mich!"

„Im Gegenteil, ich verschaffe dir einen großen Auftritt!"

„Den werde ich haben, aber wenn du da wirklich die Täter hast, hole ich besser Verstärkung. Meinst du, du kannst die Stellung noch einen Moment halten?"

„Ich halte allemal besser als der Ersatzkeeper der Arminia. Aber im Ernst. Hier ist alles unter Kontrolle."

„Gut, dann fahre ich erst noch im Präsidium vorbei."

„Ja, aber nicht unterwegs noch Currywurst essen!"

Dann legte Bröker auf, wobei er zunächst zweimal die falsche Taste drückte. Als er Gregor das Telefon zurückgab, war er zufrieden mit sich. Nun mussten sie nur noch auf Mütze warten.

Kapitel 27
Mützes Einsatz

Bröker fragte sich, wie lange es dauern würde, bis die Polizei einträfe. Sicher, das Polizeipräsidium war nur eine Viertelstunde entfernt, mit Blaulicht würde es noch um einiges schneller gehen, andererseits war Mütze schon zu Hause gewesen. War angesichts dessen eine halbe Stunde schnell oder wäre eine ganze Stunde lang? Die Überlegung war ohnehin müßig, denn er wusste schon jetzt nicht mehr genau, wann er mit Mütze gesprochen hatte, und die Zeitberechnungen dienten, wenn er es recht bedachte, sowieso nur dazu, seine Aufregung zu verdrängen. Ähnlich wie er schien auch Gregor seinen Gedanken nachzuhängen. Frau Kusnezow unterhielt sich leise auf Russisch mit ihrem Mann, der den Monolog ab und zu mit Lauten unterbrach, die nur seine Frau verstand, gelegentlich mischte sich Yulenka in das Gespräch ein. Schließlich weinte Yulenkas Mutter wieder und ab da herrschte Stille im Schlafzimmer der Kusnezows.

Irgendwann schellte es. Alle schraken zusammen. Bröker wollte zur Tür gehen, hielt dann aber inne. Schließlich war es nicht seine Wohnung. Aber auch Yulenka rührte sich nicht, ebenso wenig ihre Mutter. Klar, dachte Bröker, die hatten ja auch keinen Grund. Draußen stand vermutlich die Polizei. Schließlich stand Gregor auf. Bröker lauschte und hörte Stimmen an der Tür, die kurz darauf lauter wurden. Dann näherten sich Schritte.

Eine weibliche Stimme rief: „Herr Kusnezow? Frau Kusnezow?"

Dazwischen war Gregors Stimme zu hören: „Nun lassen Sie mich doch los!"

Bröker öffnete die Schlafzimmertür und sah noch von hinten, wie zwei Polizistinnen, die er auf den zweiten Blick als Harry und Derrick erkannte, an ihm vorbeieilten. Harry hatte Gregor den Arm auf den Rücken gedreht.

„Kommen Sie hierher!", rief er schnell. „Und lassen Sie doch den Jungen los, der hat mit der ganzen Sache nichts zu tun!"

Er staunte, dass seine Stimme einen Anklang von Autorität besaß. Hinter sich hörte er weitere Personen: Mütze

hatte zusammen mit van Ravenstijn die Wohnung betreten. Ob es nun an der Gegenwart Mützes lag oder an Brökers Respekt gebietender Stimme, Harry entließ Gregor aus
dem Polizeigriff. Der Junge rieb sich den Arm und funkel-
te die Polizistin wütend an. Derweil begrüßten Mütze und
van Ravenstijn Bröker.

„Herr Schikowski hat mich mitgebracht. Er dachte wohl,
das geübte Auge eines Fallanalytikers kann helfen zu sehen,
was denn an Ihrer angeblichen Auflösung dran ist", erklärte
letzterer großspurig.

„Und was hast du nun genau herausgefunden?", fragte der
Polizist unterdessen Bröker. Er schien etwas nervös. Wahrscheinlich war ihm der ganze Aufwand nicht ganz geheuer,
solange er nicht abschätzen konnte, ob sein Freund den Fall
tatsächlich aufgeklärt hatte oder sich nur in eine fixe Idee
verrannt hatte. Bröker konnte Mützes Sorge verstehen und
so versuchte er einerseits präzise, andererseits nicht zu detail-
liert zu beschreiben, wie er geschlussfolgert hatte, dass Yulenka genau in das Täterschema passte. Er berichtete von der
Verpackung der Spritze mit russischem Aufdruck und russischem Preisschild, wobei er bei seiner Version blieb, dass
er das Papierstück in Schwackmeiers Mülltonne entdeckt
hatte. Er spürte, wie ihm bei diesen Worten die Ohren heiß
wurden und Gregor ihn ansah. Er blickte nicht zu ihm aus
Sorge, sein Gesichtsausdruck könne ihn dann verraten. Er
schilderte auch, wie er nach Baumheide gefahren war, um
Yulenka zu einem Geständnis zu bewegen, seine Ermittlungen dann aber noch einmal eine überraschende Wendung
genommen hatten. Er beschrieb, dass Yulenkas Eltern die
Schuld an Schwackmeiers Tod auf sich genommen hatten,
und gab auch eine kurze Zusammenfassung dessen, was er
selbst erst vor einer Stunde erfahren hatte. Als er geendet hatte, entstand eine Pause. Mütze musterte Bröker.

„Alle Achtung, Bröker", begann er schließlich. „Ich schätze, da lag die Polizei ... da lagen wir, ganz schön daneben!"

„Nun ja", van Ravenstijn räusperte sich. Er sah heute mit einer apricotfarbenen Jogginghose und braunem Sakko besonders skurril aus. „Ich möchte darauf hinweisen, dass es in meinem Täterprofil heißt, dass die Heftigkeit, mit der die Nadel in Schwackmeiers Hals gerammt wurde, darauf hinweist, dass sein Mörder sehr wahrscheinlich aus einer starken Emotion heraus gehandelt hat und vermutlich gute Gründe besitzt, Schwackmeier zu hassen."

Bröker schaute van Ravenstijn perplex an. Hatte der nicht die ganze Zeit über Palshöfer für den Mörder gehalten? Er erinnerte sich noch gut an das Gespräch mit ihm in dessen Wagen. Er sagte aber nichts. Jetzt, da er mit viel Glück, wie er zugeben musste, die Mörder Schwackmeiers entdeckt hatte, wäre es ihm billig vorgekommen, darauf herumzureiten. Mütze war weniger von Skrupeln geplagt.

„Seien Sie doch still!", fuhr er van Ravenstijn ungewohnt heftig an. „Sie haben doch die ganze Zeit einen völlig anderen Fall analysiert. Sie haben doch gehört, dass es reiner Zufall war, dass Schwackmeier die Nadel in den Hals bekam, und dass eigentlich seine Lebensmittel vergiftet werden sollten."

„Nun ja ... "

Aber Mütze war noch nicht fertig: „Haben Sie mir nicht gestern in der Kantine noch erzählt, dass Sie Palshöfer weiterhin unbedingt für den Mörder halten und mir kleinlich Ihr Verfahren aufgelistet?"

„Das war doch nur unter der Prämisse, dass er den Mord auch begangen hat."

„Was? Sie beurteilen, ob jemand eine Tat begangen haben kann, unter der Prämisse, dass er wirklich der Täter war? Sie sind ja ein wirklich brillanter Psychologe. Das könnte ja Brökers Kater!"

Bröker hatte seinen Polizistenfreund noch nie so in Rage gesehen.

„Ich glaube, Sie wissen eben die Raffinesse psychologischer Analysen nicht zu schätzen, Herr Schikowski", verteidigte sich der holländische Fallanalytiker. „Aber Sie werden schon noch sehen, dass auch Palshöfer ein hohes Gewaltpotenzial besitzt. Ich würde den nicht mehr aus den Augen lassen!"

„Ja, vermutlich schlitzt er einen Käselaib auf, sobald man ihn freilässt!", ätzte Mütze.

„Nun, ich sehe, dass meine Fähigkeiten hier wohl nicht mehr gebraucht werden. Dann kann ich ja, wie es eigentlich geplant war, meiner Verabredung zum Squash nachkommen", kommentierte van Ravenstijn und verließ indigniert die Wohnung, wobei die Ballonseide seiner Jogginghose reibende Geräusche beim Gehen verursachte.

Im selben Moment drang aus dem Schlafzimmer der Kusnezows ein Schrei. Derrick und Harry, die die ganze Zeit stumm dem Wortgefecht ihrer Polizeikollegen zugehört hatten, stürmten hinein, dicht gefolgt von Gregor, dann kam Bröker und schließlich auch Mütze. Auf den ersten Blick schien Yulenka mit ihrer Mutter zu ringen und sie mit einer Spritze niederstechen zu wollen. Routiniert gingen Harry und Derrick dazwischen, wobei sie angesichts der gerade von Bröker geschilderten Geschichte genau darauf achteten, nicht von der Nadel gestochen zu werden. Erst als die beiden Polizisten Mutter und Tochter getrennt hatten, fanden diese Worte, die die Situation klärten.

„Sie wollte sich umbringen!", schrie Yulenka, die von Harry gehalten wurde, während sich ihre Mutter mit hängenden Schultern im Griff von Derrick befand.

„Wie das?" Bröker hatte die Situation noch nicht begriffen.

„Während Sie draußen diskutiert haben, hat sie auf dem

Bett neben meinem Vater gesessen und zugehört. Plötzlich ist sie aufgesprungen und hat die Nachttischschublade aufgerissen und eine kleines Fläschchen und diese Spritze herausgezogen. Sie hat die Spritze aufgezogen – ich kam gerade noch rechtzeitig, bevor sie meinem Vater und sich selbst eine Injektion setzen konnte."

„Sie meinen, sie wollten sich vergiften?"

„Das Barbiturat", mutmaßte Yulenka. „Es war noch etwas davon übrig."

„Stimmt das?", schaltete sich nun auch Mütze ein und wandte sich damit an Frau Kusnezow. Diese nickte nur: „Leben hat so keine Sinn mehr!", schluchzte sie.

„Es gibt in jeder Situation immer noch Möglichkeiten, Frau Kusnezow", gab Mütze Binsenweisheiten von sich. „Es geht einem nie so schlecht, dass man sich umbringen müsste!"

Bröker hingegen sagte nichts. Er war es, der diesen Fall aufgedeckt hatte. Seinetwegen waren die Kusnezows bereit gewesen, sich umzubringen. Seinetwegen würden sie nun ins Gefängnis wandern. Yulenka wäre allein. Hatte es wirklich keine andere Möglichkeit gegeben, Palshöfer aus der Untersuchungshaft zu befreien? Auf die Kusnezows wartete auf jeden Fall eine schwere Strafe. Vielleicht, so hoffte er, würde Herr Kusnezow als eigentlicher Täter die höchste Strafe bekommen, die konnte zumindest zunächst nicht voll verhängt werden. Seine Frau würde man sicher wegen Beihilfe drankriegen. Nur Yulenka ginge im günstigsten Falle straffrei aus.

Nur mit einem halben Auge sah er, wie Derrick Frau Kusnezow abführte, er hörte, wie Mütze einen Krankentransport anfragte, sah Yulenkas leeren Blick. Er hatte sich, wenn er sich eine solche Situation überhaupt je vorgestellt hatte, stets gedacht, er müsse sich nun großartig fühlen. Aber es war ihm elend zumute.

272

„Komm, wir gehen!", forderte er Gregor auf. Die beiden verließen die Wohnung und schlurften das Treppenhaus hinab. Als sie die Vespa bestiegen, traf ein Krankenwagen ein.

Epilog

Wochen später fühlte sich das Erlebte schon anders an, als sei die Zeit fester geworden und das Geschehene unabänderlicher als zuvor, vielleicht auch deshalb, weil in der Zwischenzeit schon wieder einiges geschehen war. Palshöfer war natürlich umgehend freigelassen worden, Frau Kusnezow saß statt seiner nun in Untersuchungshaft, während ihr Mann ins Justizvollzugskrankenhaus Fröndenberg eingeliefert worden war. Yulenka hatte man nach eingehender Befragung und den entlastenden Aussagen ihrer Eltern vorläufig wieder auf freien Fuß gesetzt, da keine Fluchtgefahr zu bestehen schien.

Gregor hatte beschlossen, noch eine Weile bei Bröker wohnen zu bleiben, und seine Eltern, die sahen, dass dies dem Verhältnis zu ihrem Sohn nur zu Gute kam, hatten sich damit einverstanden erklärt. Das Schuljahr hatte der Junge auch erfolgreich hinter sich gebracht, nur die Sache mit Anna war nicht gut ausgegangen. Gregor hatte sich von ihr endgültig getrennt, als er bemerkte, dass sich Annas Kleptomanie zu Ungunsten einer aufkommenden Promiskuität gebessert hatte. Anscheinend genügten Anna mit der Zeit nicht mehr bloß der Besitz von anderer Leute Habseligkeiten, sondern die Leute selbst mussten in Besitz genommen werden. Der Kleptomanie hatte Gregor deutlich mehr Verständnis entgegenbringen können. Als Anna in den letzten Schulwochen nicht damit aufhörte, ihren gemeinsamen Altgriechischlehrer im Unterricht anzuhimmeln und damit dann auch noch bei diesem erfolgreich gewesen war, hatte Gregor einen Schlussstrich gezogen. Bröker hatte sich, so gut es ihm möglich war, um seinen neuen Freund gekümmert, was einigen Hühnern, zwei Enten, einem Fasan und einem halben Schwein das Leben gekostet hatte. Doch so ganz erfolglos waren seine Versuche wohl nicht gewesen, denn Gregor ging es inzwischen schon wieder etwas besser.

Bröker hatte sich für Charlys Hilfe noch am gleichen Abend, an dem er den Fall gelöst hatte, mit einem Anruf revanchiert, sodass diese als Erste über die überraschende Wendung im Falle Schwackmeier berichten konnte. Bröker tat dies allerdings mit der Auflage, dass sie auch von van Ravenstijns Scheitern berichten musste. Entsprechend lautete die Schlagzeile: „Van Ravenstijn, lass gut sein – Amateurdetektiv düpiert Polizeipsychologen". Im Gegenzug hatte er Charly gestattet, ein Bild von sich mit der Statur des Kurfürsten auf der Sparrenburg im Hintergrund abzudrucken, dessen Bauch mit dem Brökers durchaus zu vergleichen war, und über seine Detektivarbeit zu berichten. Wochenlang war er daraufhin von wildfremden Menschen angesprochen und als der „Mr. Marple von der Sparrenburg" betitelt worden – was wohl Gregor zu verdanken war, der Charly diesen Namen verraten hatte. Es mochte nicht überraschen, dass Bröker damit so seine Probleme hatte.

Dafür war aber sein Handy wieder aufgetaucht. Im Zuge der abschließenden Ermittlungen hatte die Polizei es doch tatsächlich in Schwackmeiers Haus gefunden. Und zwar lag es just auf jener Fensterbank, die schon Anton Kusnezow zum Verhängnis geworden war. Anscheinend hatte die Polizei aber nicht weiter interessiert, wie es dorthin gekommen war, oder sie hatte ein Auge zugedrückt. Daran war sicher Mütze nicht ganz unschuldig, der es Bröker irgendwann mit einem wissenden Augenzwinkern zurückgab. Er akzeptierte dafür beim nächsten Abstecher in die *Wunderbar* zwei Freibier, verlor aber ansonsten kein Wort mehr darüber.

Deshalb saß Bröker mit Palshöfer an einem trüben Augusttag in einem eher versteckten Winkel des *Ratscafés* zusammen. Er schlürfte eine Schale Gold, Palshöfer hatte sich einen Einspänner bestellt. Die beiden Freunde hatten sich natürlich schon mehrmals getroffen, seit Palshöfer aus der Untersuchungshaft entlassen worden war. Einmal hatte Palshöfer Bröker zum Essen ausgeführt, um sich für dessen Einsatz zu bedanken. Den Brunello di Montalcino – auf Sancerre war Palshöfer immer noch nicht gut zu sprechen –, den sie anschließend in *Wernings Weinstube* am Alten Markt getrunken hatten, hatte Bröker spendiert. Schließlich hatte er selbst einen gehörigen Anteil daran gehabt, dass Palshöfer überhaupt ins Gefängnis gekommen war. Das wiederum, so behauptete Palshöfer, sei eine Erfahrung, die er jedem Richter einmal wünschen würde. Nun erst wisse er, zu was er Menschen verurteile. Nur, dass er sich in der Untersuchungshaft eine chronische Bronchitis zugezogen habe, sei bedauerlich. Bestimmt seien die Gefängniswände feucht gewesen. Aber er sei deswegen schon in ärztlicher Behandlung. An jenem Abend hatten sich die beiden wieder vollständig miteinander und vor allem mit dem Schicksal versöhnt.

So saßen sie sich an diesem Tag gegenüber und genossen ihren Kaffee. Jemand hatte auf dem Klavierhocker Platz genommen und spielte Bach. Am Vortag war gerade die Ausstellung eines jungen Künstlers eröffnet worden. Seine Bilder, die im Wesentlichen dunkle Linien vor monochromen Hintergründen zeigten, erinnerten Bröker ein wenig zu sehr an Mondrian, Palshöfer konnte mit derart abstrakter Kunst noch weniger anfangen.

„Sieht aus wie eine Skizze des U-Bahnnetzes von Bielefeld", kommentierte er und Bröker war sich wieder sicher, dass dies kein Scherz seines Freundes sein sollte.

„Ja, oder vielleicht ein Plan des Abwassernetzes!"

„Oder von Fluchttunneln! Dann wäre hier die Sparrenburg." Palshöfer deutete auf einen Punkt relativ weit oben auf dem Bild, in dem sich mehrere Linien kreuzten, „hier wäre mein Haus und hier Schwackmeiers." Er zeigte auf zwei weitere Kreuzungspunkte. Bröker schaute ihn mit schräg gelegtem Kopf an: „Wie meinst du das?"

Palshöfer lächelte nur geheimnisvoll.

In diesem Moment betrat Bödemann das Café. Erst schien er die beiden nicht zu bemerken, dann, als er sah, dass kein Tisch mehr frei war, kam er freudestrahlend auf Bröker und Palshöfer zu.

„Dass ich Sie hier treffe! Hallo, Herr Bröker, guten Tag, Herr Palshöfer!"

Palshöfer erwiderte den Gruß, während Bröker nur mürrisch vor sich hinbrummte.

„Darf ich mich zu Ihnen setzen?", fragte er und als er Brökers abweisende Miene sah, fügte er jovial hinzu: „Kommen Sie, Bröker, geben Sie Ihrem Herzen einen Stoß!"

„Sie werden ja richtig anhänglich, Bödemann", zitierte Bröker den Rechtsanwalt.

„Meinen Sie nicht, es wäre langsam an der Zeit, das Kriegsbeil zu begraben?"

„Bödemann, heißt es nicht immer, man soll Berufliches und Privates trennen?"

„Ja, und?"

„Ich bin zu einhundert Prozent Privatperson, Sie sind zu einhundert Prozent Rechtsanwalt – wir werden nie zusammenkommen."

Bödemann verzog das Gesicht und schaute sich nach einem anderen Platz um. Endlich grinste Bröker: „Na, setzen Sie sich schon. Wir können es ja einmal mit Ihnen versuchen. So ganz unnütz sind Sie ja als Anwalt Palshöfers auch nicht gewesen."

Bödemann nahm mit einem gequälten Lachen Platz und Palshöfer sandte Bröker einen dankbaren Blick.

Der Pianist hatte mit einer Jazzversion der Goldbergvariationen begonnen. Bröker nahm einen großen Schluck seines Kaffees. Es roch nach frischen Waffeln. Für einen Augenblick war er vollkommen zufrieden.

Jede Ähnlichkeit mit lebenden oder
toten Personen ist rein zufällig.

Bei Fragen zur Produktsicherheit
wenden Sie sich bitte an:

Pendragon Verlag
gegründet 1981

Stapenhorststraße 15
33615 Bielefeld
kontakt@pendragon.de
www.pendragon.de

9. Auflage

Originalausgabe
Veröffentlicht im Pendragon Verlag
Günther Butkus, Bielefeld 2011
© by Pendragon Verlag Bielefeld
2011 Alle Rechte vorbehalten
Lektorat: Eike Birck, Vanessa Vogt
Umschlag: Uta Zeißler
Foto: WS-Design – Fotolia
ISBN 978-3-86532-257-9
Gedruckt in Polen